天下汇川

杜林 著

中国戏剧出版社
CHINA THEATRE PRESS

图书在版编目（CIP）数据

天下汇川 / 杜林著. -- 北京：中国戏剧出版社，2024. 8. -- ISBN 978-7-104-05562-4

Ⅰ. I230

中国国家版本馆 CIP 数据核字第 2024R83E19 号

天下汇川

责任编辑：曹　静
责任印制：冯志强

出版发行：	中国戏剧出版社
出 版 人：	樊国宾
社　　址：	北京市西城区天宁寺前街 2 号国家音乐产业基地 L 座
邮　　编：	100055
网　　址：	www.theatrebook.cn
电　　话：	010-63385980（总编室）　010-63381560（发行部）
传　　真：	010-63381560

读者服务：010-63381560
邮购地址：北京市西城区天宁寺前街 2 号国家音乐产业基地 L 座

印　　刷：	武汉市卓源印务有限公司
开　　本：	787mm×1092mm　1/16
印　　张：	18
字　　数：	230 千字
版　　次：	2024 年 8 月　北京第 1 版第 1 次印刷
书　　号：	ISBN 978-7-104-05562-4
定　　价：	98.00 元

版权专有，违者必究；如有质量问题，请与出版社联系调换。

自 序
Preface

百戏入蜀,天下汇川。

自 1991 年我从天津市艺术学校京剧表演专业毕业,踏上戏剧艺术之路,而后,又于 2001 年从中国戏曲学院戏曲导演专业毕业,进一步深化了对戏曲艺术的理解与热爱,至今已逾 30 载。这些年来,无论是在文艺院团担任演员、编导,在文化厅局担任管理干部,还是在戏剧机构担任组织者,我都自诩为戏剧创作的耕耘者、戏剧活动的组织者、戏剧创新的探索者和戏剧事业的服务者。尽我所能,为戏剧的传承与创新贡献着自己的一份力量。

这部《天下汇川》戏剧作品,收录了我多年来创作的剧本 13 部。它们不仅是我艺术生涯的见证,更是我对戏曲艺术的热爱与追求的结晶。正如川剧形成于清代初期的那次"湖广填四川"的历史洪流中一般,通过不断吸收、融合、变化形成当今的川剧,我创作这 13 部剧本的过程,也是在不断感受、成长、表达中逐渐形成自己的戏剧观和创作风格。

这部《天下汇川》有大型剧本 5 部,中小型剧本 8 部,也算是千姿百态、多腔共和,各有特色,各有亮点。大型剧本如川剧《天下汇川》,我尝试探寻川剧高腔形成的历史脉络,展现川剧艺术的独特魅力。而《此心安处》则反映了"三线建设"时期的艰苦与奋斗,彰显了那个时代的精神风貌。《我的壮丽之路》描绘国家重大工程建设的壮丽图景,展现中国人民的勤劳与智慧。《人间四季有芙蓉》则以京剧的形式,讲述成都的烟火气,展现这座城市的独特韵味。《蜀道行歌》则聚焦于古蜀道文化的保护，唤起人们对历史文化的敬畏与珍视。中小型剧本则题材广泛，形式多样。从关注生命安全的《天堂里有没有车来车往》，到关爱留守儿童的《春天要来了》，从讲述军人保家卫国的《我当爸爸了》，到弘扬红色革命精神的《初晓红云》，再从关注残疾人群体的《有你在一起》，到讲述亲情父爱的《父爱如山》……每一部剧本都是我对社会现实的关注与思考，也是我对戏曲艺术的探索与创新。

这些作品基本上已经在舞台上得到展现，并获得了国家级、省级的各类戏剧奖项，得到了观众和业界的高度认可。每一次掌声，每一次喝彩，都是对我艺术创作的鼓励与鞭策。我深知，这些成绩的取得，离不开观众的支持与厚爱，也离不开前辈和同仁们的帮助与提携。

《天下汇川》这部作品集不仅是我的一部部戏剧作品，更是对我艺术人生不同阶段的缩影和小结。它记录了我对戏曲艺术的热爱与追求，也见证了我和作品在舞台上的成长与蜕变。我希望通过这些作品，能够让更多的人了解戏剧艺术的魅力，感受到我对戏剧艺术的执着与坚持。当然，真诚希望这些作品能够得到先辈、师长、同仁的批评指正，让我能够有更深刻的认识并得到提升。艺无止境，我想继续心存高远、脚踏实地，满怀憧憬地走下去……

是以为序！

杜林

2024 年 6 月 21 日　夏至

目 录
Contents

（大型川剧）天下汇川 // 1

（大型现实题材川剧）此心安处 // 62

（大型现实题材川剧）我的壮丽之路 // 99

（大型现实题材京剧）人间四季有芙蓉 // 144

（大型现实题材川剧）蜀道行歌 // 182

（话剧音乐小品）天堂里有没有车来车往 // 219

（京剧小戏）紧要关头 // 227

（京剧小戏）初晓红云 // 232

（方言小品）医者仁心 // 239

（话剧小品）有你在一起 // 248

（话剧小品）我当爸爸了 // 257

（话剧小品）父爱如山 // 265

（话剧小品）春天要来了 // 273

（大型川剧）

天下汇川

"清雍正二年（1724），有二十余人，由泸来者，住成都棉花街药师殿，招聚生徒教授，因成立'庆华班'注重高腔。"

——《蜀伶杂志》（胡安澜1921年主编）

时　　间：清代雍正二三年（1724—1725）

地　　点：成都、泸州

人　　物：

　　李永庆　男，35岁，高腔小生行当艺人，康熙五十八年（1719）举家顺水路从湖北、湖南经重庆移民到四川泸州，雍正二年（1724），为了生存，牵头带领一批艺人到成都成立高腔戏班庆华班，成为首任班主。

　　张富华　男，50岁，高腔须生行当艺人，自组利富班唱戏为生。雍正二年（1724），跟随李永庆一起到成都成立庆华班，成为首任总管事。

　　惊　鸿　女，32岁，李永庆的妻子，擅长高腔演唱。因清初期禁止女子登台唱戏，只能辅助演出。

　　李秀才　科举府试秀才，古道热肠，痴迷戏文曲艺，为成都县令王

	绍文的好友。（人物原型李化楠，历任知县、府台同知等）
二月红	男，40岁，山陕梆子腔艺人，成都戏班西盛班班主，擅演小生与旦行。
王绍文	男，40多岁，成都县令，清正廉洁。
斑鸠师	男，45岁，成都县保长，戏霸。
乡　约	男，40岁，成都县乡约，斑鸠师的帮凶。
李一鸣	男，15岁，李永庆之子。从幼跟随父亲学戏，天生的一副好嗓子，却被戏霸毒害，导致声带破损。
望　乡	女，16岁，惊鸿收养的干女。
其他人物	庆华班艺人、各色班社艺人、清代官员、打手、观众等。

《天下汇川》主题曲

暮色苍茫

队队鸿雁向南方

越秦岭、过米仓

金牛古道雁鸣回荡

巴山夜雨浸羽翅

岷水漪旎映霞光

一次次振翅

一声声鸣响

何时归故乡

何地是家乡

晨曦朝阳

路路途人向南方

穿蜀道、顺大江
蹒跚相携脚步声响
长江风起染鬓发
峨眉月色涂衣裳
一次次回望
一步步铿锵
迁徙蕴希望
巴蜀新家乡
万千父老别湖广
一路风尘一路风霜
百年跋涉汇天府
一半乡愁一半向往
万民分涌垦沃野
一分耕耘一分希望
世代生息成川人
一篇历史一篇新章
百溪汇河波浪卷
百江汇海天地宽
民心所向贯古今
生生不息天下汇川

序
下诏填川

〔字幕提示：清·康熙二十二年（1683）。

〔时任四川巡抚张德地出。

张德地 臣张德地，向圣上启奏，臣受命任四川巡抚，本应一展宏图。然，昔日天府，满目疮痍，增赋无策……经臣苦思，若重振四川天府之美名，唯有招徕移民开垦土地，重建家园，除此，另无良方上策。

大臣甲 臣启圣上，张匪献忠，灭亡之际，屠川掠财，尸横遍野。

大臣乙 臣启圣上，巴蜀之地，天灾人祸尽染，瘟疫四起，虎狼横行，民不聊生。西南巴蜀之地仅余九万余人。

〔一内侍念康熙诏书。

内　侍 奉天承运，皇帝诏曰：朕承先帝遗统，称制中国，今幸四海同风，八荒底定，贡赋维周，适朕愿也。独痛西蜀一隅，自盗贼蹂躏以来，土地未辟，田野未治，荒芜有年，贡赋维艰。朕甚悯焉。今有众卿具奏陈言：湖广民有毂击肩摩之风，地有一粟难加之势。今特下诏，仰户部饬行川省、湖广等处文武官员知悉，凡有开垦百姓，任从通往，毋得关隘阻挠。俟开垦六年外候旨起科。凡在彼官员，招抚有功，另行嘉奖。钦此。

众官员 尊圣谕，领诏。

〔不同区域出现移民吆喝。

移民甲 湖北麻城王氏分支，今举家十二丁移川。

移民乙 陕西咸阳张氏分支，今举家十七丁移川。

移民丙 江西弋阳陈氏分支，今举家九丁移川。

移民丁　　福建南平刘氏分支，今举家十一丁移川。

移民戊　　湖北宜昌李氏分支，今举家二十五丁移川。

众移民　　湖北荆州王氏、山西洪洞杜氏、湖南常德吴氏、广东梅州客家郑氏……今奉诏填四川。

　　［光暗。

　　［幕内合唱：一纸诏令传达千山，

　　　　　　　　一家老小告别乡关。

　　　　　　　　一声高腔响彻云天，

　　　　　　　　一部传奇天下汇川。

第一场　庆华初立

　　［清·雍正二年（1724）。

　　［泸州府（今泸州市泸县区域）。

　　［长江边的乡村万年台。

　　［李永庆饰演高文举，内声唱《珍珠记·逢妻》：

　　（高腔）举目云山缥缈……

　　［李永庆饰演的高文举出场，观众一片叫好。

李永庆　（唱）家乡隔在万里遥。

　　　　　　　自从张千一去，

　　　　　　　未见他身回来；

　　　　　　　空使我望断云山音信杳。

　　　　　　　忆昔年寒窗穷困……

打鼓匠帮腔　（唱）一身恰似浮萍草……

　　［李永庆在台上唱时，惊鸿带着干女望乡在台下向观众收钱，大部分观众

见状避开，个别观众放了个铜钱……

　　[万年台上渐息。

　　[惊鸿看着竹笸里几枚铜钱叹息。

惊　鸿　（唱）竹笸之中几文钱，

　　　　　　怎能支撑渡艰难。

　　　　　　夫君每日在戏台演，

　　　　　　高腔之声穿云天。

　　　　　　台上粉墨染，

　　　　　　台下心凄然。

　　　　　　入不敷出难维系，

　　　　　　何去何从心茫然。

　　[惊鸿暗自拭泪。

望　乡　（气）干娘，我去把这些人轰走，光看戏不给钱，让我们喝西北风啊。

惊　鸿　算了望乡，这些乡亲也不宽裕，听戏不给钱，就当捧个人场吧。

望　乡　可是，我们李家班就指着赏钱谋生活啊，这些人……

　　[卸妆后的李永庆过来。

李永庆　惊鸿。

望　乡　（把竹笸给李永庆看）大爷，你看，唉……

李永庆　（颠颠竹笸）还是这般，怎以度日啊！

　　　　　（唱）见此情不由我身心俱伤，

　　　　　　恰似那孤雁哀鸣声长。

　　　　　　想当年康熙爷诏令湖广，

　　　　　　招移民填四川告别家乡。

　　　　　　祖辈习得这高腔，

　　　　　组建戏班声声唱。
　　　　　跟随移民顺江行，
　　　　　落地泸州再开张。
　　　　　一路走，一路唱，
　　　　　一路艰辛谋希望。
　　　　　只盼得唱戏唱得有名堂，
　　　　　只盼得唱戏唱得人安康。
帮　　腔　（唱）何时得安康，
　　　　　何地是家乡？
李永庆　（唱）观江面，暮色苍茫。
　　　　　观行船，顺水激荡。
　　　　　江水东流人何往？
　　　　　行船归途是故乡。
　　　　　叹只叹收入微薄难度日，
　　　　　叹只叹高腔戏班怎存亡？
〔利富班班主张富华带着一群艺人过来。
张富华　（作揖打躬）李班主请了。
李永庆　是利富班的张班主，请了（还礼）。
众艺人　李班主。
李永庆　各位行兄请了。
张富华　李班主，适才我等在台侧听了李班主唱的《珍珠记》一折，可谓金石之音，响彻云霄，我等佩服，佩服。
李永庆　诸兄抬爱了，李某不过是家传小技，让诸兄见笑。
张富华　只是，李兄技艺虽好，但我看赏钱寥寥啊。
望　　乡　就是啊，净是些打着空手拜客——白吃的。

李永庆　望乡，不得胡言。

望　乡　我哪里胡言了……

张富华　这位小妹仔说得不错，这泸州虽然繁华，百姓却贫弱，我等戏班俱是艰难度日啊。

李永庆　戏班皆是同命人，朝不保夕度平生。

张富华　不知李班主可有另寻他地的打算。

李永庆　我家传戏班自江西到湖广，我又自幼随家中自湖北到泸州，这所唱高腔源自江西弋阳腔，后传至安徽青阳，合余姚腔等易位青阳腔，百姓喜爱，称之为高腔。来到泸州，本以为能在此唱戏安家，可是眼下愈加艰难，我与拙荆商议，是否顺江而下，回归故乡。

张富华　回去？怕难了。我等俱是随父辈移居四川，家乡早已物是人非，回去怕也难以安身。

　　　　（唱）故园遥隔万里山，
　　　　　　　思乡情切心凄然。
　　　　　　　梦中几度归故土，
　　　　　　　醒来已是泪衣衫。
　　　　　　　岁月蹉跎人已老，
　　　　　　　难寻家乡水潺潺。
　　　　　　　此生安处巴蜀地，
　　　　　　　但愿前路春满园。

李永庆　那依张班主之意？

张富华　我等之前已有商议，打算重组戏班，上成都！

李永庆　上成都？

众　人　上成都！

张富华　对，成都自古是巴蜀中心，繁华之地，听说，应移民邀约入川的戏班众多，各色戏曲在那里唱戏，收入颇丰。

李永庆　众多戏班、各色戏曲？

艺人甲　（唱昆曲）咿呀呀，之昆曲。

艺人乙　（唱梆子腔）哗啦啦，之梆子。

艺人丙　（唱皮黄）呜呼呀，之皮黄。

艺人丁　（唱灯调）咿儿哟，之灯调。

张富华　据说成都百姓爱看热闹，喜爱戏文曲艺，且也是湖广、江西、山陕等地移民众多，必有喜爱高腔之人，我等何不组班前去谋生，或能安身立命。

李永庆　为何找我？

张富华　一来我等虽也是高腔戏班，却无李班主这样的行当翘楚，二是观李班主同样度日艰难，想必也愿放手一搏。

李永庆　上成都？安身立命？我想一想，想一想。

（唱）两条岔路在眼前，
　　　　是左是右心茫然。
　　　　一条通往繁华地，
　　　　一条通向故家山。
　　　　遥望前路路漫漫，
　　　　回首归途也艰难。
　　　　徘徊之间难择定，
　　　　难以取舍从何间。

惊　鸿　（唱）劝君旧事且勿念，
　　　　故土天涯路途远。
　　　　困苦难生存，
　　　　苟活非所愿。

　　　　　　不如放手搏，

　　　　　　化蝶舞青天。

　　　　　　愿得鹏程展翅飞，

　　　　　　翱翔天地宽。

李永庆　（唱）惊鸿吐露肺腑言，

　　　　　　声声震撼我心间。

　　　　　　女娇娥尚且能如此，

　　　　　　再彷徨有愧为七尺男。

　　　　　　下定决心上成都……

帮　腔　（唱）唱一曲高腔动人心弦。

张富华　好，既然班主答应，那我们这十余人加李家班十余人，离泸州，闯成都。

众　人　离泸州，闯成都。

望　乡　好啊，我要去成都府开眼界了……那这个新戏班叫啥呢？

张富华　既然是新戏班，那就要起个好名字，有新希望、新气象。组新戏班乃是以李班主为首角挑班，自当由李班主任班主，在下可承担总管事人，理诸事杂务，就叫……庆华班，如何？

众　人　要得，要得。

张富华　妥当。我们就该卖的卖，该搬的搬，筹措盘缠，吉日出发。

望　乡　庆华班成立，上成都咯。

　　［光暗。

　　［音乐中暗转。

　　［内声：李秀才上成都咯。

　　［李秀才背着书箱上。

李秀才　（念）天有心，地有胆，

照定四川万万年。

夏禹王，分九州，

四川从来是益州。

东汉时，出刘焉，

益州改为叫四川。

刘璋王，他无能，

刘备在此坐都城。

唐李渊，是明主，

都城改为成都府。

朱洪武，好国运，

文武官员多清正。

康熙主，真明君，

皇城改为贡院门。

要有功，才有名，

天开文运管万民，管万民。

（白）我乃李秀才，顾名思义，我考取了府试秀才，是德阳罗江人氏，既爱诗词歌赋，也爱戏文曲艺，成都府戏曲兴盛，近日闲暇，特去找好友成都县令王绍文观戏赏曲，说起就走起，上成都咯。

第二场　梨园定规

［光启。

［繁华的成都府。

［各种戏曲形式纷纷精彩亮相，观众络绎不绝，叫好声此起彼伏。

　　　　〔一段昆曲《牡丹亭》，杜丽娘、柳梦梅委婉缠绵……

　　　　〔一段皮黄腔《桃园结义》，刘、关、张慷慨激昂……

　　　　〔一段梆子腔《穆桂英打雁》，穆桂英英姿飒爽……

　　　　〔一段灯调《亲家母上轿》，小丑、小旦诙谐滑稽……

　　　　〔庆华班众人在戏台和人群中穿梭，既兴奋又忐忑。

　　　　〔人群中，斑鸠师带着乡约大咧咧看向众戏班。

乡　　约　唱昆曲的、梆子腔的、皮黄腔的、耍皮影、唱灯调等等，众戏班听了，没有规矩，不成方圆，成都府来自各省各地的人丁繁多，戏文曲艺兴盛，为规矩乡约，成都府成都县大人老爷见不得闹攘攘、乱糟糟的，本县本保保长斑鸠师大爷要把规矩讲清说明。

斑鸠师　众人听了，某，成都府成都县本地相邻之保长，受县衙大人教示，查户籍印牌、姓名丁口，出则注所往，入则稽所来，护稳治安。尔等戏班演戏，润色太平，自应按照定章，先报户籍印牌，再行发放班牌，方准其演唱，不得在会馆庙堂之外私立班社。着令禁止各腔涉及淫靡之词，如敢故违，即行究治。特示。

众艺人　尊示。

　　　　〔斑鸠师得意地大笑而去。

　　　　〔庆华班众人穿过人群，各演出戏班和观众隐去。

　　　　〔打前站的张富华迎接众人来到棉花街药王庙安顿。

张富华　班主一路辛苦了。

李永庆　无妨，总管事前站安排诸事，方是劳顿辛苦哇。

张富华　老夫先到几日，了解成都梨园行情，情形有喜有忧啊。

李永庆　哦，喜在哪里？

张富华　这喜么。

　　　　（唱）康熙爷诏令填四川，

　　　　　南北移民别乡关。

　　　　　历经辗转数十载，

　　　　　开垦沃野建家园。

　　　　　为求生计奔波苦，

　　　　　辛劳暂歇思故弦。

　　　　　各色戏曲成都演，

　　　　　一曲乡音最缠绵。

　　　　　昆、梆、皮黄、灯调满，

　　　　　如同雨后春笋冒尖尖。

　　　　　各色戏文轮番演，

　　　　　独缺高腔穿云天。

　　　　　喜的是，此地少有高腔班。

　　　　　喜的是……

帮　腔　（唱）一招鲜，吃遍天。

李永庆　那忧在何处？

张富华　移民填川后，各种戏班应同乡会馆邀请入川唱戏的太多了，一来是官府衙门管教严格，二来是此地高腔声誉不显，且不知能否站住脚。

李永庆　无妨，我们遵示向保长报户籍印牌，批班牌，别的戏班能演，高腔也应能演。至于声誉不显嘛……

　　　　　（唱）移民填满城，

　　　　　　　　定有故乡人。

　　　　　　　　高腔声一亮，

　　　　　　　　引来听乡音。

　　　　　　　　开班多吆喝，

　　　　　　　　收徒壮自身。

　　　　　树干枝叶茂，

　　　　　树根扎地深。

　　　　　这一声高腔啊，

　　　　　定叫巴山蜀水传回声。

张富华　好。我们千辛万苦从泸州到成都，就是要让这高腔在此生根发芽枝叶茂盛。只是……

李永庆　什么？

张富华　演出之地只能是会馆庙堂，元口岸被别的戏班先占了，我好不容易才在这棉花街寻得此处，暂做栖身之地。这药王庙倒是合规宽敞，但已是破败不堪。

李永庆　（看匾额，念）药——王——庙。虽说破旧狭小，但也是好地方啊。张老哥，我们初来乍到，有地方栖身已属不易。这药王庙我等细细打理，收拾整洁，也是能唱戏的。

张富华　好，我安排大家归置行李，收拾庙堂，一会儿我们商议开班之事。

　　　〔张富华招呼庆华班众人归置行李，大家忙活起来。

　　　〔斑鸠师和乡约来到药王庙。

乡　约　里面的活人出来一个。

　　　〔李永庆闻声出来。

李永庆　（行礼）原来是保长大爷。

斑鸠师　你认识我？

李永庆　在下初到成都府，在观戏之时有幸听到大爷教示。

斑鸠师　我听闻泸州来了个戏班20余人，在这棉花街药王庙，可是你等？

李永庆　正是我等。

斑鸠师　所唱何腔？

李永庆　高腔。

斑鸠师　　高腔？可是康熙爷年间，在京城与昆曲争艺的弋阳高腔？

李永庆　　我等所唱高腔正是源自弋阳、青阳之高腔。

斑鸠师　　好，好，好。此戏腔高亢委婉，悦耳动听，成都梨园行百曲繁杂，之前也有些许高腔艺人搭班献艺，可是技艺平庸，观你等这架势，戏班之规模不小，想必能唱好此腔。

李永庆　　高腔之声、庆华之名定不会让大爷失望，还请保甲大爷和梨园行诸君关照厚爱。

斑鸠师　　只要尔等唱得好、懂规矩，自然关照厚爱。

李永庆　　在下等今日刚到，待安顿后，明日便到大爷处报户籍印牌，报备审批班牌，一定遵照规矩唱戏。

斑鸠师　　户籍印牌、班牌只是规矩的一部分。按规矩，戏班例费每月初一上缴，念尔等初来，下月初一补缴，可听明白？

李永庆　　一定照办。

斑鸠师　　那就好。

乡　约　　大爷，陕西会馆请你明天晌午看耍灯影，听梆子腔，还请早回。

斑鸠师　　晓得了。高腔？又有好戏看了，哈哈哈……

　　　　　［斑鸠师和跟班大笑离去。

　　　　　［天色渐暗。

　　　　　［李永庆手扶庙门，心生感慨。

李永庆　　已然来到成都，这下一步该如何走啊……

男帮腔　　（唱）夕阳夕照，

　　　　　　　　前路缥缈。

李永庆　　（唱）冬未退，春未到，

　　　　　　　　一派萧瑟涌心潮。

　　　　　　　　学艺生涯多坎坷，

　　　　风餐露宿路迢迢。
　　　　戏台之上技艺妙，
　　　　背后辛酸少人晓。
　　　　来到成都身飘摇，
　　　　惴惴不安心内焦。
　　　　此行对错尚不知，
　　　　二十余口把性命交。
　　　　庆华班牌千斤重，
　　　　千斤重担在我肩上挑。
　　　　噫吁嚱，风萧萧，
　　　　身乏易解心愁难消。

　　［惊鸿拿一件夹袄出来，见李永庆怔怔地看着远方，将夹袄给他披上。

李永庆　惊鸿，我心里慌得很哪。

惊　鸿　心慌？夫君，我看你跟张大哥他们说话不是稳稳当当的吗？

李永庆　我那是表面上硬撑起的，我为班主，倘若刚到成都，不把军心安抚，岂不是乱套了。

惊　鸿　（笑）夫君还懂兵法。你也不必多想，既来之则安之。

李永庆　说得轻松。你说我们的高腔能被百姓接受吗？

惊　鸿　我听张大哥说，入川移民，江西籍甚多，富庶士绅在筹建江西会馆，祀许真君。且高腔在湖南湖北等地流传甚广，想必喜欢之乡民不少。

李永庆　是啊，据我家族老所言，江西填湖广、湖广填四川，我在庆华班同仁面前显得信心满满，其实我这内心，忐忑不安啊，但愿喜爱高腔乡音的乡亲捧场啊。

惊　鸿　夫君，事已至此，不要左右顾忌，我们别无退路，把高腔唱好是我们唯一的生路。

李永庆　把高腔唱好是我们唯一的生路……对，我们去与张大哥商议开班之事。

　　〔李永庆和惊鸿回到庙内。

　　〔前区。

　　〔内声：李秀才到成都略。

　　〔李秀才背书箱上。

李秀才　（念）清早起来不新鲜，

　　　　　　来到成都耍几天。

　　　　　　一出东门天涯石，

　　　　　　二出南门五块砖。

　　　　　　三桥九洞石狮子，

　　　　　　青羊宫里会神仙。

　　　　　　遇仙迎仙送仙桥，

　　　　　　侧边有个二仙庵。

　　　　　　杜公祠挨草堂寺，

　　　　　　浣花溪上坐画船。

　　　　　　转过南门武侯祠，

　　　　　　古柏森森高过天，高过天。

　　　　（白）光顾看戏去了，忘了找王县令，天色已暗，我快脚加鞭，找到王县令把小菜吃起、小酒喝起、小曲唱起，我就此走起。

第三场　接牌开班

　　〔数日后。

　　〔各曲种戏班轮番上演。

［一处为皮影戏配梆子腔《古城会》。
［梆子腔：（唱）勒马停蹄站当道，
　　　　　　　青龙刀斜担在马鞍桥。
　　　　　　　曹孟德他待兄恩高义好，
　　　　　　　上马金下马宴又赠红袍……
［一处为昆曲《西厢记》。
［昆曲：（唱）落红成阵，
　　　　　　风飘万点正愁人，
　　　　　　池塘梦晓，
　　　　　　阑槛辞春；
　　　　　　蝶粉轻沾飞絮雪，
　　　　　　燕泥香惹落花尘。
［一处为皮黄《受禅台》。
［皮黄：（唱）谢新主不斩恩反加冠带，
　　　　　　下禅台不由孤泪湿胸怀。
　　　　　　万不想为帝王要换冠带，
　　　　　　锦江山换来了这一顶纱台。
［一处为灯调《五老图》。
［灯调：（唱）盘古初分三皇界，
　　　　　　夏侯商周景龙台。
　　　　　　文王汉帝难为首，
　　　　　　秦王二楚土里埋。
　　　　　　不信但看檐前雨，
　　　　　　唐宋元明清又来……
［药王庙外。

［三声纸炮声响。

［药王庙大门打开。庆华班众人披红挂彩击鼓奏乐，出门吆喝。

［众多路人围拢过来。

张富华　众位乡邻，众位梨园仁兄，得成都县保甲大爷恩惠，批得班牌张立戏班。今日，高腔戏班在成都府县开班，献艺高腔，且，即日广收学徒，传艺授业。迎戏神，供奉太子菩萨。

［鼓乐大作。

［庆华班众人抬太子菩萨像进庙供奉，众人祭祀行礼。

张富华　敬完戏神，接班牌。

［庆华班众人扮演神仙、金童、玉女等，接班牌，挂班牌。

众　人　（念）庆华班。

张富华　对，庆华班。

路人甲　高腔戏班？

张富华　对，流传于江西、湖广之高腔。

［李秀才急匆匆地跑过来。

李秀才　赶上了，赶上了。

［李秀才往庙里冲，被张富华拦下。

张富华　这位先生，莫忙莫忙。

李秀才　我是秀才，姓李。

张富华　原来是李秀才老爷，失礼失礼。

李秀才　不知者不怪，早听闻这高腔在京城风靡，与昆曲竞艺毫不逊色，早想听之、观之，快让我进去一观。

张富华　老爷不知，今日乃是庆华班挂牌之日，稍后会请各位乡邻进庙听戏。

李秀才　原来如此。但不知贵班社挑班大当家是？

张富华　庆华班大当家是高腔名伶李永庆，在下是庆华班总管事张富华。

［惊鸿、望乡、李一鸣等陪同李永庆出。

李永庆　伶人李永庆向各位老爷、大爷、乡亲请安。

李秀才　李大当家，不知这高腔的优长之处，你先跟我们摆一下。

李永庆　秀才老爷嘱咐，不敢不从，说起这高腔嘛，众位听了：

　　　（唱）弋阳青阳传千山，

　　　　　　江西湖广到四川。

　　　　　　一声唱领众声合，

　　　　　　帮打唱来得真传。

　　　　　　悲欢离合台上演，

　　　　　　戏术偏工最少年。

　　　　　　翩若惊鸿翔日下，

　　　　　　皎如玉树立风前。

　　　　　　绕梁三日不绝耳，

　　　　　　不散香宜坐比肩。

　　　　　　听啭一声高腔罢，

　　　　　　直教欢喜极人天。

庆华班众　（唱）曲部风流巧妆染，

　　　　　　　梨园角色各蹁跹。

　　　　　　　诸君观后定叫好，

　　　　　　　高腔一曲万人欢。

李秀才　妙哉，妙哉呀。

张富华　各位宾客，今日庆华班初立，上演高腔《珍珠记》全本大戏，好与不好，入内一听便知。

　　　［众人在张富华招呼下，纷纷拥入药王庙内。

　　　［药王庙内，锣鼓喧天。

〔只听得李永庆高唱《珍珠记》。

李 永 庆 （唱）自古道男儿志四方，

哪怕艰难道路长。

但愿早登龙虎榜……

男 帮 腔 （唱）龙虎榜。

李 永 庆 （唱）一举成名天下扬。

男 帮 腔 （唱）一举成名天下扬。

〔药王庙庙门关闭，观众叫好声此起彼伏。

〔后区光渐暗。

〔梆子腔、昆曲、皮黄腔、灯调艺人上。

梆子腔艺人　一个李永庆风流倜傥。

昆曲艺人　一折《珍珠记》惊艳四方。

皮黄艺人　一声高腔戏韵味深长。

灯调艺人　一众梨园行风云激荡。

四　　人　唉，又来个抢饭吃的。

〔二月红过来。

二 月 红　观梨园众师神情沮丧。

帮　　腔　（唱）好似那一朵梨花压了海棠。

梆子腔艺人　二月红，这庆华班的高腔才一开唱，技惊四方，观者云云，你这梆子腔西盛班不受影响哇？

二 月 红　萝卜青菜各有所爱，这填川之后，梨园戏腔混杂，颇有百川汇海之势，你我皆可利之。我西盛班戏码丰足，头牌、二牌响亮，怕他做啥？与其羡慕别个，不如做好自身。明天还有堂会，二月红告辞了。

〔二月红离开。

皮黄艺人　这个西盛班二月红，还真是……

众　　人　真是啥？

皮黄艺人　妄自尊大。

昆曲艺人　我咋个闻到酸味？

梆子腔艺人　这川陕本就交界，自古秦川相连，他西盛班地皮踩得熟，正常嘛。

灯调艺人　各位俱是移民同乡所邀来此唱戏，我这灯调可是土著哈，闲话少说，把个人的戏唱好，多得赏银，比啥都强。走哦。

四　　人　（唱）一腔引来百家声，

　　　　　　　　笛、笙、丝弦各逞能。

　　　　　　　　要想观众把戏爱……

帮　　腔　（唱）打铁还需自身硬（川话：读en）。

　　〔光暗。

　　〔斑鸠师和乡约出。

斑鸠师　庆华班这些日演戏如何？

乡　约　禀大爷，这高腔煞是好听，戏迷百姓，如痴如醉，每客早场三文，午场五文，一日三场，观者众多，还有单例赏银。

斑鸠师　哦，看来这庆华班不简单啊。

乡　约　收入丰厚。

斑鸠师　收入丰厚就好，明天就是初一，你去告诉他们，庆华班每月例费八千大钱，连同本月未缴的，明天收取一十六贯。

乡　约　一十六贯？大爷，别的戏班才两贯大钱一月，庆华班八贯是不是多了？

斑鸠师　多？哈哈哈……不多我还看不上。既然他们初来乍到就能打响名头，这是一棵摇钱树，不使劲摇，钱能多多地下来吗？

乡　　约　就怕还没长结实就摇断了。

斑鸠师　不怕，他们缴不起，我们就借贷放利，利滚利，债滚债，他庆华班就是本大爷的了，哈哈哈……

乡　　约　还是大爷眼光毒辣，找到个金元宝。

斑鸠师　嘿嘿。

（唱）庆华班虽是初来，
　　　一登台满堂喝彩。
　　　观戏者心潮澎湃，
　　　源于我慧眼识才。
　　　有权不用更何待，
　　　唱戏要遵我安排。
　　　摇钱树儿要抓住，
　　　不听招呼就收班牌。
　　　嘿儿哟，咿儿哟，
　　　一声高腔一道财。
　　　声声高腔利滚来，
　　　我就大发财。

帮　　腔　（唱）为了发财心好坏，
　　　　　　一个戏霸浮出水来。

斑鸠师　哈哈哈……

[光暗。

[舞台一处。乡约跟张富华交代，张富华大惊，连忙哀求，乡约甩开张富华，傲气而去。张富华悲愤而无奈……

第四场　庆华被欺

　　〔药王庙内。
　　〔庆华班众人带着徒弟练功学艺。
众　人（唱）头如顶碗气如松，
　　　　　　直背收臀要含胸。
　　　　　　眉宇舒展心畅快，
　　　　　　凝目远视神集中。
　　　　（念）先行一走步，
　　　　　　再看一张口。
　　　　　　眼里没有神，
　　　　　　不算进戏门。
　　　　　　吃得苦中苦，
　　　　　　方能人上人。
　　　　　　气息要足，
　　　　　　声音要亮。
　　　　　　唱念做打，
　　　　　　内外兼修。
帮　腔（唱）要想人前夺萃，必在背后受罪。
　　〔李一鸣展现出惊人的武功技艺，众人纷纷叫好。李一鸣正在得意之时，被望乡拉着教训。
　　〔李永庆忧郁满面地上。众人纷纷行礼。
众　人　给班主请安。
李永庆　不必多礼，练完早功，去厢房学习戏文吧。

众　人　是。

　　［众人收拾刀枪把子离开，李永庆叫住李一鸣。

李永庆　一鸣，你等一下。

李一鸣　爹。

李永庆　你记住，唱戏不练功，到头一场空，要勤学苦练。

李一鸣　是，孩儿记住了。

李永庆　还有，你嗓子快变完嗓了，多跟你娘学学唱，这高腔，你娘唱得比我好。

李一鸣　是，我听过娘在没人的地方唱过，唱得可好了。

李永庆　可惜本朝不准女子唱戏，你母亲也只能在我们戏班"七行七科"中的"音乐科"辅助演出，可惜了。

李一鸣　放心吧爹，我会把您和娘的本领都学到，成为成都府首屈一指的大当家。

李永庆　有这个心就好，你天资聪慧，嗓音辽阔，功架扎实，是块唱戏的好料。去吧，好好习字，多读戏文，这人世间的道理，可都在戏文里。

李一鸣　是。

　　［李一鸣欢喜地跑下。

　　［李永庆来到门外。

李永庆　（自语）每月例费八千大钱，这保长大爷怎么不去抢啊。

帮　腔　（唱）他就是吃干抹净在明抢。

李永庆　（自语）人在屋檐下……

帮　腔　（唱）怎能不低头。

李永庆　（唱）月色冷如霜，

　　　　　　　好似泪沾裳。

　　　　　　　高腔人喜爱，

反倒惹祸殃。

恶霸横行欺压，

好似当头一棒。

备受煎熬陷困境，

只怕心血付沧桑。

弦断音残心已碎，

舞停影寂身彷徨。

望天涯，

天涯亦无常。

何处是归路，

何处得安康？

［李永庆惆怅地回到庙内。

［惊鸿和张富华上。

惊　鸿　张大哥，我们庆华班怎么缴得起这么高的每月例费啊？

张富华　这例费其实就是保护费，斑鸠师大爷说，庆华班缴足例费，保证诸事顺利；若是缴不够，就难说了。

惊　鸿　其他班社缴多少？

张富华　每月两千大钱，我们庆华班八千大钱。

惊　鸿　这分明是欺压我们才来，看高腔受人喜爱，特来割我们的肉，刮我们的油啊。

张富华　是啊，我向乡约打听，他说庆华班如果更加红火，这例费还会增加。

惊　鸿　我们开班唱戏十余天，得赏钱六千多大钱，抛开艺人份钱和其他开支，一个月下来，挣不到钱还要倒亏啊。

张富华　乡约还说，缴不够例费，可以找他们赊账借贷，这利滚利，我们哪里撑得起，这明摆着要把庆华班变成他的摇钱树。

惊　　鸿　这保长怎能如此，这世道怎能如此啊。

（唱）红尘萧萧，

　　　我辈艺人受煎熬。

　　　心绪沉沉，

　　　保长欺凌困苦难消。

　　　梦受扰，影飘摇，

　　　梨园辛酸泪，尽付风涛。

　　　祈愿艺人得安乐，

　　　一帆风顺渡波涛。

张富华　惊鸿妹子，我还是去找湖广的同乡，看看有没有在衙门当差，或者跟保长说得上话的，求情拜托，把这例费减下来。

惊　　鸿　只能如此。倘若不行呢？

张富华　倘若不行？要么忍受欺压，按照保长的要求缴纳。要么就被取班牌，被迫离开成都。

　〔李秀才内喊：为啥离开成都？

　〔李秀才急匆匆地过来。

张富华、惊鸿　见过秀才老爷。

李秀才　免礼免礼，怎么，你们说要离开成都？

张富华　是此地保长斑鸠师大爷，要庆华班每月缴纳例费八千大钱，我们实在承担不起。

李秀才　八千大钱？也就是八贯大钱，也就是八两银子。咂，这大爷凶哦，我堂堂秀才每月去做塾师也就二两银子，他硬是狮子大张口哦。

张富华　小人冒进，恳请秀才老爷为庆华班说情减费。

惊　　鸿　拜请秀才老爷做主。

李秀才　这个嘛……要得，这庆华班的高腔美妙，我还没听够，怎能让他把你们逼迫出走。再说，他一个保长，又没的功名在身，欺行霸市的，甚是胆大妄为。本秀才来说。保长、乡约何在？

　　［场景转换。李秀才居中，张富华、惊鸿在一侧，斑鸠师、乡约在另一侧。

斑鸠师、乡约　见过李秀才老爷。

李秀才　你们认得我就好。老爷我虽不在衙门当差，却也是薄有功名，理当调解矛盾，为民发声，你们可认否？

四　人　认。

李秀才　斑鸠师，你身为此地保长，所负何责？

斑鸠师　受衙门差使为保长，理一方百业，治一方平安。

李秀才　着啊。那这例费之事何为？

斑鸠师　禀老爷，为着令百业守规，差派劳役，清洁风貌，杂务开销等，衙门无银钱下拨，故约定俗成例费，由百业按月缴纳。

李秀才　（问张富华、惊鸿）庆华班，这例费是约定俗成，你们可认？

张富华、惊鸿　认。

李秀才　这大小戏班子每月交多少？

斑鸠师　十丁内戏班每月一千大钱，十丁上戏班每月两千大钱。

张富华、惊鸿　禀老爷，庆华班每月却要交八千大钱。

李秀才　斑鸠师，那为何庆华班要交八千大钱？

斑鸠师　这……（推乡约上前）

乡　约　禀老爷，这个……这个庆华班嘛，他们人丁多，所以交的就该多。

李秀才　人丁多？说得……

斑鸠师　有道理？

李秀才　有屁的道理，多几个人，例费涨几倍，哪有这样的道理，分明是乱收费。本秀才做主，庆华班的例费跟其他戏班一样，两千大钱，一视同仁。你们认不认？

四　人　认。

李秀才　保长，你可服气？

斑鸠师　老爷秉公之心，小民服气。

李秀才　服气最好，否则，老爷我跟王大人一说，保证你的保长保不住。

张富华、惊鸿　谢老爷为庆华班解困，大恩大德难以报答。

李秀才　不算啥子大恩大德，你们把高腔唱好了，我听着安逸，那是我的福气。

张富华　恭请老爷明天到药王庙听戏。

李秀才　好，走起。

〔李秀才、张富华、惊鸿隐去。

〔斑鸠师和乡约前移。

乡　约　大爷，李秀才横插一杠杠，我们的摇钱树就没的了。

斑鸠师　这……这便如何是好，看到庆华班这块肥肉吃不到，焦人啊。

乡　约　大爷，既然庆华班告状告到李秀才那里，恐怕吃不到这块肥肉了……那就干脆，把这肥肉炼成油渣，我们吃不到，他也吃不成。

斑鸠师　哦……有道理，经此一事，想必这庆华班也记恨于我们，这李秀才不是喜欢听高腔吗，我就让他听不成。

（唱）说到此事怒火烧，

　　　一个秀才把我训教。

　　　庆华班众不识好歹，

　　　摇钱树儿就要跑掉。

　　　休道秀才把戏班保，

　　　一拍两散我就翻觔。

　　　只要当家首角被扳倒，

戏班自然灵魂消。

设计害人须巧妙，

暗箭难防最为高。

到那时他哭喊叫，

我等自然乐逍遥。

乡　　约　　高高高，大爷实在是高。

斑鸠师　　如此这般……

　　　　　［斑鸠师向乡约耳语。斑鸠师隐去。

乡　　约　　二月红走来。

　　　　　［二月红上。

二月红　　见过乡约。

乡　　约　　二月红班主，不知你对庆华班怎么看？

二月红　　庆华班的高腔确实技艺高超。

乡　　约　　我听那庆华班李永庆放言：这成都府地，梨园行以高腔技艺为至高，其他戏腔皆在高腔之下。

二月红　　他？同为戏文曲艺，应无分高下，他不应如此胡说吧？

乡　　约　　是与不是，你明日前去一问便知。

二月红　　好，那我就明日登门询问。

乡　　约　　既然登门，就要讲礼数，这里有糕点一封，你带去作礼吧。

二月红　　这如何使得，我自会备礼登门。

乡　　约　　实话说，因例费之事，庆华班有些误会，我将此礼交与你，也算我的心意，不必推辞。

二月红　　如此，谢过乡约。

乡　　约　　去吧。

二月红　　告辞。

〔两人隐去。

帮　　腔　（唱）一个浑然不知要上当，

　　　　　　　　一个居心叵测坏心肠。

　　　　　　　　咿呀……

　　　　　　　　一段苦戏要登场。

〔光暗。

第五场　寒夜寻子

〔药王庙。

〔李永庆和张富华与数名昆曲艺人交谈，张富华引领昆曲艺人入内。惊鸿从后堂出来。

惊　　鸿　夫君，这几位是？

李永庆　这几位是昆曲艺人，特来庆华班搭班唱戏。

惊　　鸿　昆曲艺人为何到我高腔班来搭班唱戏？

李永庆　只因他们应邀到成都府唱堂会，怎奈堂会之后邀约渐无，难维生计，特来拜会庆华班，望能搭班唱戏，攒钱回乡。

惊　　鸿　昆曲源于江南，虽音律相通，但这言语口白，巴蜀百姓难以辨清，自然邀约渐无。

李永庆　这昆曲口白乃江南软语，在这巴蜀之地能听懂的不多，想我高腔本就含有昆曲曲调，初入巴蜀之时，也有口音之阻碍，前辈师长也是因地制宜，因言改声，便于当地百姓听赏。

惊　　鸿　夫君，我高腔历来是锣鼓伴奏，乐手帮唱，长久以往，戏众也怕要兴趣乏乏。而昆曲戏文高雅完整，乐音优美，我等正好讨教，借习昆曲的戏文和伴奏之音。

李永庆　着啊，我和张大哥也正有此意，正所谓艺无止境，我高腔入川也是逐渐学习、应用本地言语为口白声腔，以便巴蜀百姓听得懂、看得明，是为因地因时而尝新。如今再借习昆曲之戏文、伴音，丰富我高腔戏码及音韵，想必能够持续吸引戏众听赏。

　　　　（唱）戏文自古在流芳，

　　　　　　　代代传承音韵唱。

　　　　　　　一味固守不适宜，

　　　　　　　因地因时来改良。

　　　　　　　高腔之声帮打唱，

　　　　　　　昆曲曲牌音韵长。

　　　　　　　高腔昆曲皆戏腔，

　　　　　　　相通相融方久长。

惊　鸿　对。

　　　　（唱）高腔巍峨高亢，

　　　　　　　昆曲细腻悠长。

　　　　　　　一腔一调皆抒美，

　　　　　　　一板一眼尽风光。

　　　　　　　若使两腔合辉映，

　　　　　　　如山似水两相当。

　　　　　　　身在巴蜀把戏唱……

帮　腔　（唱）唱得他乡变家乡。

李永庆　走，我们也去后堂同他们详叙。

　　　　［李永庆、惊鸿到后堂。

　　　　［二月红手提糕点礼包上。

二月红　（唱）梨园之中百花奇，

　　　　　　　声腔各异两相宜。

　　　　　　　都是苦命在作艺，

　　　　　　　同根相煎何太急。

　　　〔张富华出门，看见二月红。

张富华　原来是西盛班的二月红班主，不知到庆华班有何指教？

二月红　见过张管事，二月红到此拜访，不敢言之指教，有一事不明，特来向贵班李班主请教。

张富华　如此请进。

　　　〔二人入内。

张富华　请坐，望乡，看茶。

二月红　（递礼包）冒昧登门，区区薄礼不成敬意。

张富华　劳烦二月红班主破费。

　　　〔望乡端茶给二月红，张富华将礼包交与望乡拿下。

张富华　我等只知班主大名鼎鼎的艺号二月红，尚不知班主尊姓大名。

二月红　不敢称尊姓，小姓季，季节之季，名为知行，自幼被迫学艺入梨园，给祖上蒙羞了。

张富华　这梨园行在本朝被列为卑贱之类，你我皆是同命人。

二月红　既为同命之人，那贵班大当家，为何贬低我等，抬高自己啊？

张富华　啊？怎会有此等之事，季班主是不是听错了？

二月红　是与不是请出李大班主一问便知。

张富华　我马上请出班主，此等误会可不能过夜。（向内）请李班主。

　　　〔李永庆上。

李永庆　（念）管事一声唤，

　　　　　　　急忙走上前。

张富华　班主，梆子腔西盛班季班主前来拜访。

李永庆　　见过季班主。

二月红　　见过李班主。

李永庆　　不知季班主光临寒舍有何指教？

二月红　　听闻李班主放言，这成都府地，梨园行以高腔技艺为至高，其他戏腔皆在高腔之下。

李永庆　　（大惊）何人如此污蔑于我？

二月红　　怎么，李班主不认说过此话？

李永庆　　永庆以性命担保，绝无此言。

二月红　　哦？绝无此言？

李永庆　　绝无此言。

二月红　　好，既然李班主不承认，那就一笔带过。然，贵班开班唱戏以来，观者如云，相邻传颂，这高腔激昂高亢，响彻云霄。区区不才，以山陕之梆子腔为谋生之本，不知你我可否一论？

李永庆　　不知季班主怎论？

二月红　　不才自幼传习梆子腔，艺成后辗转天涯，组建戏班唱遍大江南北，心有所感，唱于君知。

　　　　　（唱）梆子声声叩心房，

　　　　　　　声腔悠扬意堂皇。

　　　　　　　抑扬顿挫传千古，

　　　　　　　激越高亢震四方。

　　　　　　　情感饱满如江涌，

　　　　　　　意境深远似海洋。

　　　　　　　今日竞艺显身手，

　　　　　　　梆子戏腔美名扬。

李永庆　　（唱）高山流水绕梁音，

　　　　　　高腔一曲动人心。

　　　　　　声震云霄惊凤鸟，

　　　　　　韵传千里醉龙吟。

　　　　　　意境高远如天阔，

　　　　　　情感厚重似海深。

　　　　　　帮、打、唱来展风采，

　　　　　　高腔唱得满堂春。

张富华　（唱）高腔、梆子腔共根生，

　　　　　　皆是华夏先辈代代传承。

　　　　　　声韵交织如锦绣，

　　　　　　功法交融一条根。

　　　　　　两位班主皆翘楚，

　　　　　　各领风骚同存共生。

　　　　　　解除误会把艺论，

　　　　　　梨园同行情谊真。

李永庆　张大哥说得是，你我同为梨园子弟，当和谐共生，成都府大得很，更何况巴蜀之地更加辽阔，各自戏班自有广阔天地。

二月红　李班主言之有理，今日论艺甚是爽快，不才对贵班的高腔之声甚是钦佩。

李永庆　季班主抬爱，这梆子腔也是我等钦慕已久之技艺，还要向季班主请教啊。

三　人　（笑）哈哈哈……

　　　　［三人正在相谈甚欢之时，望乡急急忙忙跑过来。

望　乡　班主，班主，不好了，不好了。

李永庆　望乡，何事惊慌？

望　乡　一鸣弟弟他……他腹痛难忍，浑身烧热，已经昏迷不醒了。

李永庆　他做了什么？为何如此？

望　乡　他没做啥子，只是偷偷吃了季班主送来的糕点，不久便发病如此。

众　人　（惊）啊？

李永庆　走，赶快送医馆。

　　〔李永庆、张富华、望乡急下。

二月红　（惊呆）吃了我送的糕点？怎会如此？怎会如此啊？

　　〔光暗。

　　〔舞台一处：张富华在衙门告状。

张富华　庆华班状告西盛班班主二月红，送以有毒糕点欲谋害本班班主李永庆，被少班主李一鸣误食，现性命堪忧，请县大人申冤。

　　〔内声：着抓捕西盛班二月红到案监审。

　　〔舞台一处：二月红跪在地上。捕头、衙役、乡约分立一处。

二月红　冤枉啊，小民冤枉啊。

差　役　二月红，你可知罪？

二月红　糕点确是我所送，但我并未下毒害人。这糕点乃是乡约交付于我。

乡　约　二月红，休要血口喷人，我何曾交付糕点于你？你嫉妒庆华班声名远扬，抢了你的风头，竟下此毒手，真是可耻！请捕头老爷严惩。

二月红　（怒视）糕点分明是你交付于我，我原封未动送到庆华班的呀。

捕　头　你道是乡约将有毒糕点交付于你，可有人证？

二月红　无人证。

捕　头　可有乡约下毒的物证？

二月红　无物证。

捕　头　既无人证又无物证，这嫌犯当然是你。

二月红　大人，我二月红虽非圣贤，但绝不做此等卑鄙之事！我愿以死证

　　　　　清白！

捕　　头　将二月红收监再审，大刑之下还怕他不招？

二月红　冤枉啊，小民冤枉啊。

　　〔舞台一处：望乡拉着惊鸿。

望　　乡　干娘，一鸣弟弟在郎中的治疗下，烧热已退，腹痛已止。

惊　　鸿　万幸啊万幸。

　　〔舞台一处：张富华焦急地叫喊。

张富华　糟了，郎中说一鸣的病状虽已好转，但嗓子再也难以出声，要成哑人，他、他、他趁天黑跑得不见了。

惊　　鸿　（惊慌）找、找，大家快去找一鸣啊。

　　〔庆华班众人在黑夜中寻找。

　　〔李永庆手持火把，在大街小巷中四处寻找儿子。

李永庆　（唱）夜色沉沉，

　　　　　　　风凄雨冷，

　　　　　　　孤身独影寻觅，

　　　　　　　愁云密布重深。

　　　　　　　寒风凛冽吹檐铃，

　　　　　　　愁云密布掩月星。

　　　　　　　心乱如麻难自持，

　　　　　　　脚步蹒跚艰难行。

　　　　　　　（焦急地四下寻找）

　　　　　　　心急如焚，

　　　　　　　一腔悲愤压在心。

　　　　　　　心急如焚，

　　　　　　　忙把娇儿来找寻。

　　　　　　　　大街小巷寻儿踪，

　　　　　　　　顶风冒雨砥砺行。

　　　　　　　　只要吾儿在人世，

　　　　　　　　为父脚步就不会停。

　　〔李永庆继续寻找。

　　〔惊鸿和望乡急急忙忙也来寻找。

惊　　鸿　（唱）寻娇儿焦急万分，

　　　　　　　　路泥泞一浅一深。

望　　乡　（唱）街坊四邻都找遍，

　　　　　　　　黑夜寻找如大海捞针。

惊　　鸿　（唱）昔日欢颜梦，

　　　　　　　　恍若昨夜星。

　　　　　　　　昔日笑语盈，

　　　　　　　　今成泪染襟。

　　　　　　　　我的儿啊，

　　　　　　　　要到哪里将你寻？

　　　　　　　　我的儿啊，

　　　　　　　　可曾听见娘悲声？

　　〔李永庆与惊鸿、望乡会合，见对方没有找到儿子，不由得相扶泪流满面。

　　〔张富华内声大喊：找到了，找到了！

　　〔张富华和庆华班众人背负着李一鸣上。

　　〔惊鸿快速迎过去，却又害怕地缓步后退。

惊　　鸿　（害怕地颤抖）张大哥，一鸣他……他……

张富华　一鸣无碍，可能是跑得累了，在一处门廊拐角处睡着了。

李永庆、惊鸿　（大松一口气）那就好，那就好。

李一鸣　（泪眼婆娑，哑声）爹、娘……

李永庆、惊鸿　爹娘在此、爹娘在此……

　　〔惊鸿紧紧抱着李一鸣。

惊　鸿　鸣儿莫怕，有爹娘在。

李永庆　鸣儿，别怕，我们在这里。

李一鸣　（哑声嘶喊）爹、娘，我……我要唱戏，我不想成为废人……

惊　鸿　（悲泣安慰）治得好，你的嗓子治得好，不会成废人。

李永庆　我的儿啊……

　　　　　（唱）听此言不由我眼泛泪星，
　　　　　　　　就好似有魔爪撕裂我心。
　　　　　　　　母子俩紧相拥泣声悲愤，
　　　　　　　　恍然间似儿幼怀抱在身。
　　　　　　　　我儿从小承父业，
　　　　　　　　一棵好苗培育成。
　　　　　　　　声腔嘹亮似天籁，
　　　　　　　　唱念做打习得真。
　　　　　　　　只待一鸣来惊人，
　　　　　　　　未承想被害毒哑来失声。
　　　　　　　　为父者心再痛也不能乱了神，
　　　　　　　　为救儿寻访神医治病根。

　　〔李一鸣在惊鸿怀中睡着了。

张富华　娃娃突遭变故，心内悲伤，就让他睡吧，我们回去再说。

李永庆　好，此事劳烦班中各位兄弟，永庆感激不尽。

众　人　一鸣乃是自家子弟，我等责无旁贷。

张富华　走，先回班去。

　　［众人背着李一鸣，惊鸿、望乡跟随一同回去。

　　［张富华拉着李永庆。

张富华　班主，这糕点投毒一案，衙门已然受理，二月红被抓捕进监。

李永庆　我观二月红乃是爽直之人，不似投毒的恶人，其中定有隐情。

张富华　我去找秀才老爷，请他禀告县令王大人，定能水落石出。

　　［光暗。

　　［舞台一侧。斑鸠师和乡约密谋。

斑鸠师　你是怎么办事的，没整到班主，整一个小娃娃有啥作用？

乡　约　大爷息怒，哪个晓得那个小娃娃要偷嘴嘛！

斑鸠师　现在黑锅背在二月红身上，一定咬死让他取不下来。

乡　约　大爷放心，我已经打点差哥，指证二月红因嫉妒害人。我还找到糕点铺子，喊他们不要乱说，否则就摘牌子。只是这庆华班还收拾得不够……

斑鸠师　哼，那就接着收拾。

乡　约　大爷还有何妙计？

斑鸠师　听说这庆华班停戏寻医，我们这般……

　　［两人耳语……

　　［光暗。

第六场　戏台惊变

　　［内声：李秀才又来了。

　　［舞台前区一处。

　　［李秀才挎着一个药包上。

李秀才　听闻……

（念）听闻庆华班遇了祸，

　　　　好端端的娃娃遭了黑锅。

　　　　清早起来就没有歇着，

　　　　找到郎中包了一包药。

　　　　我连忙出门赶个早脚，

　　　　三步两步就越过坡坡。

（白）我转过了，我转过了……

（念）东大街，城隍庙，

　　　　初一十五好热闹。

　　　　一巷子，水月庵，

　　　　笔帖式前要转弯。

　　　　二巷子，小菜市，

　　　　对直过去大慈寺。

　　　　纱帽街，修得长，

　　　　中间有个西禅堂。

　　　　东校场，甚是宽，

　　　　回头就是五里三。

　　　　布政司，西辕门，

　　　　江湖先生各显能。

　　　　棉花街，大酱园，

　　　　双斗桅杆卓秉恬。

（白）我……等会儿，已经到棉花街了嘛，再走就走过了，待我进去。

〔李秀才入内。

[药王庙内。

　　　[几个庆华班弟子正在打扫、收拾道具。

　　　[望乡带着李秀才进前厅。

　　　[张富华急急忙忙过来请安。

张富华　见过秀才老爷。

李秀才　莫客气了,你们少班主的事情我听说了,我这儿带来名贵药材一副,专治嗓音失声,赶快拿去给娃娃治病。

张富华　谢过老爷。望乡,快带去煎药。

　　　[望乡接过药包,快速离开。

　　　[惊鸿和李永庆出来。

李永庆　给秀才老爷请安,老爷雪中送炭,永庆与妻感激不尽。

李秀才　少班主我见过,是个优伶的好坯子,我也是尽尽心意。

李永庆　谢过老爷,请用茶。

惊　鸿　张大哥,这成都府最有名的御春堂医馆郎中说,鸣儿的声音还是出不来,至于今后能否出声目前还难以断定,可还有别的名医能医治吗?

张富华　我们已经找遍成都府的名医,他们都说,少班主的病症乃是毒药所致,能保住命就万幸了,这喉管肉伤可愈合,但这内在的经脉损伤,药石无法恢复,若想再出嗓音,需用名贵药材,慢慢调理。

惊　鸿　这可怎么办啊?

　　　（唱）愁绪笼罗帐,

　　　　　　儿病痛难当。

　　　　　　为母手无措,

　　　　　　泪流心更伤。

　　　　　　往昔欢笑似梦长,

　　　　　如今病榻受苦殃。

　　　　　愿以我身替儿痛，

　　　　　换得我儿得安康。

李秀才　你等也不要过于焦急，这心急吃不了热豆腐。

李永庆　谢老爷宽慰，为了小儿的未来，我等筹措资费，救治于他。

李秀才　名贵药材，慢慢调理，这花费恐怕不小啊。

惊　鸿　为救我儿，不惜一切代价。

　　　［乡约进来。

乡　约　李班主。

李永庆　见过乡约大哥。

乡　约　哟，都在哈。（看见李秀才）给秀才老爷请安。

李秀才　安，希望大家都安。

李永庆　不知乡约大哥到此何事？

乡　约　少班主之事我也听说了，这一个嘛，二月红打胡乱说，我特来澄清。这二个嘛，庆华班为了少班主之事，也是多日不曾唱戏，班中还要养活班众，再加上少班主医治之花费，想必也是不菲吧？

李永庆　说来惭愧，因小儿之病症，在下也无心唱戏，对不住各位了。

乡　约　这不是长久之计啊。

李秀才　然也，戏班不唱戏，何以谋生？只是唱戏营收只能解决温饱，这救治少班主的花销想是远远不够，本秀才诗书传家，并非富豪之门，来来来，这儿有纹银五两，已是本秀才身上的全部家当了，你且收下。

李永庆　老爷折杀小人了，老爷对庆华班的厚爱已使我等感激涕零，这银两万万不敢收，老爷的大恩大德感激不尽。

李秀才　收下。

李永庆　不敢。

　　　［两人拉扯，乡约劝阻。

乡　约　两位，两位，一个要给，一个不收，这也不妥。本乡约前来的第二件事，就是为了缓解庆华班营收窘迫的。

李秀才　哦？你有啥子鬼主意？

李永庆　乡约请讲。

乡　约　后日是五月十三日，乃是武圣关二爷的诞辰，陕西会馆要祭祀祭拜，广开庙会。其会首言道，要邀请精湛戏班，连演三天大戏，以乐乡众。以往都是请的西盛班，这次二月红被捕入监，搞不成了。是保长斑鸠师大爷，向会馆极力推举，庆华班能担此重任，这包银嘛……

李永庆　多少？

乡　约　三天六场合计一百两。

众　人　一百两？

乡　约　对，还不是一百贯大钱，而是一百两白花花的银子哦。

李秀才　我的乖乖，这县太爷一年的俸银也只有四十五两，禄米二十二石五斗。这山陕商家硬是有钱，该挣就挣嘛。

乡　约　老爷说得是，这会首大爷听了保长的举荐，也说久闻庆华班高腔大名，此次祭祀可领略高腔精妙，还指定要听《珍珠记》哦。

庆华班众人　谢过保长大爷和乡约大哥举荐。

李秀才　好事，既可挣得银两给少班主医治，也可打响高腔名声，好事，好事。

乡　约　既已说定，小人马上回复会馆大爷。

　　　［乡约离开。

李秀才　那你们就速速准备，连演三天大戏，我可以饱足戏瘾咯。

庆华班众人　是，定当全力以赴。

〔光暗。

〔李永庆、惊鸿、张富华走到前区。

张富华　班主，这两天时间准备三天大戏，可不好唱，这戏码安排？

惊　鸿　既是关二爷寿辰，理当先演关公戏。

李永庆　使得，这三天前面都演关公戏，最后一场演会首大爷点的《珍珠记》。

张富华　妥当。

李永庆　这纹银一百两可不是小数，还劳烦张大哥跟会首大爷签订契约，免得节外生枝。

张富华　理当如此，我这就前去陕西会馆。

〔张富华离开。

李永庆　（高喊）庆华班在关公寿辰唱关公戏，所有班众祭拜武圣关二爷。

〔鼓乐声响。

〔李永庆带班众祭拜关公像。

〔光暗。

〔陕西会馆。

〔音乐转为高腔《单刀会》关公唱腔。

〔戏台上关羽提刀演唱。

关　羽　（唱）大江东去浪千叠，

　　　　　　　　引着这数十人，

　　　　　　　　驾着这小舟一叶。

　　　　　　　　又不比九重龙凤阙，

　　　　　　　　可正是千丈虎狼穴，

　　　　　　　　大丈夫心别。

　　　　　　　　我觑这单刀会似赛村社。

〔台上演员卖力演出，台下观众叫好声此起彼伏。

［后区的戏台喧嚣中，一处显现庆华班后台，饰演《珍珠记》的旦角演员正在上妆，突然从身后出来两个人，打晕旦角演员扛起就悄然离开。

　　［后区的戏台喧嚣渐渐隐去。

　　［李永庆饰演的高文举已经装扮完毕，四处寻找旦角演员。

李永庆　（高喊）张大哥快来！

　　［张富华急匆匆地上。

张富华　班主何事惊慌？

李永庆　张大哥，小五你可曾看见？

张富华　小五？（环顾四处）晌午我看到小五正在上王金真的妆容啊，这会儿跑哪里去了？

李永庆　还有半个时辰就要开锣，以往我都要与他再对戏一番，可是我寻遍戏台周围都未见人影啊。

张富华　啊？人不见了？这可不好，（高喊）大家快来！

　　［庆华班众人有的扮着戏装，有的拿着锣鼓，迅速围拢过来。

李永庆　大家听了，小五本该扮好妆容，可是未见人影，大家迅速寻找。

众　人　是。

　　［众人四散寻找……

　　［外面传来伙计唱名的呼声：李掌柜到……王老爷到……李秀才到……保长大爷到……

　　［李永庆焦急地等待。

李永庆　（唱）耳听得在唱名道道声震，
　　　　　　　心发紧好似那声声追魂。
　　　　　　　眼看着要开戏时辰临近，
　　　　　　　小五儿无踪影焦急万分。

　　［众人跑上。

望　乡　　班主，后台四周没的。

班众甲　　班主，观戏厢房没的。

班众乙　　班主，会馆前厅没的。

张富华　　班主，找遍了会馆都没的呀。

李永庆　　这便如何是好啊。

　　　　　（唱）契约签订三天整，

　　　　　　　　最后一场险情生。

　　　　　　　　小五平日甚乖巧，

　　　　　　　　练功唱戏忒认真。

　　　　　　　　无缘无故无踪影，

　　　　　　　　怎不叫人心疑存？

张富华　　这可怎么得了，这可怎么得了，小五不在这儿旦角哪个顶得起，这下完了，一百两纹银挣不到不说，还要倒赔，（悲鸣）庆华班的牌子要砸了。

李永庆　　（唱）张大哥老泪纵横，

　　　　　　　　庆华班六神无主。

　　　　　　　　此一事棘手难解，

　　　　　　　　此一时恍然失魂。

〔众人沮丧至极，惊鸿站出来。

惊　鸿　　我来唱。

李永庆　　你来唱？

张富华　　不可不可，本朝明令，女子不能登台唱戏，这是违禁啊。

惊　鸿　　此时迫在眉睫，左右都是死，不如剑走偏锋、棋行险着，死里求生。

张富华　　可是你的身形？

惊　鸿　　加胖衣。

望　乡　可是你的声音？

惊　鸿　放宽声。

李永庆　惊鸿……

惊　鸿　夫君，为了鸣儿，为了庆华班，只能铤而走险一试了。走，换装开戏。

　　　［光暗。

　　　［斑鸠师和乡约出现在前区。

斑鸠师　可否安排妥当？

乡　约　已然安排妥当。

斑鸠师　人已经藏好了？

乡　约　藏好了。

斑鸠师　那就好，没了这个旦角，我看庆华班这个戏还咋个开场。

　　　［锣鼓响起。

　　　［斑鸠师和乡约诧异。

　　　［戏台上，李永庆饰演的高文举出场。

李永庆　（唱）自古道男儿志四方，

　　　　　　　哪怕艰难道路长。

　　　　　　　但愿早登龙虎榜，

男帮腔　（唱）龙虎榜。

李永庆　（唱）一举成名天下扬。

男帮腔　（唱）天下扬。

　　　［惊鸿饰演王金真上。

惊　鸿　（唱）夫成名易如反掌，

　　　　　　　敬祝你鹏程万里，

　　　　　　　天外返家乡……

　　　［观众叫好声大作。

斑鸠师　咋个回事？庆华班不是只有一个旦角能唱此戏吗？

乡　约　是啊，我看了多次庆华班演出，未见过此角啊。

斑鸠师　（拍打）你个蠢货，办事都办不牢靠。

乡　约　哎呀大爷，我认出来了，这是李永庆的婆娘。

斑鸠师　婆娘就婆娘，也把戏接起了。

乡　约　不是哦大爷，她是女子啊。

斑鸠师　屁话，婆娘当然是女子嘛……（反应过来）女子？他婆娘登台唱戏了，哈哈……真是递到手上的刀把把，走，告官。

〔光暗。

〔捕头出现。

捕　头　今有庆华班女子登台唱戏，有伤风化，着令缉拿班主李永庆和登台女子惊鸿，庆华班其余班众遣散离府，此告。

〔光暗。

第七场　鸣冤诉情

〔夜深人静。

〔县衙牢狱。

〔舞台分为两部分：李永庆披头散发在男监，惊鸿睡卧在隔壁的女监。

〔衙役打开牢门，放斑鸠师和两名黑衣随从进去。

斑鸠师　李班主，李大当家，李永庆。

李永庆　何人唤我？……冤枉啊，冤枉……

斑鸠师　冤枉？哼，你庆华班自恃技高，蔑视梨园同行，已遭非议，再许女子登台，有伤风化，身陷囹圄，也是罪有应得。

李永庆　禀老爷……我庆华班老实唱戏，清白做人，从未蔑视同行，女子登

斑鸠师　　台也是迫不得已，望老爷开恩，放我等一条生路。

斑鸠师　　生路？有，只要你签下认罪文书，自然有你一条生路。

李永庆　　认罪文书？（抬头看）保长大爷？怎么是你？

斑鸠师　　怎么不能是某家，快签认罪文书。

李永庆　　（接过看）不，不，不不不……小人庆华班未曾上演禁戏，未曾演唱淫靡之词，未曾惹是生非打压同行，更未曾贪墨包银为子求医……这些罪状乃是胡说，我李永庆行得正、站得直，绝不会认这些诬陷之罪。

斑鸠师　　李永庆，今天你要是不认，就要受皮肉之苦。

李永庆　　你……你……你这是滥用私刑。

斑鸠师　　私刑也是刑，认不认？

李永庆　　不认。我要见县太爷申明冤屈。

斑鸠师　　还想见县太爷，来，给我打。

　　　〔跟班拿起哨棒，一棒子打在李永庆身上，李永庆惨叫一声。

　　　〔女监中的惊鸿听见惨叫，缓缓醒来。

惊　鸿　　（呼喊）夫君？夫君？

斑鸠师　　李永庆，你婆娘在隔壁女监，想必听到你的惨叫她会心疼万分吧。

　　　　　打，让他叫得更惨，更大声。

　　　〔二跟班抡起哨棒轮番击打李永庆，李永庆咬牙坚持不再出声。

李永庆　　（唱）眼花花，头昏昏，

　　　　　　　　无情哨棒打在身。

　　　　　　　　无辜受冤向谁诉？

　　　　　　　　血泪交织心悲愤。

斑鸠师　　还忍住不发出声音？给我使劲打。

　　　〔二跟班加大力度抽打。

李永庆　　（唱）棍棒击身狠，

    咬牙不出声。

    永庆也是好儿男，

    欲加之罪决不认。

斑鸠师 看不出来，一个戏子骨头还很硬，之前要不是你儿子误食糕点，这中毒的就是你，哪还有后面的戏啊。

李永庆 （大惊）投毒的是你？是你，是你啊！

斑鸠师 是大爷我又怎样，你奈我何啊？哈哈哈……

李永庆 （唱）闻得此言心狂震，

    投毒真凶亲口认。

    满腔怒火心中起，

    恨不得撕碎此恶人。

  〔惊鸿来到窗边，呼喊。

惊　鸿 （呼喊）夫君？夫君？

李永庆 （唱）耳旁听到妻唤声，

    声声直击我心魂。

    可怜惊鸿弱女子，

    彷徨无助泣悲声。

    我不禁要向苍天问，

    永庆未做亏心事，

    却为何？却为何？

    妻陷囹圄儿残声。

    身痛阵阵，

    心痛真真。

    恍若地狱，

    了此残生。

〔李永庆疼痛晕死过去。

〔斑鸠师拿起李永庆的手画押,得意地带着跟班离开。

〔惊鸿越发地恐慌。

惊　鸿（唱）月色凄迷映寒窗,

　　　　　　孤影伶仃心惶惶。

　　　　　　被抓进监生恐惧,

　　　　　　无神无主泪湿裳。

　　　　　　不知夫君何样？

　　　　　　不知娇儿安康？

　　　　　　不知庆华班况？

　　　　　　不知心在何方？

　　　（白）夫君,夫君……

〔李永庆缓缓醒来,听到惊鸿呼唤,艰难爬到墙边,强忍疼痛,回应惊鸿。

李永庆　惊鸿,惊鸿妻啊。

惊　鸿　夫君,夫君,你在哪里？

李永庆　惊鸿,为夫就在隔壁的监房,你不要惊慌,为夫在此。

惊　鸿　夫君,都怪我,我不该登台唱戏,连累夫君,连累庆华班啊。

李永庆　惊鸿,你千万勿有此念想,当时情形,你不登台,庆华班无法演出也是违约,庆华班的班牌还是要砸掉,只是,我们不该想要蒙混过关,有悖规矩。

惊　鸿　夫君,以后怎么办？庆华班怎么办啊？

李永庆　照此,庆华班必被遣散,我等再无安身之地。是我对不起你们母子,对不起庆华班的亲人们啊。

　　　（唱）一场梨园梦,

　　　　　　　一颗高腔心。
　　　　　　　一朝违禁令，
　　　　　　　一狱锁艺魂。
　　　　　　　世道不公我能忍，
　　　　　　　四处漂泊寻安身。
　　　　　　　艺人被欺我能忍，
　　　　　　　只想尽心唱戏度此生。
　　　　　　　谁料想，悲祸横，
　　　　　　　一场冰雨梦难存。
　　　　　　　担忧班众悲白发，
　　　　　　　更怕亲人饥寒困。
　　　　　　　泪眼望穿天际远，
　　　　　　　心如乱线难穿针。

惊　鸿（唱）夫妻隔墙泣，
　　　　　　　成为戴罪身。
　　　　　　　庆华班即散，
　　　　　　　何处得安身？

李永庆（唱）彷徨无助夜沉沉，
　　　　　　　空自泣诉冤声声。

惊　鸿（唱）梦回往昔戏台影，
　　　　　　　翠袖轻拂高腔魂。

李永庆（唱）曲终人散了。

惊　鸿（唱）人散心离分。

李永庆（唱）已成阶下囚人。

惊　鸿（唱）囚人已难脱身。

李永庆　（唱）今生无望望来生。

两　　人　（合）今生无望望来生。

　　　　〔两人悲泣，心痛无声……

　　　　〔光暗。

　　　　〔前区。李秀才急上。

李秀才　（念）眼看戏班被驱散，

　　　　　　　急忙来找王兄台。

　　　　（白）拜见县令王大人。

　　〔王绍文出。

王绍文　原来是李兄。

李秀才　王大人。

王绍文　后堂之中，你我私交论谊。

李秀才　王兄，昨日你可曾审理庆华班女子登台一事？

王绍文　为兄昨日外出公干，未曾审理此事。

李秀才　那就怪哉。据庆华班张管事昨晚探监所言，那李庆华被严刑拷打，血肉模糊。

王绍文　哦，还有这等事？（向外喊）捕头走来。

　　〔捕头上。

捕　头　参见大人。

王绍文　捕头，昨日县衙提刑可曾提审庆华班李永庆？

捕　头　禀大人，昨日提刑未曾提审庆华班李永庆。

王绍文　那是何人对李永庆严刑拷打，速速查来。

捕　头　喳。

　　〔捕头速下。

王绍文　贤弟，你我大堂等候，你且暂做师爷听用。

李秀才　遵命。

［两人走至县衙大堂。

［捕头急上。

捕　头　禀大人，小人已查实明白，昨夜保长斑鸠师曾带人到监中见过李永庆，此时他和乡约正在堂外等候。

李秀才　又是这个保长斑鸠师。

王绍文　贤弟少安毋躁。宣他们进来。

捕　头　斑鸠师、乡约进堂。

［斑鸠师、乡约进堂。

斑鸠师、乡约　参见县老爷。

王绍文　起身。

斑鸠师、乡约　谢大人。

斑鸠师　禀告大人，现有庆华班李永庆自供罪状在此。

王绍文　呈上来。

［捕头接过罪状交给李秀才，李秀才交给王绍文。

王绍文　（看）庆华班上演禁戏此罪一，演唱淫靡之词此罪二，惹是生非打压同行此罪三，李永庆贪墨包银为子求医此罪四……

李秀才　（愤慨）一派胡言。

斑鸠师　禀告县老爷，这自供罪状有那李永庆的亲手画押。

李秀才　那也是你屈打成招。

斑鸠师　小人不敢。

李秀才　不敢？我看你的胆子大得很哦，前有欺行霸市、敛财肥私，现在又滥用私刑、屈打成招，不动家伙你不会从实招来。来呀……

王绍文　（拦住）贤弟，你说的是我的话哦。

李秀才　哎呀，小弟一时激愤，冒进了，冒进了。

斑鸠师　禀告县老爷，李秀才一向对小民有所误解，请县老爷做主。

王绍文　当然要做主。不过，李秀才说的话，就是我想说的话，你当真以为我这个七品县令是吃干饭的啊？

斑鸠师　啊？

王绍文　乡约，把你昨天说的话在这大堂之上再说一遍。

乡　约　（颤抖）禀、禀、禀大人……

　　〔看着斑鸠师一脸的凶狠，乡约不敢说下去。

王绍文　怎么不敢说了？你就是个欺软怕硬的小人，你还没看明白这县大堂乃是本官的主场吗？（拍惊堂木）讲！

乡　约　是，禀大人。

　　〔一段吹腔。乡约比画着交代了斑鸠师陷害庆华班的来龙去脉。

斑鸠师　咍，乡约，你硬是说得透彻哦。

乡　约　大爷，此一时彼一时，我说不清楚，我的小命就哦豁了。

王绍文　斑鸠师，这乡约说的可是实情？

斑鸠师　大人，乡约一派胡言，小人冤枉啊。

王绍文　冤枉？说你蠢，你还不承认。你一个漏洞百出的奸计，哪经得起本官明察秋毫啊。

李秀才　大人，这到底是怎么回事啊？

王绍文　贤弟，之前二月红投毒一案本官就觉得蹊跷，这个嫁祸嫁得太明显了，加之庆华班报案说旦角失踪，本官觉得此事必有关联。昨日本官微服寻访，了解保长乡约之事，这乡约不经吓，本官一问，他就竹筒倒豆子，抖得个干干净净。

李秀才　大人真乃好官。

王绍文　来呀，将二月红、李永庆、惊鸿带上来。

　　〔二月红、李永庆、惊鸿被衙役带上来。

二月红　（唱）忽听堂上一声唤，
　　　　　　　浑身无力脚蹒跚。
　　　　　　　堂上我把冤屈喊，
　　　　　　　一步一叩拜青天。

　　　　　（高喊）冤枉啊……

惊　鸿　（唱）自从夫妻同入监，
　　　　　　　隔墙倾诉悲苦言。
　　　　　　　谁料夫君被残害，
　　　　　　　我到堂前高喊冤。

　　　　　（高喊）冤枉啊……

李永庆　（唱）一步一痛步维艰，
　　　　　　　今日定是难周全。
　　　　　　　唯愿求得妻赦免，
　　　　　　　永庆虽死也心甘。

　　　　　（高喊）冤枉啊……

〔三人进堂后跪下。

王绍文　咋个进来都还在喊冤哦。

李秀才　他们又不晓得状况。

王绍文　众人听判。经查，保长斑鸠师以民冒官，欺行霸市，主谋投毒，害人致残，滥用私刑，阴谋害人，判杖五十，流放宁古塔。

斑鸠师　（瘫软）大人开恩啊，大人开恩啊。

王绍文　你也是没害出人命，你的罪行判流放已是开恩，押下去。

〔二衙役将斑鸠师押下。

王绍文　经查，乡约不守本分，胁从害人，念你主动揭发，判杖三十，处徒刑，直至大赦之时。

乡　约　小民认罚认罪。

李秀才　押下去。

　　〔二衙役押乡约下去。

　　〔张富华带领庆华班众人在堂外听判。

王绍文　二月红、李永庆、惊鸿听判。就二月红毒害庆华班一案，经查系斑鸠师嫁祸之罪，特判二月红无罪开释。

二月红　谢大人，谢青天大老爷。

王绍文　庆华班一案，经查为斑鸠师暗中捣鬼所致，今日真相大白。庆华班被污害澄清，着令恢复班牌，可继续演戏。

众　人　谢过大老爷。

李秀才　不是吹，本秀才也尽了绵薄之力。

众　人　谢过秀才老爷。

王绍文　然，女子登台乃是本朝禁忌，念在惊鸿登台乃是奸人所害导致，着从轻发落，禁止惊鸿唱戏终生，不得从事戏班相关诸事，此判。

惊　鸿　谢过大老爷，小女子谨遵禁令，永不唱戏。

李永庆　惊鸿……

惊　鸿　夫君，在这世道这已是很好了，谢过大老爷。

李永庆　（唱）耳旁听得一声判，

　　　　　　　点点珠泪洒下来。

　　　　　　　昨日双魂囚牢叹，

　　　　　　　一腔悲声谁人怜？

　　　　　　　彷徨无助心绝望，

　　　　　　　生离死别一线间。

　　　　　　　寒夜漫，曙光开，

　　　　　　　沉冤得雪见青天。

　　　　　幸得秀才鼎力助，

　　　　　幸得大人秉公言。

　　　　　庆华得以重开戏，

　　　　　夫妻得以保周全。

　　　　　高腔之梦今又续，

　　　　　满怀恩情返梨园。

　　　　　悲欢离合戏中演，

　　　　　喜怒哀乐腔中现。

　　　　　风霜雪雨同舟济，

　　　　　此生与你度余年。

　　　　　人生如戏，

　　　　　戏如人生，

　　　　　这一声高腔啊，

　　　　　响彻天地间。

帮　　腔（唱）这一声高腔啊，

　　　　　响彻天地间。

王绍文　尔等回去好好唱戏，县府自当为尔等遮风避雨。只是有一桩，高腔虽然声韵美妙，只是尔等戏音混杂，还要再赋亲民之感啊。

李秀才　对呀，正所谓，到了哪个坡，就唱哪个歌，你们要因势利导、因人而唱，你们已经使用巴蜀口音，再融入本地曲调，这样才更接地气嘛。

李永庆　是，庆华班定当如此。

王绍文　庆华班、西盛班之案，现已平冤惩恶，为抚民情，本县特邀庆华班、西盛班及各色声腔戏班在会馆庙堂演戏三天，与民同乐。（众人欢呼）还有，各省之移民者，登记了户籍印牌，已为川人，当为家园尽心尽力。

〔众人纷纷叫喊：小民自山东而来、山西而来、河北而来、河南而来、湖北而来、湖南而来、广东而来、广西而来、陕西而来、安徽而来……

王绍文　坊间俗语言道："大姨嫁陕二姨苏，大嫂江西二嫂湖。戚友初逢问原籍，现无三世老成都。"本地移民众乡亲已是相合相融，这戏班也需改弦易辙，故土新乡同唱。

李永庆　老爷高见，我等也是原有此意，高腔欲在巴蜀扎根发芽，生长枝蔓，确需经此变化，腔为百姓之唱，戏为万民之演。

李秀才　对嘛，就该如此。

李永庆　此后，高腔为四川之高腔，蜀戏之高腔。

众　人　四川之高腔，蜀戏之高腔。

　　〔光暗。

尾声　天下汇川

　　〔繁华的成都府。

　　〔各种戏曲形式纷纷精彩亮相，观众络绎不绝，叫好声此起彼伏。

　　〔一段昆曲《牡丹亭》，杜丽娘、柳梦梅委婉缠绵……

　　〔一段皮黄《桃园结义》，刘、关、张慷慨激昂……

　　〔一段梆子腔《穆桂英打雁》，穆桂英英姿飒爽……

　　〔一段灯调《亲家母上轿》，小丑、小旦诙谐滑稽……

　　〔戏台上，李一鸣饰演陆文龙，武功技巧迭出，双枪宛如蛟龙……

　　〔李秀才出。

李秀才　我为李秀才，乃是前面李秀才的儿子，也是李秀才。此前戏文仅是依据民国《蜀伶杂志》中对雍正二年高腔到成都的寥寥数言之描述所叙，这历史嘛，还在继续考证，在此仅作为故事摆给各位看官一阅。清初之时，随着移民填川，其他戏曲声腔或早或晚都涌入四川，延续蜀戏之根脉，汇集南北之声腔，形成属于巴蜀之地独特的百流汇川之势。这昆曲化为了昆腔，梆子腔和山陕梆子化为了弹戏，皮黄化为了胡琴，灯调演变为了灯戏，这高腔嘛，自然就成为川戏之高腔，这五腔共合就形成了今天的川剧。正是，天下移民填川，经数百年化新地为家园，成为川人；天下戏腔流川，经数百年化他曲为乡音，成为川戏：可谓天下汇川。

[音乐起。

[川剧昆腔、弹戏、胡琴、灯戏、高腔演员轮番上演。

昆　腔　（唱）万千百姓别故乡，

　　　　　　　一路风尘一路雨霜。

弹　戏　（唱）百年跋涉会天府，

　　　　　　　一半乡愁一半向往。

胡　琴　（唱）万民分涌垦沃野，

　　　　　　　一分耕耘一分希望。

灯　戏　（唱）世代生息成川人，

　　　　　　　一篇历史一篇新章。

高　腔　（唱）百江汇海波浪卷，

　　　　　　　百戏入蜀天地宽。

　　　　　　　中华文脉贯古今，

　　　　　　　生生不息天下汇川。

众　人　（唱）中华文脉贯古今，

　　　　　　　生生不息天下汇川。

[完。

（大型现实题材川剧）

此心安处

题语

　　20世纪60年代，在党中央的决策下，举全国之力，在中西部13个省、自治区开展三线建设这一新中国历史上的宏伟工程。太阳城（三线建设城市的代称）作为国家三线建设战略部署的龙头，使得一批又一批热血青年投身其中。"此心安处是吾乡"（宋·苏轼），"献了青春献终生，献了终生献子孙"是很多三线建设者家庭的真实写照，他们把他乡化作故乡，为祖国铸造起钢铁基石。

　　"70年砥砺奋进，我们的国家发生了翻天覆地的变化，……这是一部感天动地的奋斗史诗。"此心安处——既是反映建设者为了国家建设在此安身、安心，更是表达了因为有一代代建设者的辛勤付出，让党和祖国拥有了战略安全之地，才能保障国家的进一步繁荣发展。钢铁能源是国之重基，经过多年艰苦卓绝的奋斗，特别是党的十八大以后，新的建设者传承前辈的精神，不忘初心，砥砺前行，在这里开启了新的航程、新的时代。

　　"文艺创作要扎根本土、深植时代"，作为全国首部反映三线建设背景的现代工业题材川剧，剧中将当代与过去交织辉映，抒写英雄情怀，为新时代喝彩。在此，也特向为大三线建设和各个时期为祖国建设做出卓越贡献的建设者们，致以崇高的敬意！

　　特创作此剧庆祝新中国成立70周年！

时　　间：20 世纪 60 年代末、21 世纪新时代

地　　点：祖国西南大裂谷中一座新兴的工业重镇——太阳城

人　　物：

  李显达　男，二号信箱——冶金建设公司下属某公司设计工程师，后任副经理至退休。（青年时和老年时通过服装与造型快速切换）

  梁雅琴　女，李显达妻，某小学教师，后任副校长至退休。（青年时和老年时通过服装与造型快速切换）

  蒲忆山　男，四〇公司施工项目工程师，创业初期牺牲。

  李建钢　男，蒲忆山的儿子，李显达的养子，太阳城钢铁厂脱钒厂党委书记，技术骨干。

  李建强　男，李显达儿子，私营业主。

  小天津　男，二号信箱——十九冶职工，车队队长，后退休。

  小上海　女，二号信箱——十九冶下属某公司设计人员。

  小湖北　女，四〇公司职工。

  小东北　男，二号信箱——十九冶下属某公司工程人员。

  张　晶　李建钢妻子。

  李敬山（蒲敬山）　男，李建钢和张晶的儿子，即将毕业的硕士研究生。

  李乐佳　女，李建强的女儿，大一学生。

  其他人物　其他建设者、医生、博物馆讲解员、游客等若干。

（剧中人物年龄、身份依据不同年代表述）

［注：］二号信箱　三线建设之初冶金部第十九冶金建设公司的代号。

   四〇公司　三线建设之初太阳城钢铁厂的代号。

   攀　枝　花　属木棉科植物，又称木棉花，因花开红艳璀璨，被誉为"英雄花"。

序

[幕前曲,主题曲《此心安处》。

[画外音清唱:

　　采一朵天府的云向南方,

　　给一树攀枝花披上霞光。

幕后合唱 采一朵天府的云向南方,

　　给一树攀枝花披上霞光。

　　迢迢江水涤山魂,

　　树树红花亮容妆。

　　捧一颗炽热心注入希望,

　　给一座花样城洒满阳光。

　　待到攀枝花——花开时,

　　此心安处是吾乡。

[定点光启。

[当代春季的某一天。

[舞台前端一侧特定演区,一棵苍劲笔直的攀枝花树下。

[李显达坐在小区小花园长椅上看报纸。

[另一个场地热闹非凡。

[画外音:同志们,今天,我们在这里启动钒钛磁铁矿直接提取工业的示范项目,本项目采用了创新技术、最新工艺,将实现钒钛磁铁矿高效清洁直接提钒,属全国首创。项目是在钢铁厂一号焦炉的原址新建。我宣布,一号焦炉拆除工程正式开工。

[欢呼声与锣鼓声齐鸣……

〔小区中，李显达突然倒地……

〔梁雅琴正要回家，看见连忙跑过去……

梁雅琴　老李！

〔救护车鸣笛由远而近。

第一场

〔医院抢救室外。

〔梁雅琴在焦急地等待着，李建钢陪着，注视着抢救病房外的红灯。李建强匆忙跑过来。

李建强　妈，爸怎么样？

〔梁雅琴难过地摇头。

李建强　哥，到底怎么回事儿？

李建钢　我正在参加钒钛项目开工典礼，妈给我打电话，我才赶回来。

梁雅琴　（哽咽）吃饭时还好好的，我陪你爸到楼下晒太阳，他就坐在那儿看报纸，哪晓得（哭泣）……

你爸他……

李建钢　医生说可能是心肌梗死，正在抢救。

李建强　心肌梗死？爸的心脏一向不太好，是不是受啥子刺激了？

〔急救灯暗，一名医生走出来。大家都围过去。

李建钢　医生，我爸怎么样了？

医　生　抢救及时，病情稳定下来，不过，病人的心脏病需要住院治疗。

〔众人松了一口气。

梁雅琴　那就好，那就好。

李建强　医生，我爸醒没醒？说啥子没有？

医　　生　病人醒后，说了一句"一号焦炉拆了吗"就又睡了。

众　　人　（自语）一号焦炉拆了吗？

医　　生　去办住院手续吧。

李建钢　我去。

李建强　焦炉？是不是爸当年修建的那座焦炉？

梁雅琴　应该就是，想当年他们为焦炉的修建付出了太多，现在拆了，能不心痛吗？

李建强　他们？

〔暗光，梁雅琴、李建钢、李建强、医生隐去。

〔身穿病号服的李显达出现在定点光下。

蒲忆山　显达。

李显达　蒲工，蒲忆山，你……你看我来了？

蒲忆山　不是我来看你，而是你又在想我了。

李显达　是啊，我常常想起你，想起当年创业的事啊……唉，太阳城钢铁厂一期的一号焦炉要拆了。

蒲忆山　焦炉要拆吗？那可是我们一起修建的第一座焦炉啊！

李显达　是啊，时间真快啊，转眼这焦炉建成已经50多年了。

蒲忆山　那是1965年的初春，我25岁时来到这里，这树上的攀枝花开得正红艳，正灿烂。

　　　　（唱）攀枝花开红艳艳，

　　　　　　　响应号召建三线。

李显达　我是1966年春才来的，那时我23岁，正赶上参加开发建设太阳城的钢铁厂。

　　　　（唱）干粮水壶随身伴，手提肩扛创业难。

〔在舞台不同地方，创业者小天津、小上海、小湖北、小东北依次出现。

小天津　（天津话）我来自天津，1965年来到这儿，开大卡车的，大家叫我小天津。

小上海　（上海话）吾是上海人，侬可以叫我小上海，1966年来到这里，学设计的。

小湖北　（湖北话）我是小湖北，来自武汉，1967年来到这里，搞基建的。

小东北　（东北话）我就是小东北了，1964年就来了，鞍钢过来的。

四人合　来到四川，我们都是三线人。

蒲忆山　面对西方列强的逼迫，1964年党中央决策，战略部署三线建设，在全国十三个省、自治区布局，举全国之力来开发建设。

李显达　太阳城得天独厚，是三线建设的重中之重。为此，数十万建设大军从祖国各地齐聚蛮荒之地，要创造共和国的工业奇迹。

蒲忆山　我们青春年少，外地而来，心怀梦想。

众　人　我们热血澎湃，此处扎根，斗志昂扬。

〔众人看向火红的攀枝花。

六　人　（唱）攀枝花，

　　　　　　　不是花，

　　　　　　　它是青春吐芳华。

〔众多建设者出现。

众　人　（唱）攀枝花，

　　　　　　　就是花，

　　　　　　　英雄的鲜血染红了它……

〔光暗。场景变。

〔时间回到1967年夏。

〔舞台光亮。巍巍群山，连绵起伏，莽莽苍苍。一天中午，远处山坡被称为"弄弄坪"的地方一派热火朝天、繁忙紧张的建设场景。远近高低之处，彩旗招展，各处悬挂着写有"好人好马上三线""大干，特干，拼命干""不想爹不想妈，不出铁水不回家"等大小不同的标语。一棵高大的攀枝花树矗立在不远处。

〔一名建设者呐喊：开山咯……

〔以"四川号子"为调式的音乐响起。众人合唱。

    哟嚯……开山哟嚯

    哟嚯……开山哟嚯

    开山路哟

    往前闯哟

    踏平山路，嗨啤嗨啤

    建钢厂哟，开山路，嗨啤嗨啤……

〔一些创业者在音乐和唱腔中忙碌着，小天津、小上海、小湖北、小东北穿插其中。

〔小天津在人群中看见李显达到来，忙高声呼喊。

小天津 李工，李工，同志们，李显达李工来了，让他讲几句给咱们鼓鼓劲好不好？

〔众人喊好。

李显达 小天津，你又把我架起来了。同志们，我虽然刚来不久，可大家战天斗地的精神感染了我。大家知道，新中国成立后，西方列强在钢铁能源和科学技术上卡我们的脖子，三线建设关系到国家的生死存亡，太阳城建设不是钢铁厂的问题，而是战略问题，我们肩负党中央赋予的重任，面对困难，大家怕不怕？

众 人 不怕。

李显达 对，我们不得怕。

    （唱）这块土地蕴宝藏，

矿产资源世无双。

中央决策建基地，

冶炼钒钛磁铁国力强。

开山石，建钢厂，

冲锋陷阵上战场。

焦炉建设是大计，

早完工出焦炭确保出铁又出钢——确保出铁又出钢。

（白）大家有没有信心？

众　人　有。

李显达　好，加油干！

小天津　同志们，李工多才多艺，光说几句不得行，让他唱唱四川的民歌，这样我们大家才更有干劲儿，你们说对不对？

众　人　对，李工唱一个，李工唱一个。

李显达　小天津，你又在冲壳子，好好，太阳城钢铁厂一期的一号焦炉建设工程已经开始，今天在这弄弄坪上，我给大家唱山歌加油鼓劲。好不好？

众　人　（鼓掌）好。

李显达　（清清嗓子清唱四川民歌）"太阳出来咯喂，喜洋洋咯曬，扛起扁担啷啷侧，哐侧，上山冈咯喂……"大家一起来。

［音乐转到川剧音乐。

众　人　（念）太阳出来喜洋洋，

　　　　　扛起扁担上山冈。

　　　　　山冈之上红旗展，

　　　　　裂谷之中建设忙。

　　　　　三块石头架口锅，

　　　　　　帐篷搭在山窝窝。

　　　　　　荒山坡上搭食堂，

　　　　　　吃水洗澡金沙江。

小天津　（念）建设三线苦不苦？

众　人　（念）苦不苦，想想红军两万五。

小天津　（念）建设三线累不累？

众　人　（念）累不累，想想革命老前辈。

众　人　（念）学习闯将和金花，

　　　　　　不出钢铁不回家——不回家。

李显达　好，大家加油干！

　　〔蒲忆山手拿设计资料在山坡上看着这热闹的建设场面。众人继续劳作，李显达刚要离开，蒲忆山叫住他。

蒲忆山　显达，你等一下。

李显达　蒲工，有事？

蒲忆山　显达，你们设计的一号焦炉配套工程的施工图纸我看了，你看（打开图纸），一号炼铁高炉在这里，一号焦炉在这里，焦炭运输线在这里，是否把这里打通加固再架设管道，这样就可以更加方便快捷？

李显达　蒲工，你的这个想法我们也考虑过，但是，修改设计……

　　　　　　（帮）工期长。

　　　　　　（唱）材料还会更紧张。

蒲忆山　（唱）配套建设是关键，

　　　　　　还需要工期加班昼夜忙。

　　　　　　（白）你看，按照这一号、二号焦炉设计共要生产焦炭2490余万吨，

　　　　　　焦油127万吨，煤气95亿立方米。

　　　　　　（唱）科学设计明方向，

	高效施工保出钢。
李显达	（唱）科学高效保质量，
	缺少材料无良方。
蒲忆山	（唱）全国之力建三线，
	援助材料运输忙。
李显达	（唱）人员少。
蒲忆山	（唱）勇敢闯。
李显达	（唱）条件苦。
蒲忆山	（唱）敢承担。
李显达	（唱）难前往。
蒲忆山	（唱）勇者上。
李显达	（唱）千斤担。
蒲忆山	（唱）铁脊梁。
李显达	（唱）改设计怕的是影响质量。
蒲忆山	（唱）顾大局敢创新绝不彷徨。
李显达	（唱）材料能落实。
蒲忆山	（唱）敢立军令状。
李显达	（唱）若因修改出问题……
	（帮唱）我把责任（哪）来承当。
李显达	蒲忆山同志，既然你执意要修改设计，那我们开会讨论修改方案，不管是谁的意见，一切为了更好地建设焦炉。
蒲忆山	对，说得好，一切为了更好地建设焦炉，显达同志你看，等到攀枝花开的时候，我们又生产出了优质钢铁，那情景该有多美好啊。
李显达	攀枝花开的时候？攀枝花年年都在开啊！
蒲忆山	我是说我们心中的攀枝花开了……好了，我还有个会议要参加，先

开会去了。

［蒲忆山离开。

李显达 （疑惑）我们心中的攀枝花开了？

［小上海和小天津跑过来。

小上海 李工，一号焦炉烟囱塔需要的材料运力不够，您看怎么办？

李显达 运力不够？小天津，时间紧，任务重，材料紧缺，你们运输队想想办法。

小天津 李工，我们车队就这么几辆货车，路途远，路况差，同志们都已经筋疲力尽了，实在是抽不出人。

小上海 是啊，他们运输队的同志确实都很辛苦。

李显达 我知道，大家都很辛苦，但我们一定要想办法克服这些困难。

小天津 李工，我晓得的，我从参加三线建设那一刻就晓得建设有困难，只是没想到困难会这么大，吃的是干海带皮和粉条，住的是泥巴建的干打垒和席棚子，喝的是混浊的江水，这些……唉！

［音乐起。

李显达 条件是很艰苦，可你看这火热的建设场面，看建设者的豪情，你不认为我们能够战胜这些困难吗？

（唱）虽然是，吃着咸菜和干粮，

饮着江水伴泥浆。

现住席棚干打垒，

冒着雨寒顶风霜。

满腔豪情雄心在，

热血男儿斗志昂。

齐聚荒山同志向，

战天斗地精神强。

　　　　等到那，建起一座新钢厂，

　　　　不毛之地变天堂。

众　　（合唱）如同裂谷——（之中）升太阳，

　　　　攀枝花开放光芒。

〔众人造型。

〔光暗。

〔音乐转为优美舒缓。灯光暗转，众人隐去。

第二场

〔时间转回当代。

〔医院外的一处，定点光下。

〔李建强提着营养品，戴蓝牙耳机打电话。

李建强　喂，哪位？哎呀，张总您好，您有好长一段时间没召见我了……前几天我家老爷子住院，不过现在已无大碍……喂，喂，听得清楚不？我戴的蓝牙耳机打电话，是啊，时代变化大，科技真发达。好久过来我给你美容一下？我说拐了，是给你的汽车美容。对，我是在朋友圈发的消息，融资搞休闲旅游，就在老渡口街那儿，你听我给你说……

　　（念）以往观念要重审视，

　　　　紧跟潮流才务实。

　　　　循规蹈矩莫名堂，

　　　　墨守成规要背时。

　　　　本地冬日暖，

　　　　阳光真巴适。

　　　　　老街改造成景点，
　　　　　游客来了长见识。
　　　　　酒店餐饮一体化，
　　　　　休闲康养正当时。
　　　　　小弟已经考察好，
　　　　　欢迎哥佬官……
　　　　（帮腔）入股把水试。
　　［李建强挂了电话，入内。
　　［光亮。医院病房中。
　　［李显达躺在病床上，梁雅琴在一旁照顾。

梁雅琴　（拿起保温桶）老头子，看，这是你最喜欢的鸡蛋面。

李显达　鸡蛋面？

李建强　爸，我来看你来了，感觉怎么样？

　　［李显达闭眼不理。

梁雅琴　医生说病情稳定，逐渐好转了。

李建强　爸，你好好养病，把身体调养好，过段时间我带你们出去耍，保证舒舒服服，安逸得很。

　　［李显达把头转过去，还是不理。

李建强　爸，你咋不理我呀？我又做啥子让你看不顺眼了？

梁雅琴　建强，好好说，不要跟你爸爸大声说话。

　　［李显达缓慢起身，梁雅琴扶着，李建强过来扶，被李显达推开。

李建强　我是在好好说，可他不听啊。

梁雅琴　（扶李）建强快来。

李显达　走开。

梁雅琴　（示意李显达好好说）我去打开水。

［梁雅琴拿着暖水瓶下。

李显达　（口气略缓）我听建钢说你又要搞个休闲公司，要把大渡口上面建设初期我们住的老房子拆了建酒店？

李建强　我哥嘴可真快。是有这么回事，我只是合资入股整个洋盘。

李显达　十处打锣九处有你，放着汽车美容生意不好好做，唉，你要是有我们当年创业的那股劲，我就不操心了。

李建强　老汉，你咋又提你们当年艰苦奋斗啊？好汉不提当年勇，我晓得您修的焦炉被拆了，心情不好。不过现在不是你们"白天杠杠压，晚上压杠杠"的时代了，不要老拿当年跟现在比行不？

李显达　（生气）放屁。

　　　　　（唱）说什么时代环境不一样，

　　　　　　　　奋斗精神永弘扬。

　　　　　　　　你本事不大心不小，

　　　　　　　　贪心不足甚荒唐。

李建强　（也生气）爸，您说这话我就不爱听了。

　　　　　（唱）啥叫本事不大心不小，

　　　　　　　　看不见年轻人志气很高。

　　　　　　　　如今国家发展好，

　　　　　　　　改革开放掀高潮。

　　　　　　　　多个事业多条道，

　　　　　　　　能赚钱就是本领高。

　　　　　　　　人生好比轮盘赌，

　　　　　　　　不去下注赢不了。

李显达　（怒视）赚钱，赚钱！赚钱就是你人生唯一的目标吗？前几年要不是你不务正业，佳佳妈妈会跟你离婚吗？

李建强　爸，啥子叫我不务正业？当初我下岗的时候，你老人家作为公司的副总经理非要坚守原则，说你是党员干部，不能给我留后门开绿灯，现在我至于这么扳命吗，哼……

李显达　我作为党员干部坚守原则有什么问题？

李建强　没问题，没问题。你不管我，我自己想办法总可以吧。佳佳妈妈跟我离婚，那是她的损失。

李显达　莫说那么多，我们家那老房子，是我跟你妈妈住的时间最长、记忆最深刻的地方，你要拆？老子不同意。

李建强　嘿，老汉，你要讲道理哟。把渡口老街改造成三线建设休闲度假区不是我说了算哟，我只是投资入股的一个小渣渣。

　　〔梁雅琴提着暖水瓶回来。

李显达　你……

梁雅琴　（扶着）好了好了，你们俩爷子不要说了，建强，你去忙吧。

李建强　爸，那你好好休息，我就不在你面前碍你的眼睛了。

李显达　滚！滚！

　　〔李建强离开，正碰上李建钢进来。

　　〔梁雅琴扶李显达上床，再回到柜前清理柜面。

李建钢　建强，你干啥去？

李建强　我在这儿，老爷子心里不舒服，还是走了好。

　　〔李建强气呼呼离开，李建钢摇摇头，进到病房。

李建钢　妈，爸怎么样了？好些没有？

李显达　（高兴地从床上坐起来）建钢来啦，我都说了你忙就不要过来，我没的事。

梁雅琴　你呀，对建钢和建强态度就是不一样。

李显达　（下床）能一样吗？一个是钢铁集团脱钒厂的党委书记，踏实能干；一个是社会闲散人员，游手好闲。不说他了。建钢，焦炉怎么样了？

李建钢　爸，你们修建的那座焦炉确实拆了。

李显达　（站立不稳，梁雅琴急忙扶着）住的房子，建的焦炉，都拆了。（轻轻地推开梁雅琴的手）

李建钢　爸，这座焦炉属于企业转型升级中需要淘汰的落后产能，污染大、效能低，必须拆除。

李显达　可……可这是我们当年一代人的心血啊。（难过）

李建钢　（扶着）是啊，那座焦炉确实为太阳城开发建设和国家发展做出了巨大贡献，但随着国家宏观调控、生态环境改善和企业转型，这样不能升级改造的老设备，就必须……

李显达　（难过）不能升级改造的老设备……

梁雅琴　好了，该拆就拆，来，把面吃了，等会儿该冷了。

〔梁雅琴把面碗递给李显达。

李显达　鸡蛋面。记得当年你第一次来探亲，那天晚上在家里跟蒲工讨论焦炉建设的问题，招待他的就是一碗鸡蛋面啊。

〔光暗。场景暗转。

〔时间回到1970年5月。

〔小天津、小上海、小湖北、小东北出现。

小天津　（天津话）鸡蛋面鸡蛋面鸡蛋面，（闻）真香啊，这是谁家在煎鸡蛋（吞口水），我都好多天没吃鸡蛋了。

小东北　（东北话）忽悠，可劲忽悠，前两天我还看见小上海给了你俩鸡蛋呢。

小上海　（上海话）吾是看小天津开车劳累，发的鸡蛋自己舍不得吃，给伊嘀。

小湖北　（湖北话）现在物资缺乏，鸡蛋可是稀罕的东西哟。

小东北　（东北话）就是，小天津，把小上海给你的鸡蛋，咱哥儿俩一人一个？

小天津　（天津话）没了。

小上海　（上海话）侬吃得快啊。

小天津　（天津话）不是，我也舍不得吃，给李工了，他爱人来探亲，不适应这儿的气候，我送过去了。

小上海　（上海话）吾看见了，伊长得可漂亮呢，阿拉可羡慕伊呢。

小东北　（东北话）你说的啥玩意儿啊，听不懂，这南腔北调的。（四川话）这是川剧哦，（众人）都说四川话。

小湖北　四川话就四川话。我还听说，她是小学老师。

小天津　李工来了三年家属才来探亲，真不容易啊。

小上海　大家不都这样吗。

小东北　好了，少说多做，养足精神，全身心投入这夺铁大会战。

众　人　鸡蛋面鸡蛋面鸡蛋面。

〔光暗。四小隐去。

〔两间平房是李显达的家。房间简陋又井井有条。

〔李显达伏在桌上画着图纸。梁雅琴端一碗面出来。

梁雅琴　显达，先不要忙工作，来，把面吃了。

李显达　鸡蛋面，好香啊。

梁雅琴　这鸡蛋还是小天津送来的，他说拿来给你补一补，看你累得哟。

李显达　我没事，你才需要补一补，这边干燥，你老流鼻血，唉，等你适应了又该回去上班了。

梁雅琴　是啊，我这还是请的探亲假，快三年没见了，陪你三十多天就又要回去。娃娃还在屋头，离开你想你，离开他又想他。（抹泪）

李显达　这两头都要顾，真是难为你呀。

梁雅琴　我倒没啥子。显达，你来这儿已经快三年了，如果这次迁家还不行的话，家乡的企业可以把你调回去，你看能不能……

李显达　写请调报告？（梁点头）今年 1 月启动了夺铁大会战，要确保 7 月 1 日出铁，这都 5 月了，各项工作正在最关键的时候，焦炉装配又遇到问题，这个时候我怎么好请调。

梁雅琴　哎，对了，家里来信没有？

李显达　上次写信才过了十多天，没有这么快，你不用担心。

梁雅琴　我能不担心吗？这段时间我没陪在儿子身边，放在外婆家。他才三岁啊，我，我，好想他啊……（抹眼泪）

李显达　（拿出儿子照片）是啊，他刚出生我就走了，我也想他啊……

梁雅琴　（唱）珠泪滚，心猫抓，
　　　　　　每天都在想娃娃。
　　　　　　离开家乡一月久，
　　　　　　娃娃也会想妈妈。
　　　　　　清晨泪在腮边挂，
　　　　　　夜晚心中抽乱麻。
　　　　　　想把他的小脸亲一下，
　　　　　　又想把他的小手拉。
　　　　　　身在此地思绪乱，
　　　　　　恨不能背插双翅飞回家。

［李显达轻拥梁雅琴安慰着。

李显达　（唱）此地艰苦我不怕，
　　　　　　怕的是久别家。
　　　　　　少年离家老大回，
　　　　　　儿也不会喊爸爸。
　　　　　　哎呀，儿也不会喊爸爸。

梁雅琴　（唱）想娇儿，珠泪洒。

李显达　（唱）忙工作，暂忘他。

梁雅琴　（唱）待到月上树梢时……

两　人　（合）心随月光望见他。

　　〔两人相拥望向远方。

梁雅琴　哎……你饿了吧，快把面吃了，等会儿坨了。（雅琴去到厨房）

　　〔蒲忆山手里拿着文件袋急冲冲地上来，在屋外喊着。

蒲忆山　显达，显达，在家吗？显达！

李显达　（忙出门迎接）哎呀蒲工，雅琴，蒲工来了，快请进。

　　〔两人握手，李显达把蒲忆山迎进屋内。

蒲忆山　（打量屋内）显达，你这家里收拾得还是有模有样的嘛。

　　〔雅琴系着围腰过来打招呼。

梁雅琴　蒲工来了，快请喝茶。（端茶）

蒲忆山　梁老师，打搅你们了吧？

李显达　没有，没有。

梁雅琴　你们慢慢谈，我锅里还煮着面呢，一会儿一起吃面。

蒲忆山　不用，不用，我是吃过饭来的。

梁雅琴　吃过了也要吃，这是我们家乡的老规矩，叫打腰台。（下）

李显达　蒲工，你这次出差一去就是一个月，大家都想你了。

蒲忆山　大家是想我干工作了吧，哈哈……（接过梁雅琴递过的茶杯）

　　〔雅琴到厨房里煮面，蒲忆山把文件袋交给李显达。

蒲忆山　显达，这是给你带回的资料。

李显达　（看见文件袋上的字，念）"采一朵天府的云向南方"。蒲工你写的？

蒲忆山　是啊，在回来的路上，看到快要完工的一期建设，不由得心生感慨，信笔涂鸦，乱想乱写，不作数不作数。

李显达　　写得很好啊。

　　　　　（念）采一朵天府的云向南方，

　　　　　　　　给一树攀枝花披上霞光。

　　　　　（唱）迢迢江水涤山魂，

　　　　　　　　树树红花亮容妆。

蒲忆山　　（唱）捧一颗炽热心注入希望，

　　　　　　　　给一座花样城洒满阳光。

　　　　　　　　待到攀枝花——花开时，

　　　　　　　　此心安处是吾乡。

李显达　　蒲工，你的情怀我敬佩啊。

蒲忆山　　最后一句还是借用的我们四川大文豪苏轼的词。

李显达　　写得好啊。

蒲忆山　　显达，不说这些。我今天来主要是告诉你指挥部的决定，明天就要开会传达。

李显达　　什么决定？

蒲忆山　　鉴于焦化、烧结系统因装配受阻，高炉系统又人力不足的现状，指挥部做出了"延缓烧焦，主攻高炉"的战略调整，要求夺铁大会战必须坚持"力量集中再集中，战线缩短再缩短"的原则，确保七一如期出铁。

李显达　　啊，延缓烧焦，主攻高炉？这怎么能行啊？

蒲忆山　　焦炉的装配设备正在由制造企业抓紧改进，我们的设计和施工人员暂时可以抽出一部分，支援高炉建设。

李显达　　（着急）蒲忆山同志，焦炉虽然因装配受阻，但还有很多配套设备没有完工，人员本来就不够，还要抽调人手，你怎么不把我们的困难汇报给指挥部？

蒲忆山　　显达。

　　　　　（唱）焦炉装配出问题，

　　　　　　　　不能傻等干着急。

　　　　　　　　确保高炉是大计，

　　　　　　　　会战统筹是大局。

李显达　（唱）高炉确实是首绩，

　　　　　　　　焦炉同样也不低。

　　　　　　　　若无焦炉出焦炭，

　　　　　　　　高炉建好干着急。

蒲忆山　（唱）指挥部决定成决议。

李显达　（唱）我还是要把意见提。

蒲忆山　（唱）服从大局莫犹豫。

李显达　（唱）既如此，

　　　　　　　　我就要请求调离。

蒲忆山　　显达，你的心情我理解，这夺铁大会战已经开始五个月了，大家都把所有时间和精力，放在焦炉的建设上……

李显达　（焦急）那你还要抽人手，一号焦炉建设快三年了，我们没日没夜，就是想尽早建设好，大家都筋疲力尽，可你……

蒲忆山　（严肃）李显达同志，你的思想要转弯啊。

李显达　（发火）我转弯？焦炉怎么办？你说等到攀枝花开的时候，这焦炉一天建不好，这攀枝花什么时候才能开啊？

蒲忆山　（严厉）指挥部的决定我认为是对的：全力攻坚，首克关键。高炉不能按期完工，焦炉建好又有什么用？焦炭生产出来又给哪个用？（语重心长）李显达同志，不要意气用事，关键时刻头脑要清醒啊。

　　　　［雅琴端着两碗面进来。

梁雅琴　好了好了，蒲工把面吃了，工作慢慢谈。

李显达　（气恼地推开面碗）我吃不下。

蒲忆山　你不吃我吃，不能辜负了梁老师的心意。哟，还是鸡蛋面，好香哟，我已好久没打过牙祭了，梁老师，谢谢了。

梁雅琴　谢啥子哟，慢慢吃，锅里还有。

〔梁雅琴入内，蒲忆山吃面，李显达带着情绪翻看蒲忆山带来的资料，一张电报纸掉了出来，李显达捡起观看。

李显达　（读）"田芳重病，速归。"啊，蒲工，嫂子病危，你快回去吧。

蒲忆山　爱人病重，娃娃又小，我本当回去，可是现在是夺铁大会战的关键时刻，我不能走啊，等忙完这阵我就请假回家。显达，我还有事，先走了。

李显达　蒲工，刚才我说调走是气话，你放心，焦炉一天不建好，我也一天不会离开。

蒲忆山　我晓得，你李显达是什么样的人我清楚。（对内喊）

梁老师，我走了，谢谢你的鸡蛋面。

李显达　蒲工慢走。

〔蒲忆山离开，梁雅琴出来。

梁雅琴　蒲工这么快就走了？

李显达　嗯，他还有事。

〔梁雅琴收拾碗筷，走到李显达身边。

梁雅琴　跟他说请调的事没有？

李显达　（摇头）雅琴，这个时候我怎么能提这个事。你早点休息，我还要忙工作。

〔李显达进屋入内。

梁雅琴　我想来来不了，想他回又回不去。唉……

（唱）只说是能把报告提，
　　　请求调动回原籍。
　　　焦炉修建是关键，
　　　此时离去不适宜。
　　　朝思暮想，
　　　与亲人团聚。
　　　万般无奈，
　　　拭去泪水心暗泣。

［光暗。场景暗转。

［小天津、小上海、小湖北、小东北出现在一处山坡上。

［幕内伴唱：（苏轼词《临江仙·送王缄》）

　　　坐上别愁君未见，
　　　归来欲断无肠。
　　　殷勤且更尽离觞。
　　　此身如传舍，
　　　何处是吾乡。

第三场

［时间转回到当代。

　［李显达家所在的小区。一棵巨大的攀枝花树苍劲挺拔，枝头上的攀枝花含苞待放。

李显达　建强，我都说了不要你扶，我自己慢慢走。

李建强　爸，你走久了累，扶着舒服些，你看今天阳光这么好，我好不容易回来陪你，就是想听你摆摆过去的龙门阵。

李显达　啥叫龙门阵，那鸡蛋面的事都是真的。你啊，不要一天到晚钻到钱眼里头。

李建强　爸，你不要门缝缝看人把人看扁了，我当初对调整减负下岗分流是有意见，不过现在我想通了，你作为公司领导，叫人家下岗，我当儿子的肯定要带头啊，爸你放心，你的儿子绝不是孬种。

李显达　对，老实说，你那个参股的项目如何了？

李建强　爸，这回政府是花大力气哟，把整个一公里范围的老建筑维修改造，开发成休闲度假区。

李显达　你去说下我们的老房子能不能不拆嘛。

李建强　爸，我咋个去说啊，你这是在为难我。

李显达　你不去说，那我去说。

李建强　唉，老汉，我求你了，现在项目已经确定，你不要添乱，万一搅出事来，我的投资全泡汤，还脱不到爪爪。

李显达　唉……

李建强　（安慰）爸，我在省城买了房子，要不把你们接到省城去住吧。

李显达　啥，搬到省城去住？不懂事啊，我和你妈在这儿工作生活了50多年，习惯了，离不开了。

李建强　离不开也可以啊，就到我参股的阳光康养度假村去住，保证活到100岁。

李显达　活到100岁？那不成老妖怪了。唉，你好久又有个啥子康养度假村了？

李建强　（笑）嘿嘿，老汉，我咋个能把鸡蛋放在一个篮子里，我肯定要多投几个项目规避风险嘛。

李显达　你啊，老是安不下心做好一件事。（看远方）

李建强　老汉你在看啥子？

李显达　（下意识地）焦炉。

李建强　焦炉？我还以为你在看哪个婆婆。

李显达　打胡乱说，你以为老子是你啊。

李建强　我就不得看婆婆了，我要看就看漂亮的妹子。来，我给你拍个小视频，把风采依旧的资深帅哥形象发到网上，当个老网红，顺便也好给我的度假村做做宣传。

李显达　没的个正形，所以我不想跟你说话。（望向远方，情绪低落）新的建起来，老的拆了。

［李建钢带着李乐佳和李敬山拿着礼品过来。

李敬山　爷爷，爷爷。

李乐佳　爷爷，我们来看你了。（跑过去挽着李建强）爸。

李显达　（高兴地）好，好。

李建强　（宠溺地）我的乖乖女。

李敬山　爷爷，我们先去看奶奶。

李建强　好，我带你们回去，奶奶看到你们肯定高兴。

［李建强带着李敬山和李乐佳离开。

李显达　建钢，敬山快研究生毕业了吧？

李建钢　是啊爸，今年毕业就能拿到能源与环保专业的硕士学位了。

李显达　那工作的事？

李建钢　正在考虑，有几个选择。对了，你打电话说过两天要敬山去给蒲伯伯扫墓？

李显达　（看向远方）是啊，往年只带你去，现在敬山长大了，也应该带他一起了。

李建钢　（惊讶）爸，你是不是有什么心事？

李显达　建钢，有一件事我和你妈妈瞒了你很多年，现在应该告诉你了。这钢铁厂不仅仅是当年建设者的梦想,更是他们用鲜血铸就的丰碑。

我永远记得那一天,雷鸣电闪、风雨交加……

〔光暗。场景暗转。

〔雷鸣声由远至近。

〔时间回到 1970 年 6 月的雨夜。

〔建设者的简陋工棚区。

〔正值太阳城雨季。

(唱)傍晚雨落,山头顶风人归还。

　　　思绪难定,燕鸣更促心忧烦。

〔突然,一声炸雷,暴雨降下。

〔一些建设者在路上避雨,蒲忆山上,小上海打开伞迎过去。

小上海　蒲工,你总算回来了,这几天雨下得比较大,我们的调试进度很慢,工期恐怕赶不上。

蒲忆山　这么严重?不行,焦炉投产在即,我们绝对不能延误工期,必须确保万无一失。

(唱)临近投产关键期,

　　　质量安全是第一。

　　　攻坚克难靠众议,

　　　万众一心保大局。

蒲忆山　小上海,你去通知设计组和施工单位的骨干,我马上回家把资料拿过来,在这里开会研究方案。

小上海　好,我去通知大家。

〔小上海跑下。

〔李显达冒雨跑上,正碰上蒲忆山。

〔李显达连忙拉蒲忆山到屋檐下躲雨。

李显达　蒲工，这气象条件对焦炉调试施工有很大影响啊。

　　〔工棚区的灯忽闪忽闪就熄灭了。

蒲忆山　这发电机功率太小，电压都不稳定。雨这么下，对各方面都会造成影响……

李显达　对了蒲工，你刚回来吗？家里怎么样？嫂子她？

蒲忆山　（沉默片刻）我回去的时候她已经不行了，我回来前火化了……

李显达　啊，这么突然……那娃娃呢？

蒲忆山　儿子5岁了，我把他寄放在一个老乡家里，老家已经没有亲人了，过两年再接他过来读书。

李显达　唉……蒲工，真是难为你了。

蒲忆山　（伤感）唉……显达，不说这个了。我刚才在指挥部看到了你的调令，怎么？你还是要调回老家？

李显达　调令真的来了？

蒲忆山　你还不晓得？

李显达　一个月前，我爱人写信来说，老家有一家机械厂缺少一名工程师，想把我调回去，没想到调令真的来了。

蒲忆山　显达，现在队部领导也很为难，要调动你的单位是一家刚上马的重要企业，所以领导也不好回绝，不过还是要看你个人的态度。

李显达　（思考）我……

蒲忆山　显达，现在是夺铁大会战的关键时刻，焦炉又投产在即，还有很多工作，你好好考虑考虑。

李显达　蒲工，让我想想……

蒲忆山　好吧，你好好想想，我取资料去了。

　　〔蒲忆山离开。李显达缓慢地走进屋内。

李显达　建设焦炉……调回家乡……施展抱负……亲人团聚……难啊。

（伴唱）屋外劲风雨喧哗，

　　　　一纸调令心乱如麻。

李显达　（唱）屋外劲风雨喧哗，

　　　　一纸调令心乱如麻。

　　　　建设三线已四载，

　　　　艰难困苦全不怕。

　　　　只想一心建钢厂，

　　　　尽我所能报国家。

　　　　焦炉投产如箭待发，

　　　　此时怎能全抛下。

〔思绪中，梁雅琴出现在远方。

梁雅琴　显达，爸爸妈妈还有儿子，我们等你回家团聚。

李显达　（唱）父母年迈已白发，

　　　　爱人小孩在老家。

　　　　随迁过来无音信，

　　　　家中亲人我牵挂。

〔蒲忆山出现。

蒲忆山　李显达同志，在这方圆2.5平方公里的地方，在这么短的时间内建成这么大一个钢铁厂，这绝对是冶金建设史上的奇迹，为了战略目标，为了强国目标，为了我们的理想，你看……

李显达　（唱）建设蓝图美如画，

　　　　战天斗地热血洒。

　　　　烈日灼烤汗如雨，

　　　　夜灯不眠迎朝霞。

梁雅琴　显达，儿子还没见过你，他一直在问爸爸在哪里。

     （唱）家中无你怎是家，

        娃娃要找他爸爸。

李显达 （唱）想娃娃，心牵挂，

        恨不得背生双翅飞回家。

蒲忆山 李工，是走是留，你要考虑清楚。

李显达 （唱）这一边，创业何其难……

蒲忆山 （唱）迈步岩峦跨。

李显达 （唱）创业何其苦……

蒲忆山 （唱）坚韧浪淘沙。

李显达 （唱）这一边，亲人翘首盼……

梁雅琴 （唱）妻儿心牵挂。

李显达 （唱）一纸调令下……

梁雅琴 （唱）等你早回家。

蒲忆山 显达……

     （唱）待到攀枝花开时，

        似火绽放满山崖。

〔梁雅琴、蒲忆山隐去。

李显达 我该怎么办？难啊。（看雨中的建设场景）

     （唱）远眺山，山如画。

        近看水，水翻花。

        人生瞬息过，

        不负好韶华。

        我的人生知何似，

        应似飞鸿踏雪把印记留下。

〔突然又一阵闷雷声响过，刮起一阵狂风，紧接着电闪雷鸣。

［远处有人大喊"物资仓库顶棚吹翻了""快抢救物资啊"。

［小天津急急忙忙跑来找李显达。

小天津　李工，李工。

李显达　小天津，什么事？

小天津　风雨太大，物资仓库顶棚被风吹翻了，雨水灌在仓库里了。

李显达　啊，糟糕。你马上喊人，现在就去。

［李显达、小天津跑下。

［激昂的音乐声中。黑夜大雨中的工地上，许多灯光都已熄灭，只有少数几盏灯还发着暗黄色的光。无数束手电筒光在晃动，工地上人影攒动，许多人在冒雨抢救物资……

［突然有人大喊："物资仓库垮了！快，压到人了……"

［众人奔向一处张望，李显达与众人抬着奄奄一息的蒲忆山走来。

李显达　蒲工，醒醒！蒲工，醒醒！

小天津　李工，你有没有事？

李显达　（抬头）我没事，是蒲工救了我。（低头看蒲忆山，焦急）

蒲忆山　显达，物资，快抢救物资啊！

李显达　你这是何苦哟！

蒲忆山　显达，焦炉投产，物资可是咱们的命根子，不能有损失啊。

李显达　你这是不要命啊。

蒲忆山　显达，答应我，不要离开这里，一定要建好它，必须建好它。

李显达　我答应你，你快去医院吧，我什么都答应。

蒲忆山　待到攀枝花开时……

李显达　（哭）蒲工，我答应你，我一定把它建好。

［蒲忆山双手向前伸着，仿佛想抓住什么，然后无力地低垂下来。

［伴唱：待到攀枝花开时，

　　　　　　此心安处是吾乡……

　　〔李显达和众人悲呼着蒲忆山，悲伤地低头哭泣着。伴随着悲伤的音乐，雨渐渐停息。众人抬着蒲忆山缓缓离去。小天津忙扶起李显达。

李显达　蒲工……

　　　　　（轻柔的女声伴唱）雨滴在水面上眨着眼睛，

　　　　　　　　　　江雾像片片飘浮的轻云。

　　　　　　　　　　总有人用热血追逐理想，

　　　　　　　　　　编织那阳光灿烂的黎明。

　　〔小天津出现在定点光下。

小天津　1970年6月16日，太阳城钢铁厂一号焦炉投产，7月1日，党的生日这一天，一号高炉炼出了第一炉铁水，创造出普通大型高炉冶炼钒钛磁铁矿的奇迹。（音乐大作）

　　〔背景展现第一座高炉成功炼出第一炉铁水的画面。
　　〔恢宏的音乐中，建设者如潮水般涌到台前，欢呼雀跃……
　　〔造型。光暗。场景暗转。

第四场

　　〔前区光亮。
　　〔康养度假村内。
　　〔李建钢捂脸难过，张晶走过来。

李建钢　（喊）爸——

张　晶　建钢，你咋个了？

李建钢　爸爸给我讲了当年的事情，原来我不是他们的亲生孩子。

张　晶　（大惊）啊？到底是咋回事？

李建钢　我的亲生父亲叫蒲忆山，在1965年他只身来到太阳城，后来我5岁时母亲因病去世，父亲又因抢救建设物资牺牲，爸爸就把我带到这里收养了我。

张　晶　小时候的事情你一点都不记得吗？

李建钢　（摇头）只记得大人们说我的爸爸妈妈都在很远的地方工作，以后会来接我。

张　晶　我听爸妈讲过，在当时物资极端缺乏的年代，建设者把物资看得比生命都还重要。那一个个名字和一段段往事，后来人都该记住他们。

〔李乐佳急急忙忙跑上。

李乐佳　大伯，伯妈，爷爷在找你们。

李建钢　怎么了？

李乐佳　刚才我去看奶奶，她一会儿认得到我，一会儿又认不到我，爷爷急得病都要犯了。

张　晶　那我们快走。

李建钢　那快走。

〔李建钢、张晶、李乐佳下。李建强带着李敬山上。

李建强　敬山啊，你好不容易回来一趟，我今天特意把你爷爷奶奶带到我参股的阳光康养度假村耍，你要好好陪陪爷爷奶奶。

李敬山　好的幺爸，我先去陪奶奶。

〔李敬山离开。李建钢、张晶扶着李显达过来，李建强迎过去。

李建钢　爸，你好点没有？

李显达　好多了，你妈的问题要紧。

李建钢　医生说，妈得了阿尔茨海默病，也就是俗话说的老年痴呆症。

众　人　（叹气）唉……

李显达　都怪我没有早发现，她之前就有时候忘性大，哪晓得得的是这个病啊。张晶啊，敬山回来了，就让他在这儿住几天，你妈妈最想他了。

张　晶　放心爸，敬山会陪着妈的。

李显达　我喊你妈住院，她不干啊，非要回家里来。还说现在住的新房子不是她的家。

　　［李乐佳跑过来。

李乐佳　爷爷，奶奶还是认不到我。

李显达　越来越严重了。

　　［李敬山和李乐佳扶着梁雅琴走过来。

梁雅琴　（看见李显达）显达，敬山来了，（看）你们都来了。

李显达　都来了。

李建钢　现在妈妈的情况是一阵记得到一阵记不到啊。

李显达　唉……

　　　　　（唱）雅琴总把眼前事情忘，

　　　　　　　　见敬山却又能重见阳光。

梁雅琴　（唱）乖孙儿就是我心肝一样，

　　　　　　　　最喜欢孙儿绕膝在身旁。

李显达　（唱）雅琴欢笑依稀旧日模样……

梁雅琴　（搂着两个孩子）（唱）一家团聚我心欢畅。

李建钢　（唱）见此景我只能暗忍泪光……

　　［李建钢黯然地走向张晶、李建强，一起商量对父母的安排。

李显达　（唱）多希望就这样，

　　　　　　　　一家团聚幸福安康。

　　［李建钢走到李显达面前。

李建钢　爸，我们几个商量好了，想喊你和妈到省城去，方便妈妈的治疗。

　　［李显达点点头，走到梁雅琴面前。

李显达　好，好，我问下你妈。雅琴啊，儿子媳妇商量好了，说让我们到省城去住，生活医疗都方便。

梁雅琴　这也啥子都有，有我的乖孙儿，还有好多我的老朋友，我哪儿都不去。

李建强　（着急）妈……

李敬山　爷爷，奶奶这病目前医学上还没的很成功的经验，在熟悉的地方有熟悉的人反而有帮助。

〔李敬山安抚好奶奶走过来，找李建钢。

李敬山　爸，我想回来工作，参加新型钒钛产品研发，既能够学有所用在事业上发展又能陪伴奶奶。

张　晶　敬山啊，你要想清楚啊，不到大城市工作，关系到你的一生。

李敬山　妈，现在都是地球村了，到哪儿都方便。太阳城作为资源型城市，我学的能源与环保专业对口，妈，工作没有最好的，只有最合适的。

李建强　好，敬山，只要你回来，我把我的阳光康养度假村股份分一半给你。

李敬山　幺爸，不用不用。

李建钢　儿子，你长大了，我尊重你的想法，这下好了，我们一家三代都在为太阳城的建设添砖加瓦。

〔李显达缓步走到攀枝花树下，抚摸大树眺望远方。

李敬山　爷爷，我想好了，留下来。全国首创钒钛磁铁矿直接提取工艺的示范项目，已经在太阳城动工，我有机会参与到我们国家自主知识产权的高新钒钛产品的研发，能够实现我的理想。

李显达　太好了，太好了，我们老人就希望儿孙们有一个美好的未来啊。

李建强　爸，我正要跟你说，我们的老房子不拆了，改造成三线建设记忆主题酒店，你们可以到那儿去寻找当年的记忆，这样对妈妈的病情一定有帮助。

李显达 好，好。

　　〔李显达走到攀枝花树下。

李显达 你们看，这攀枝花开得真红艳，想当年蒲工牺牲的时候还在惦记着攀枝花开的时候……

　　〔李建钢、李建强走过来。

李建强 攀枝花，不是花，它是青春吐芳华。

李建钢 （接）攀枝花，就是花，英雄的鲜血染红了它。

李显达 对，英雄的鲜血染红了它。当年，我们为了国家的钢铁保障，为了祖国安全、让党中央放心，在此艰苦奋斗。唉，我老了，也完成了当年对蒲工的承诺：此心安处是吾乡……旧焦炉虽然拆了，但贡献仍在，精神永存。今年是新中国成立70周年，多少人把青春、鲜血乃至生命奉献给了国家建设。一代人有一代人的使命，你们要像我们当年建设三线一样去奋斗，用我们的智慧研发出自己的产品，才不会被人欺负，不被人卡脖子。我们要甘当国家的基石，让攀枝花开得更灿烂，映照祖国更加辉煌。

梁雅琴 （喊）显达，显达，这里就是我们的家，我们哪里都不去哟。

　　〔李显达走过去拉着梁雅琴的手。

李显达 对，这里就是我们的家啊，我们哪里都不去。

　　（伴唱）这是我的家，盛开攀枝花，

　　　　　　花开朵朵红，香飘满山崖。

李显达 （唱）春花美，秋月佳，

　　　　　春花秋月度年华。

　　　　　常言道少年夫妻老来伴，

　　　　　相伴青丝变白发。

　　　　　谁说人老不言爱，

爱到深处自升华。

（白）雅琴啊，今生有你相伴，是我李显达的福气啊。

（唱）我敬你，含辛茹苦养儿大。

我爱你，相知相伴到白发。

我名叫李显达，意坚志达，

从未显赫又发达。

无论狂风暴雨打，

牵你的手儿不放下。

无论坎坷路途远，

陪你一路到天涯。

［光暗。

尾声

［舞台前区，定点光下。老年小天津、小上海出现。

小天津 （天津话）我来自天津，1965年来到这儿，开大卡车的，大家叫我小天津，今年74岁。

小上海 （上海话）吾是上海人，侬可以叫我小上海，1966年来到这里，学设计嘀，今年72岁。

［李显达在李乐佳搀扶下，李敬山推着坐在轮椅上的梁雅琴，李建钢、张晶、李建强以及参观者、讲解员出现。

讲解员 （普通话）大家好，欢迎大家来到中国三线建设博物馆，可能很多人不清楚什么是三线建设，今天，我们一起去了解……

［蒲忆山、小湖北、小东北和创业者们出现在高处，眺望远方。

蒲忆山 采一朵天府的云向南方，

　　　　　给一树攀枝花披上霞光。
李显达　（喊）蒲工！你看到没得，攀枝花开了！
小天津　（喊）小湖北，你看到了吗，攀枝花开了。
小上海　（喊）小东北，你看到了吗，攀枝花开了。
众　人　（高喊）攀枝花开了，攀枝花开了，攀枝花开了……
　　　　　（唱）待到攀枝花——花开时，
　　　　　　　　此心安处是吾乡。
　〔造型，全剧终。

（大型现实题材川剧）

我的壮丽之路

（编剧　杜林　李骊）

川藏铁路介绍

　　川藏铁路——2014年12月开工建设，2018年全面启动。从四川盆地"天府之国"的成都出发，一路向西攀缘四川盆地、云贵高原、青藏高原"三大台阶"，穿越世界上地形最复杂的横断山脉到达"世界屋脊"拉萨，全线长1838公里，预计2026年全线通车。这是新时代的一项伟大工程，这是一条史诗级铁路，标志着中国的基础建设站到了世界的最高处。这是目前全世界最艰难、最尖端的铁路修建，有那么一群人为这条路奋楫笃行，不忘初心。

　　习近平总书记多次就川藏铁路建设做出重要指示："规划建设川藏铁路，对国家长治久安和西藏经济社会发展具有重大而深远的意义，一定把这件大事办成办好。"

　　川藏铁路建成后对西部大开发的作用是巨大的，将会带动祖国西部地区跨越式发展。

　　本剧创作特别鸣谢：中铁二院川藏铁路勘察设计总指挥部
　　　　　　　　　　　甘孜文化顾问尹玲老师

时　　间：当代的一个深秋

地　　点：川藏铁路雅（安）林（芝）段某建设项目部、四川成都、四川甘孜州境内

人　　物：

　　杨立明　男 45 岁，某铁路勘察设计院（成都）工程师，川藏铁路雅林段某勘测队副队长。

　　王佳美　女，43 岁，成都某单位工作，杨立明的妻子。

　　虎　子　男，35 岁，某铁路勘察设计院（成都）钻探技师。

　　扎　西　男，23 岁，四川甘孜康巴藏族，向导。

　　小　方　男，24 岁，某铁路勘察设计院（成都）地勘工作实习人员。

　　李　文　男，28 岁，某铁路勘察设计院（成都）川藏铁路项目部医务人员。

　　张开端　男，59 岁，某铁路勘察设计院（成都）钻探工程师。

　　指挥长　男，55 岁，某铁路勘察设计院（成都）川藏铁路雅林段工程项目部副总工程师、指挥长。

　　金　珠　女，20 岁，四川甘孜藏族，为营地运送物资。

　　达　娃　女，22 岁，四川甘孜藏族，扎西的恋人。

　　旺　姆　男，60 多岁，四川甘孜藏族，当地老乡。

工人唱队　四男四女

藏族唱队　四男四女

其他人物　地勘队员、救援人员、藏汉群众、家属等若干。

序

［舞台一隅。

［工人唱队：

  人说世上本无路，

  走的人多便成路。

  人说世上路难走，

  我想将天堑变通途……

［幕启。

［舞台不同时空下，杨立明、20世纪20年代勘探者（甲）、20世纪50年代勘探者（乙）。

［杨立明的梦境。

杨立明 我是谁？

 甲 我是谁？

 乙 我是谁？

［几人的问话交织重叠。

 齐 我是谁？

［一队20世纪20年代勘探者在群山中艰难前行。

 甲 我是谁？我是中华民国的地质勘探人，1918年协助孙中山先生在《建国方略》中，详细阐述了一条通往天际的铁路设想。

［工人唱队：我是谁？我是谁？

  我们将中山先生来追随。

  《建国方略》连川藏，

  未能实现啊，梦想破碎。

〔一队 20 世纪 50 年代勘探者在雪域高原艰难跋涉。

乙　　我是谁？我是新中国铁路勘探人，为了国家主权和人民生活，1958 年，在川藏地区极端恶劣的自然环境和极为复杂的地形地质条件下完成了川藏线勘测。

〔工人唱队：我是谁？我是谁？

　　　　　　我们将新中国蓝图来描绘。

　　　　　　勘测川藏先锋队，

　　　　　　未能实现啊，梦想难为。

〔甲、乙等画面隐去。

杨立明　我是谁？我是杨立明，一名新时代的铁路勘探人。2018 年国家正式宣布川藏铁路建设全面启动，从海拔 500 米的"天府之国"成都出发，一路攀缘穿越世界上最复杂的地形，到达海拔 4000 多米的"世界屋脊"拉萨。这是迄今世界最高难度的铁路修建，这是一项世纪工程，这是我的——壮丽之路！

　　　　（唱）我是谁？我是谁？

　　　　　　我是挥斥方道把梦追。

　　　　　　你看那，雪域高原山峰垒。

　　　　　　你看那，江河纵横多交汇。

　　　　　　你看那，山花绚烂多绮丽。

　　　　　　你看那，条条铁轨熠光辉……

〔王佳美出现，打断杨立明的梦境。

王佳美　（大声）杨立明，少在那儿做梦了，赶紧回家，有事商量。

杨立明　啊？

〔杨立明从梦中惊醒。

杨立明　哎哟，吓我一跳，搞了半天在做梦啊。（电话响，接电话）喂，小美……跟你说，刚才做梦还梦到你吼我，你说巧不巧……

王佳美　（温柔地）立明，明天你轮休了吧？回成都来，有事商量。

杨立明　啊？还真的有事商量啊……

　　　　［光暗。

第一场

　　　　［第一日中午。

　　　　［甘孜州雅江县·某铁路勘察设计院川藏铁路项目部营地。

　　　　［各类机械轰鸣，工程人员来往穿梭，一派繁忙景象。

　　　　［小方急匆匆地跑过来，对内高喊。

小　方　指挥长，老乡来看望我们了！

　　　　［当地康巴藏族群众唱着跳着"竹卓玛"，给营地送来礼物。

　　　　［藏族唱队：（雅江康巴藏族民歌改编）

　　　　　　　蓝蓝的天空下富饶家乡，

　　　　　　　金色的日月下慈祥爹娘。

　　　　　　　尊敬的朋友来自远方，

　　　　　　　灿烂的光芒中欢聚一堂。

　　　　［指挥长、虎子、小方等人出来把大家迎进营地内。

　　　　［场面渐渐安静下来。

　　　　［杨立明幕内唱：心忧忧把营地返，

　　　　　　　　　　行色匆匆……

　　　　［杨立明背着双肩包，急上。

杨立明　（唱）抬眼望远方，

　　　　　　　感慨涌心上。

　　　　　将离野外回都市，

　　　　　告别这群山苍茫。

　　　　　心有不舍也彷徨，

　　　　　心有不甘也寄望。

　　　　　心有不平也跌宕，

　　　　　心有不安也神伤。

　　［恢复到繁忙的营地景象。

　　［小方和虎子上。

小　方　师父，你咋这么快就回来了？我们地勘队硬是有吸引力！

虎　子　是啊，队长，你的轮休有十天，这才……五天啊。

杨立明　怕你们不老实，提前回来了。（从包里拿出一包胃药）小方，这是我给老李带的胃药，省城医院开的，你去拿给他。（小方接过离开）虎子，指挥长在不在？

虎　子　在啊，正在里面接待来看望我们的藏族老乡。

　　［杨立明拿出辞职信，向里走几步，又停下来，犹豫。

虎　子　杨队长，你还给指挥长带了东西？

杨立明　是啊，啊不是！（忙藏起辞职信）

　　［指挥长急匆匆出来。

杨立明　指挥长！

指挥长　立明，稍等，我去机房接个卫星电话。

　　［指挥长快速离开。杨立明拿出手机正要拨号，小方悄悄地走到他身后。

小　方　（模仿）对不起，您拨打的电话正在通话中。

杨立明　臭小子，吓我一跳。

小　方　师父，你刚刚才离开师娘的嘛，咋就那么魂不守舍的？

杨立明　你一个单身狗，懂个啥！

小　　方　我单身我无愧，我为国家省话费！再说，我有网聊对象，说好了半个月后奔现。

虎　　子　网恋有风险，奔现需谨慎，不要翻车哟。

小　　方　我晓得，我防着呢……虎哥，嫂子半个月后到预产期吧？到时轮休我们一起回去。

虎　　子　是啊，这大宝我就没赶上，二宝我必须赶上。

杨立明　你们呀……

　　［指挥长急忙上来。

指挥长　立明！立明！

杨立明　指挥长，我正说要找你……

指挥长　快，安排你们队的同志即刻准备出发。

杨立明　出发？

小　　方　为啥？

虎　　子　干啥？

指挥长　我们地勘雅江段9号机钻作业区张开端工程师，得了重感冒没有及时下山，现在……

虎　　子　开玩笑，这可是川藏高原！重感冒也会要人命哟。

指挥长　情况很急，附近的队伍都有任务，也来不及，马上就是冬季冰封期，9号机钻作业区的人手本来就不够，只有你们赶快过去，把他接下来，然后再留人值守作业区。

虎子、小方　保证完成任务！

杨立明　我……（犹豫）

指挥长　怎么，你有问题？

杨立明　我、我……

　　［杨立明不知该怎么说，内心纠结。

杨立明　（唱）我想把辞职来摊牌，

　　　　　　　　状况突发口难开。

　　　　　　　　从事勘探二十载，

　　　　　　　　有家难回亲人怪。

　　　　　　　　我妻佳美想办法，

　　　　　　　　城里企业来安排。

　　　　　　　　辞职信在我怀内揣，

　　　　（白）只是这个时候啊……

　　〔工人唱队：（帮腔）情况紧急怎离开？

杨立明　指挥长，这次任务要多久？

指挥长　今天去，来回要两天。车辆进不去，只能步行进山，到了立刻接人回来。

杨立明　两天……直升机去接不行吗？

指挥长　地貌和气象条件太复杂，没有起降条件，需要你们送张工到直升机停留点。怎么，有问题？

杨立明　我……没什么问题。

指挥长　（疑惑）感觉你很勉强啊？

杨立明　不勉强，保证完成任务！

指挥长　好。记住，首先确保自身安全，再高效开展工作。

众　　　是。

指挥长　我还安排了一名随队医生，马上就过来。赶快去准备吧。

　　〔小方和虎子连忙离开去准备。杨立明再次拨打电话。

杨立明　（电话接通）喂，小美啊……

　　〔王佳美出现在舞台一侧。

王佳美　（亲热地）老公，事情都办妥了吧？

杨立明　不……不太妥。

王佳美　怎么，莫非你有变卦？

杨立明　不是，现在有位同事突发疾病，需要把他接下山，指挥部安排我带队前往。

王佳美　带什么队？你都要辞职了！

杨立明　唉，说到这个辞职啊，我思来想去，还是再……

王佳美　（不耐烦）立明，这件事情我们已经争论过很多次！

杨立明　佳美，你听我说完。这可是川藏铁路啊，可以让我骄傲一辈子的世纪工程……

王佳美　我不听！杨立明，自打我嫁给了你……

　　　　〔工人唱队：（帮腔）嫁的是个啥子人？

王佳美　（唱）我嫁的是一年到头不见人，

　　　　　　　你结了个甩手掌柜撒脱婚！

　　　　　　　家里大事小事你全错过，

　　　　　　　常年又气又叹我幽怨生。

　　　　　　　正是女儿中考关键时分，

　　　　　　　父母偏又病重无人帮衬。

　　　　　　　我这边心力交瘁积成疾……

　　　　〔工人唱队：（帮腔）你那里再不回转劳燕分！

　　　　　　　女儿的中考，为了我，为了这个家，你答应得好好的，回省城工作，在大型房地产企业也是做地勘，就等你交了辞职报告回来签约。你要是再变卦，我、我……

杨立明　我对天发誓，绝对不变卦！

王佳美　我帮你写的辞职信呢？

杨立明　（掏出辞职信）在呢！在！你先不要急，这个任务两天就能往返……

王佳美 当真？

杨立明 正常情况，理论上是……

王佳美 莫扯这些，给你三天，回来之后还赶得上去签约。（挂电话）

杨立明 小美，小美！（电话忙音）唉……

〔杨立明看着手中的辞职信，摇摇头。光暗。

〔场景暗转。

〔第一日下午。

〔扎西在悠扬的藏族歌声中出现。

扎　西 我是谁？我是雪域养育的康巴汉子，我是达娃最爱的扎西。我多想把达娃迎娶进新房，只是我的路还遥远漫长……

（唱）洁白的仙鹤呀，

　　　请把双翅借给我。

　　　不飞遥远的地方，

　　　飞到理塘就回。

〔藏族唱队：（帮腔）迎娶我的新娘。

〔达娃幕内：扎西，扎西！

〔达娃追上。

达　娃 扎西，你……你真的决定要走吗？

扎　西 我的达娃，羊羔舍不得母亲的怀抱，牦牛离不开草原，哪个舍得离开自己的故乡！但是我不出去……

达　娃 我晓得，在家乡我们挣不够钱。

扎　西 等我挣够了钱，就回来娶你！

（唱）曾记得高山草甸百花香，

　　　雪峰镜湖情意长。

　　　曾许诺金佛玉樽铺锦被，

雕梁画栋迎新娘。

我埋头苦干给不了你一个家,

辜负你青春年华,难圆梦想。

[藏族唱队:他埋头苦干给不了你一个家,

辜负你青春年华,难圆梦想。

达　娃　我晓得,花石山上有雪山,白雪上面还有天,你是雄鹰就该飞出去看看。我看电视上说,外面有飞机,有轮船,还有高高的铁……

扎　西　要是我们这里有这些东西,我就不用离开你身边了。

达　娃　那你要平安回来嘎!

扎　西　哦呀,等着我!

[扎西边回头边走远,达娃遥遥相送。

[光渐暗。

第二场

[第二日上午。

[雅江至理塘的沙鲁里山中。

[远处雪山连绵,近处道路狭窄湿滑,寒风阵阵。

[杨立明和虎子挂着登山拐,带着便携仪器,步履艰难地在山林中前行。杨立明紧盯着手中的定位仪器,顶风而上。

杨立明　再走100多米就是拐点,同志们,再……

[一阵风逼得他连连后退,虎子用肩膀顶住了他。

杨立明　(唱)人说世上路难行,

我的路途也艰辛。

妻儿翘首盼我回,

　　　　心潮涌动意难平。

　　　　狂风起，身随风动难行进。

　　　　前路难，眼望路遥山嶙峋。

　　　　林深雾重难看清，

　　　　且到避风之处辨分明。

　　[杨立明和虎子走到避风处，小方扶着李文艰难地跟过来，李文失去重心摔倒。

虎　子　哎哟喂，还没过年嗒，行这么大个礼？

杨立明　（忙扶起李文）李医生，你是不是有高原反应？出发时你不是说你在高原上健步如飞吗？

李　文　正常情况下我是可以的，但你们走得太快了，我有点跟不上。

小　方　年纪轻轻的咋这么虚火哟，看我师父，年龄——45岁，体形——微胖界的瘦子，还老当益壮、老骥伏枥、老树新芽、老来……

杨立明　好了，又乱说。李医生，我们去的作业区海拔4000多米，这一路很艰苦……

李　文　我知道，指挥长说跟紧你就行。

　　[李文拿出便携氧气瓶吸氧，杨立明到前方看路。

小　方　师父，你看清楚哟，不要走错了。

虎　子　你还说，昨天就是你瞎带路！这一绕就是100多公里，要多走两天的路，现在还在这里喝风！

小　方　那怪我咯？我是按照导航路线走的，哪晓得上游发大水把路淹了，只有绕路嘛！

杨立明　（回转）绕冤枉路不怕，就怕耽误接人。唉，这一绕，两天就变成三天了。

李　文　（缓慢站起）杨队长，我好些了。

小　方　李医生，你到底能坚持不？我们是去救人的，不要走半截还要别个来救你哟。

李　文　我的身体没的问题，只是到高原不久，还没完全适应，我歇口气，吸会儿氧就好些了。

杨立明　时间不等人，我们出发！

众　人　出发！

杨立明　（唱）风萧萧，野茫茫，

　　　　　　　阴云似狂浪。

　〔工人唱队：山巍巍，雾漫漫，

　　　　　　　前路在何方？

杨立明　（唱）耳畔山风啸，

　　　　　　　眼前山路茫。

　　　　　　　这一行……

　〔工人唱队：战天斗地硬仗一场。

杨立明　（唱）雪山上，

　　　　　　　前路险更需意志强。

虎　子　（唱）意志强，

　　　　　　　筑路人忍受风雪霜。

小　方　（唱）风雪霜，

　　　　　　　李医生眼看要遭殃。

杨立明　李医生，注意安全！

李　文　（接唱）要遭殃，

　　　　　　　我好似浮萍随风荡。

　〔李文一脚踩滑摇来晃去，众人上前帮忙，一起抵御狂风。

　〔工人唱队：摇摇晃晃，飘飘荡荡，

　　　　　　　　如天地蜉蝣，迷失方向。

　　[音乐中，四人相互搀扶前进。

　　[场景转换。

　　[第二日下午。

　　[几人艰难地走到离9号机钻作业区一半路程的一处山窝。

小　方　咦，你们看，那边有房子。

虎　子　太好了，终于看见人烟了，赶紧过去问路。

　　[几人急忙走到房屋前。

杨立明　有人吗？老乡……

　　[藏族旺姆大叔出来。

小　方　还真有人，太好了。

杨立明　（行藏礼）大叔你好。

　　[旺姆回礼，说着藏语。众人听不懂。

小　方　大叔说啥子？

虎　子　简单的藏语能蒙个大概，这位大叔说得太原生态，听不懂。

　　[藏族唱队：大叔问你们从哪儿来。

　　[旺姆说着藏语。

　　[藏族唱队：大叔问你们到哪儿去。

杨立明　大叔，你知道去这怎么走吗？（拿出地图给旺姆看）

　　[旺姆说着藏语，比画。

　　[藏族唱队：大叔说这地方他晓得。

虎　子　我知道了，河，他比的是一条河，对不对？

李　文　金沙江！

虎　子　吹吧你，哪个动作有金沙了？

小　方　是呢，你看，过金沙江，路被水淹了。

李　文　对，他说的是这个地方他晓得，现在走不安全。睡觉，对，天色晚了，在他这里睡觉。

虎　子　（怀疑地）这你们都能看懂？

　　　〔藏族唱队：*大叔让你们到屋里歇。*

杨立明　大叔的意思是，让我们住在他的小屋里。

　　　〔杨立明对旺姆比画进屋、睡觉，旺姆连忙点头。

虎　子　我晕啊，这样你们都能交流，I 服了 U。

旺　姆　（行礼）扎西德勒！

　　　〔藏族唱队：*大叔祝你们……*

小　方　（对唱队）这句不用翻译了，我们都听得懂。

三　人　（回礼）扎西德勒！

杨立明　天色不早了，既然大叔好意，我们也不要辜负。大家先休息，养足精神明天一早出发，务必到达作业区。

　　　〔旺姆招呼几人入内，招待大家后，自己走到门外坐下。

　　　〔光变暗，剪影。

　　　〔第二日夜。

　　　〔远处狼嚎隐约传来，旺姆大叔拿着木棒巡视，在门口守着。

　　　〔藏族唱队：*天色已暗山重影，*

　　　　　　　　　屋内塘火暖人心。

　　　　　　　　　树静风歇乌云过，

　　　　　　　　　露珠滴落是黎明。

　　　〔光启。

　　　〔第三日晨。

　　　〔旺姆在门边和衣而坐，正在打盹儿。

　　　〔杨立明揉着惺忪的睡眼开门出，看了看远方。

杨立明　（对屋内）天亮了，快起来赶路！

　　　［众人打着哈欠伸着懒腰出来。

　　　［屋外的旺姆也被惊醒，伸一个懒腰，将杨立明吓了一跳。

杨立明　哎呀，大叔，你莫不是在门口待了一晚上？

　　　［旺姆站起来比画着，说着藏语，学狼叫。

虎　子　哎哟妈吔，这是要变身了？

杨立明　打胡乱说！大叔的意思是，我们住在他的小屋里，他没地方睡，又怕晚上有野兽闯进来，就在屋外守了一夜。

　　　［旺姆竖起了大拇指。

李　文　太淳朴了，太感人了！大叔，谢谢你！（紧紧握住旺姆的手）

小　方　哎哎，还有我！

　　　［几人争先恐后要握手，吓得旺姆直往后躲。

　　　［扎西幕内喊：叔叔！（藏语）

　　　［扎西上，旺姆和扎西拥抱，以藏语交谈。

虎　子　这又是哪儿冒出来这么大个人？

小　方　嘘……小声点，万一人家听得懂汉语呢。

扎　西　你们好，我叫扎西，听得懂汉语。

虎　子　（尴尬地）失敬，失敬。

杨立明　太好了，扎西，请你向这位大叔表达我们的感谢！

扎　西　（热情地）这是我旺姆叔叔。

杨立明　多亏了旺姆大叔，要不是他啊，我们就要在山里冻一夜了。

李　文　对，他又是给我们打糌粑，又是烧茶，为了我们的安全，还一直守在屋外……

扎　西　嘿，这是我们对朋友应该做的。

　　　［扎西和旺姆用藏语交流。

扎　西　我叔叔说你们是来找人的?

杨立明　对,我们是勘察铁路的地质队,有同志病了,我们要去接他。

扎　西　修铁路?真的?能修到理塘吗?

虎　子　不止呢!

虎子、小方

（念）川藏铁路雄于世,

工程段位为史诗。

修建计划十二载,

绝对载入建设史。

起于四川成都市,

经雅安、过康定、翻雅江、到理塘,

往前还有德格更庆寺,

又过昌都、林芝、山南市,

最后到达拉萨市。

全长1838公里,

沿途美景美食不要太巴适。

扎　西　（神往）太好了!等铁路修好了,我们就再也不用翻山越岭了。

杨立明　是啊,大家都盼着这条铁路修好呢。

〔扎西告诉旺姆这些人是来修铁路的,旺姆高兴地用藏语呐喊。

小　方　大叔说啥子?

〔藏族唱队:大叔说……

扎　西　（对唱队）我来我来!接下来由我翻译!

〔藏族唱队:好嘛!

（唱）扎西来了是好事情,

唱队乐得一身轻。

扎　西　我叔叔说,感谢你们到这儿修铁路。唉,要是能再早一点就好了……

虎　子　嘿,你娃娃,是不晓得修铁路有好难。

小　方　就是,修路难,川藏铁路更是难上加难。

扎　西　我的意思是,能再早一点修通铁路,我就不用告别我的达娃,出门挣钱了。(暗自神伤)

杨立明　扎西,其实我们也急,但是川藏铁路,中国人花了100年都没能修成,不是急就能急来的啊。

　　　　(唱)横断山,山横断,

　　　　　　大道通途何其难?

　　　　　　重重岩石冻如铁,

　　　　　　层层地质蕴万变。

　　　　　　雪崩滑坡寻常事,

　　　　　　溶洞暗河长呜咽。

　　　　　　地震带上走险招,

　　　　　　岩爆区域风正寒。

　　　　　　此路难啊……

〔藏族唱队:(帮腔)难于上青天!

扎　西　是啊,雄鹰都飞不过的神山,你们却要修铁路!

杨立明　对,一定要修!(打起精神)我们还有任务在身,该出发了。

〔众人收拾行装。

小　方　师父,老规矩?

杨立明　老规矩,钱留下。

小　方　好嘞。

扎　西　哎……

杨立明　扎西,还有事吗?

扎　西　你们修路需要人吗？

杨立明　当然需要啊，这沿途有不少当地老乡都帮我们一起勘探和修路。

扎　西　那你看我可以吗？我熟悉情况，会说汉话，身体又好……

小　方　也对，我们正缺一个向导，免得遇到像昨天一样的突发情况！

杨立明　这……这个活儿可不好干……扎西，你真的愿意吗？

扎　西　我愿意！

虎　子　哟喂，整得跟外国人结婚一样。幸好你的达娃不在这里哟。

〔众人哈哈大笑。

杨立明　太好了，有了扎西，我们这次行动就更有把握了。走，边走边谈具体细节，带路。

〔众人出发，旺姆拿着装钱的信封追上。

小　方　旺姆大叔，你收着，这是我们的心意。

〔旺姆生气地对扎西说着，扎西拿着装钱的信封走过来。

扎　西　杨队长，我叔叔说你们来给我们修铁路，他很感激，你们在这儿留宿他也很高兴，但给他钱他很生气，说这是对他的侮辱。

虎　子　扎西，这是我们的规矩。

扎　西　在这儿也要按我们的规矩，招待朋友怎么能收钱，拿回去吧。

〔扎西将信封强塞给杨立明。

杨立明　这……

　　　　（唱）眼看着老大叔饱含真诚，

　　　　　　　乡亲们重情义心存感恩。

　　　　　　　筑路人修铁路也修情分，

　　　　（白）唉！（掏出自己的辞职信对比）

　　　　　　　一封信能暖人也能伤人。

　　　　　　　我枉负殷勤意却欲返程，

　　　　　　想到此不由得五味杂陈。
　　　　　　好！就按你们的规矩办！（低声对小方）你回营地后带人给大叔送些生活必需品来。
虎　子　旺姆大叔，等修好了铁路，我一定来请你喝酒。
　　［队伍离开，跟旺姆大叔挥手告别。
　　［藏族唱队：（雅江康巴藏族民歌改编）
　　　　　　巍峨的山峰下可爱家乡，
　　　　　　矫健的雄鹰在雪山翱翔。
　　　　　　尊敬的兄弟造福康巴，
　　　　　　雏鹰展翅围绕在亲人身旁。
　　［背景画面：宏大的川藏铁路各段的修建场景在音乐中展现……

第三场

　　［第三日下午。
　　［甘孜州雅江县群山，白雪皑皑，山峰林立。
　　［9号机钻作业区是在山间错落的几间简易板房和帐篷。
　　［房间里传来了剧烈的咳嗽声。
　　［地勘员甲从房内推门出来。
地勘员甲　杨队长他们到了没？
地勘员乙　不要急，在路上了。
地勘员甲　怎么能不急呢？指挥部两小时一个电话，（悄声地）张工发烧39℃了。
地勘员乙　这……（侧耳聆听）有人来了。
　　［金珠幕内大喊：卓波！卓波！（藏语，朋友之意）

〔藏族姑娘金珠和一位老乡背着补给物资跋涉上。

金　　珠　卓波，这两个星期的物资给你们送上来了！你看，这是牦牛肉，这是我阿妈新打的糌粑，还有蔬菜……

地勘员甲　（心不在焉）好，好，金珠，谢谢你！放那里吧。（对地勘员乙）我再去看看。

金　　珠　（诧异）我们天一亮就出发，走了很久才到这里，你怎么不像以前那么高兴啊？

地勘员乙　金珠妹子，高兴，我们当然高兴！

〔张开端的咳嗽声传来。

金　　珠　哎呀，是哪个咳得那么厉害？

地勘员甲　张开端张工啊，他感冒了。

金　　珠　就是那个对我说最后一次见面的张叔叔？我就说嘛，喊他不要说这样的话……

地勘员乙　本来就是最后一次，他这次值守完就退休了。

金　　珠　呸、呸，不吉利！（担心地）他咳得有点厉害啊！要不我送他去山那边看医生？只要一天就到了。

两　　人　（眼前一亮）哎，这个办法可以试试！

地勘员甲　你赶骡子上来没有？

金　　珠　我家的骡子租给你们拉那些大机器，都累死完咯！

地勘员乙　对哈，我们答应了给你买新骡子的，下山后马上买。

金　　珠　要得，我们先带他下山。

地勘员甲　好！

〔张开端幕内说：好个屁！

〔房间门开了。脸颊烧得通红的张开端扶着门框站在门口。

金　　珠　哎呀喂，张叔还骂人。

地勘员甲 （悄声地）烧糊涂了。

金　　珠 张叔，你看你那个脸色，好吓人哟。

地勘员乙 我们下山吧。

张 开 端 说下山就下山？换班的人都没来！一点组织纪律都没有！

地勘员甲 杨队长他们怕是在路上耽误了，我是担心……

张 开 端 担啥子心，我干了一辈子勘测，心头有数。

地勘员甲 （嘟囔）你心头有数，但身体没得数。

金　　珠 我知道一种草药，我去给你采。等着我！

　　〔金珠一溜烟儿下。

张 开 端 金珠，回来！回来！（对两地勘员）你们把她喊回来，哎呀，这么小的女娃娃，跑去采啥子草药，要是有个什么……

　　〔张开端体力不支，滑坐在地。

两地勘员 张工！（扶到一旁休息）

　　〔杨立明一行人急上。

杨 立 明 （唱）急匆匆赶路忙心神不定，

　　　　　　遭洪水绕远路耽误此行。

　　　　　　多亏有扎西兄弟指点迷津，

　　　　　　若是同志出意外悔恨难平。

地勘员甲 杨队长？是杨队长！

杨 立 明 是我！病人在哪里？（看见张开端）李医生，快！

　　〔大家围过去抢救张开端。

　　〔杨立明走到人群外打卫星电话。

杨 立 明 报告指挥长，杨立明已带队抵达9号机钻作业区。

　　〔指挥长在另一处出现。

指 挥 长 老张同志情况如何？

杨立明　咳嗽、发烧，没有仪器无法检测，随行同志已在检查治疗。

指挥长　能不能马上下山？

杨立明　现在天色渐晚，张工身体虚弱，无法独立乘坐索道，只能先控制病情，明天一早送往山下。

指挥长　方案明确吧？

杨立明　明确。按照之前的应急救援方案，必须担架步行5小时，到达直升机降落地点。

指挥长　好，你们伺机行事，确保同志们的安全是第一要务。

杨立明　是，保证完成任务！

　　〔指挥长隐去。

　　〔金珠跑上来。

金　珠　草药，用我采的草药。

杨立明　（拦住）老乡，已经有医生在治疗了。

金　珠　哦，有医生来咯，那就对嘛。咦，你是哪个？

杨立明　我是杨立明，刚刚到这儿来接张工下山的。

众　人　杨队长，快来，张工醒了。

　　〔杨立明奔上前，紧紧握住张开端的手。

杨立明　张工，你怎么样？

张开端　（虚弱地）杨……杨队长，幸会。

李　文　嘿，你们两个，才肉麻，就像第一次见面一样。

杨立明　你说对了，这真是我第一次见到张工。

小　方　不是吧？你们在同一家单位工作了那么多年。

虎　子　我们一出任务，短则274天，最长是354天，同事了一辈子，到退休欢送那一天才见上面，正常。

杨立明　你好好休息，明天我们送你下山，放心吧。

张　开　端　唉，可惜啊，就差一个月了……

李　　　文　什么一个月？

地勤员甲　还差一个月，张工就能圆满完成这次值守，回去就光荣退休了。

地勤员乙　是啊，好可惜。

李　　　文　哎哟！怪不得把病情拖那么严重，高原得重感冒，不要说一个月，三天都可能要命！

虎　　　子　你懂啥？这是我们地勤人的传统，他想圆满地完成任务，这辈子不留遗憾。

李　　　文　（唱）任务和生命哪个重要？
　　　　　　　　　最怕这样拿生命开玩笑。

虎　　　子　（唱）要看你从哪方面思考。
　　　　　　　　　你没有荣誉感不会知道！

李　　　文　你！

杨　立　明　好了好了，你们不要吵，争吵于事无补……

　　［李文突然倒在了虎子身上。

虎　　　子　咋子！咋子！吵不赢还碰瓷啊？

李　　　文　（喘气）不是，刚才激动了，有点晕，歇会儿就好了。

小　　　方　就是被虎哥气的。

虎　　　子　爬哟！他是刚到高原不久，身体没完全适应。

杨　立　明　（大喝）还斗嘴，赶紧拿氧气！

　　［众人一派忙碌。

　　［第三日傍晚。

　　［天色渐暗。金珠熟练地点起篝火。

　　［工人唱队：霞掩落日天渐暗，
　　　　　　　　群山依偎紧缠绵。

　　　　　　篝火熊熊映俏脸，

　　　　　　星光熠熠洒人间。

　　〔杨立明、扎西、小方、虎子和作业区的地勘队员围在篝火旁。

杨 立 明　金珠啊，这山上不能生火哟。

金　　珠　我晓得，今天是特殊情况，下不为例嘛。张叔好了么？

杨 立 明　哪有那么快，不过用药后，情况稍微稳定了。

金　　珠　那就好嘛。

　　〔杨立明拿出手机。

地勘员甲　杨队，这里普通手机没有信号，你要打电话，用卫星电话打吧。

杨 立 明　那就算了，等下山再说吧。（自语）佳美啊，你莫怪我……

　　〔李文走出来。

虎　　子　李医生，七星级酒店感觉咋样？

李　　文　（摸不着头脑）七星级酒店？在哪儿？

小　　方　你住的不就是吗？

李　　文　这儿？

杨 立 明　你们欺负李医生第一次上来是不？

虎　　子　不敢不敢！我们这就给李医生好好介绍一下这七星级酒店。

　　　　　　（念）一星是莫水。

小　　方　（念）二星是莫电。

地勘员甲　（念）三星莫信号。

地勘员乙　（念）四星莫的卓玛在眼前。

金　　珠　（念）五星莫水果。

杨 立 明　（念）六星莫空闲。

众　　人　（念）七星莫的遗憾在心间，

　　　　　　在心间。

〔众人笑。

李　文　我一路都在想，按说现在科技很发达了，我们国家的基建又世界领先，怎么还是要人力完成这些勘探呢？

杨立明　科技进步不错，世界领先不假，可是这川藏高原条件太独特，受限因素太多，要想勘测，最实用、最靠得住的，还是我们的双脚。

虎　子　我们地勘人就是用双脚丈量地球的人。

李　文　（喃喃地）丈量地球……

〔众人一起看向远方。

李　文　哇，这星空，太壮观了！

杨立明　是吧？我们苦是苦了点，走的都是别人不走的路，看到的，也全是别人看不到的美景啊。

李　文　快看！流星！

金　珠　大家快许愿！这星星能帮人实现愿望。

扎　西　我，我要许愿！

　　　　（唱）我有个梦想，

　　　　　　　攀登在九十九座高山之上；

　　　　　　　我有个梦想，

　　　　　　　迎娶心爱的达娃伴在身旁；

　　　　　　　我有个梦想，

　　　　　　　铁路通车随时能看望爹娘；

　　　　　　　我有个梦想……

〔藏族唱队：我的家乡美如天堂。

杨立明　扎西，放心，你这梦想一定能实现。

虎　子　那我也许个愿！希望我老婆生个小棉袄，母女平安。

李　文　我希望我的高反消失！

金　珠　还有我！家里老人都说，能赶上家乡修通铁路，是我们命好。我要许愿，希望这条天路早点修好，我可以坐着动车去拉萨，给所有人唱歌跳舞！

　　〔金珠、扎西和藏族唱队一起演唱雅江藏族民歌。

　　　　你在东山顶上，

　　　　我在东山底下。

　　　　我们之间相隔千里，

　　　　但心的距离却很近。

　　　　那边的山这边的山，

　　　　能看见而不能遇见。

　　　　汉地是茶而藏地为水，

　　　　看不见却能遇得见。

　　〔大家加入，一起载歌载舞。

小　方　师父，该你了，你想许个什么愿？

杨立明　我？我……

　　〔杨立明起身，看向远方。

　　〔光区变化。

杨立明　我想许个什么愿？我希望大家平安，我希望修完我的这条壮丽之路，我希望弥补对家人的亏欠！小美啊……

　　　　（唱）这20年，岁月的年轮画了20个圆，

　　　　　　　青春的四季转了20个圈。

　　　　　　　这20年，我在家里的时间屈指可数，

　　　　　　　我与亲人遥望挂牵。

　　〔王佳美出现在舞台一处。

王佳美　立明，你怎么还不回来？你在想什么啊？

杨立明　我在想……我在想张工的遗憾。我完全理解他为什么要抱病坚持，没有人会怪他拖延了时间。我在想我就此离开，这辈子是不是也会同样遗憾？我在想我们究竟为了什么修这条路？因为这是国人百年来的梦想，完成它，将是我一辈子最大的荣光！

王佳美　好你个杨立明，你想那么多豪情壮志，说那么多追求梦想，你恰恰就是不想想我，不想想这个家！

杨立明　我当然也想，我……

王佳美　立明！

　　　　（唱）这20年，父母年老你未尽孝眼前，
　　　　　　　孩子成长你不在身边。
　　　　　　　这20年，你只身在外举步维艰，
　　　　　　　我一人工作家庭两相疲倦。
　　　　　　　我和你如同两条无尽的平行线，
　　　　　　　空间相隔没有交会点。
　　　　　　　我和你恰似两只离巢的分飞燕，
　　　　　　　背道而驰渐行渐远。

　　　　（白）杨立明，你答应我的……

　　　　（接唱）省城房产企业已妥善，
　　　　　　　　你可以家庭工作两周全。
　　　　　　　　时间紧迫不能再拖延，
　　　　　　　　你必须回来——

　　　〔工人唱队：（女声帮腔）别让我再泪水涟涟。

杨立明　小美！

　　　〔王佳美隐去，杨立明怅然若失。

小　方　来来来，该我许愿了！我现在最希望的是，张工……

〔一名地勘队员跑过来。

队　员　杨队，不好了，张工昏迷了！

杨立明　（惊）啊，昏迷？

〔光暗。

第四场

〔第三日晚。

〔项目指挥部内。

〔指挥长和救援队李队长看着电脑中的三维地貌图。

指挥长　（指电脑屏幕）李队长，9号机钻作业区的位置在这儿，直升机夜间无法降落在接应点，救援队尽快徒步到中间点接应，必须在明天清晨送张工到直升机的位置。

李队长　是，保证完成任务。

指挥长　你们必须做好应急准备，能带的仪器都带上，人命关天啊。

　　　　　（唱）张工他遭急病危险来临，

　　　　　　　　高原寒山崎岖情况揪心。

　　　　　　　　你们要急行军保持冷静，

　　　　　　　　保安全克困难拯救生命。

〔音乐中，救援队整装出发，矫健行进……

〔光暗。

〔第三日夜。

〔山上机钻作业区。

〔大家围坐。

杨立明　李医生，说下情况。

李　文　张工高烧不退，我带的最好的针和药都用了，还是频繁昏厥，不尽
　　　　快送医，怕要出大事。

众　人　（惊）啊！

扎　西　之前不都好些了吗？

李　文　高原和平地不一样，之前没有好好治疗，现在病情发展太快。
　　　　必须马上送医院，上呼吸机。

杨立明　现在必须迅速跟指挥部联系。

地勘队员乙　我去联系。

［地勘队员乙离开。

虎　子　队长，必须马上下山！否则张工就来不及了。

杨立明　不要慌，冷静，不能贸然行事。是马上走还是留守等待指挥部救援，
　　　　大家说说自己的应对意见。

虎　子　人命关天，我们耽误不得，马上下山。
　　　　（唱）危急时刻不要再啰唆，
　　　　　　　稍纵即逝的机会怎能错过。

李　文　（唱）下山危险要细琢磨，
　　　　　　　蛮干乱干命都要戳脱。

小　方　（唱）工作一年还没遇到过，
　　　　　　　遇此危难好像蚂蚁上了热锅。

杨立明　（唱）大家先把心情放平和，
　　　　　　　越是紧急越要稳定沉着。

［杨立明下决定，招呼大家集中。

杨立明　同志们，我宣布，现在成立临时党支部，我自任支部书记，马上制
　　　　订安全计划，即刻送张工下山。先说清楚，这个时候下山，未知因
　　　　素很多，很危险，大家自愿参加。

虎　子　我是党员，我加入。

小　方　我……我是预备党员，我也申请加入……

地勘队员甲　我是党员，我加入。

扎　西　（犹豫）我……

杨立明　扎西……你只是向导，不勉强。

扎　西　（一咬牙）你们是帮我们修铁路的，康巴汉子不可能当怂包，我参加。

杨立明　谢谢你，扎西。

金　珠　我……

杨立明　你还小，我不允许你加入。

金　珠　那我就守在这里，为大家祈福。

杨立明　（点点头）即刻做准备！

　　　　〔众人准备。杨立明拉过虎子、小方。

杨立明　虎子、小方，还有个任务，临行前指挥部安排，我们队要安排一名同志接替张工留守作业区，把张工送下山后就需要返回值守一个月。

虎子、小方　一个月？

杨立明　按照工程安排，一个月后有新的班组上来接班。

小　方　（自语）半个月后跟网恋对象奔现……

虎　子　（自语）半个月后老婆预产期临盆……

　　　　〔两人犹豫思考。

小　方　师父，我回来吧，我已经跟你一年了，算是有经验的。

虎　子　队长，还是我回来吧，他是青沟子娃娃，经验不足……

杨立明　你们两个，我考虑一下……

　　　　（唱）此时刻，他们二人难确定。

　　　　　　　此时刻，左右为难心不平。

　　　　　　　留守作业一月整，

他们轮休计划难成行。

一个是网恋要奔现，

一个是二宝将来临，

难、难、难，我这里左右为难心不忍。

难、难、难，他二人谁留守难下决定。

［地勘队员乙拿卫星电话过来。

地勘队员　杨队长，卫星电话接通了，赶紧说，受天气影响，信号一会儿有可能丢失。

杨立明　喂，指挥部……

指挥长　立明，情况怎么样？

杨立明　报告指挥长，张工情况危急，必须马上下山治疗。

指挥长　天气和路况怎么样？

杨立明　风力不太大，但已经临近冰封期，非常寒冷。有个当地的藏族小伙扎西给我们带路，他熟悉路况。

指挥长　可这深夜下山危险很大啊。你们人手够吗？

杨立明　正在安排。

指挥长　徒步下山，人少了不行。你告诉大家，身体允许的都一起行动，把张工送到了再返回岗位。

杨立明　太好了，这样力量大大增加。请指挥长放心，我们有信心，也有能力完成。

指挥长　好，你们记住，安全第一，每一个同志的生命安全都是一样重要的，你们要……

［电流杂音，信号丢失。

杨立明　喂、喂……（电话无应答，回身招呼大家）同志们，指挥部指示少量同志留守，其他身体健康的同志一起送张工下山，马上行动起来。

众　人　是。

　　［大家纷纷准备。

　　［杨立明整理行装，摸到了辞职信，拿出来，摇摇头，准备撕掉，却又顿住了。

扎　西　队长，快来，我找到地图了。

　　［杨立明看着地图和扎西下，辞职信随手搁在了桌上。小方无意看见，略一思索，收起了信。

　　［光暗。

　　［一处光下。王佳美打电话打不通，焦虑地望向远方。

　　［一处光下。达娃摇着手执嘛呢轮，望向雪山。

　　［一处光下。虎子的妻子挺着大肚子焦急地望向远方。

　　［一处光下。指挥部内。指挥长召集救援队。

指挥长　同志们，情况紧急，不管在任何时候，我们都不能放弃任何一位同志。

　　［雪山上。杨立明带领十余人的队伍，抬着张工。

杨立明　出发。

　　［同时。指挥部。

指挥长　出发。

　　［救援队出发。

　　［工人唱队与藏族唱队：

　　　　　　前进，前进，
　　　　　　争分夺秒快速前进。
　　　　　　前进，前进，
　　　　　　向着目标勇敢前进。

　　［光暗。

第五场

［第四日凌晨。

［黑夜的山路间，应急灯光和手电筒光四射。

［工人唱队：天地间，风云突变山欲沉。

　　　　　　转瞬时，冰雪覆盖路无痕。

［杨立明内唱：冰风冷，寒透心神。

［杨立明带领队伍走在山间小路。

杨立明　（唱）冰风冷，寒透心神。

　　　　　　山路窄，树挂刺身。

　　　　　　脚步蹒跚需谨慎，

　　　　　　心悸还需意志真。

　　　　（白）同志们，注意脚下。

　　　　（唱）一入十月寒风凛，

　　　　　　雪堆万丈封路径。

　　　　　　深一步、浅一步，

　　　　　　深深浅浅步步为营。

　　　　　　东边走、西边行，

　　　　　　东东西西千万小心。

李　文　杨队长，等一下，这样下山太快了不安全，等一下。

杨立明　等？李医生啊……

　　　　（唱）花等春来能重开，

　　　　　　月等旬至能再盈。

　　　　　　情况危急如何等？

　　　　　　一旦延误害性命。
　　〔李文脚下一滑，杨立明连忙拉住。
　　　　　　脚下湿滑路难行，
　　　　　　注意安全不要分心。
　　〔狂风呼啸声。
　　〔工人唱队：寒风刺骨催人紧，
　　　　　　手抬肩扛入深林。
　　〔虎子从前面过来。

虎　子　队长，前面岔路，扎西有点分不清楚。
杨立明　大家在避风处休息一下。
　　〔众人放下担架，疲惫地坐下休息。杨立明赶上前，同扎西会合。
杨立明　怎么了，扎西？
扎　西　队长，这条路我很少走，只记得这个地方原来没有岔路，但是你看这边……再看那边……
李　文　快看看定位系统。
虎　子　这样的极端环境下，电子设备都不好用。
扎　西　雪山上的雄鹰飞得再高也会认得巢穴，草原上的牦牛走得再远也认得回家的路。我过去找。
杨立明　好，事不宜迟，虎子陪扎西去探路，注意安全。
扎　西　不用……
杨立明　两个人有照应，去吧。
　　〔扎西和虎子离开，小方跑过来。
小　方　队长，张工醒了。
杨立明　哦？好啊。
　　〔大家来到担架处。

张开端　（咳嗽，虚弱地）对不起，是我连累你们了。

杨立明　说些啥子！我们本来就是为你而来的，你就是我们的使命。

张开端　我很抱歉，工作了一辈子，却没有坚守到最后……

　　［张工挣扎着要坐起来，众人忙阻止。李文检查状况，眉头紧锁。其他人扶起张工，杨立明给他喂水。

李　文　张工？张工！情况不太好啊，他的意识都有点涣散了。

杨立明　老张，来，喝点水，放心，我们快到了。

张开端　（迷迷糊糊）老婆子，对不起哟……

　　［张开端倒下，众人扶他上担架。

李　文　有脑水肿的迹象，太危险了。

杨立明　大家抓紧喝喝水，吃点东西，保存体力，扎西一回来就立刻出发。

　　　　同志们！

　　　　（唱）千番滋味涌上心，

　　　　　　　万般言语难说明。

　　　　　　　此时必须清醒，

　　　　　　　同心协力才能寻到光明。

　　［扎西和虎子回来。

扎　西　队长，我晓得了，走右边！

杨立明　好，我们鼓起干劲，跟时间赛跑。

众　人　跟时间赛跑！

　　［众人整理行装，抬起担架，以更快的速度前行。

　　［风雪声又起。

　　［队员们与工人唱队齐唱：

　　　　　　前进，前进，

　　　　　　争分夺秒艰难前进。

>每耽误一分钟危及生命，
>
>每节约一秒钟希望在升。

［音乐中，时而有人摔倒，时而有人力竭，大家轮番抬着担架艰难而快速前行。杨立明突然一个趔趄，差点摔倒，小方连忙扶住。

小　方　师父，你怎么样？

杨立明　还好，就是有点喘，突然一口气提不上来。

小　方　师父，我背你。

杨立明　背我？就你那个小身板，自己能走就不错了！你们快走，我慢慢跟到。

小　方　你打死我都不得走，我陪你。

杨立明　（缓和）你这娃娃呀，那我们慢慢走。

小　方　我扶你。

［小方扶着杨立明慢慢向前走。

杨立明　小方啊，你到地勘工作一年，后不后悔啊？

小　方　后啥子悔哟，师父，我跟你说，能参加川藏铁路的勘探修建，我特别自豪，在同学面前有面子得很哟。

杨立明　有面子？那里子呢？

小　方　里子很苦，确实很苦。经常奔波在无人区不说，还遇到危险。师父，不瞒你说，有两次在走悬崖边边时，我还偷偷在手机上敲了遗书，过后真是后怕。

杨立明　刚一年就这样艰险，10年、20年、一辈子，你真的不后悔？

小　方　这咋个说嘛，我喜欢这行，喜欢看到别人看不到的风景。山高人为峰，地勘最先行。再艰难、再艰险的路我们都可以去。这是你教我的。

杨立明　是啊，我教你的……可是我，却要离开这条路了……

［小方从怀中掏出辞职信，递给杨立明。

小　方　师父，你刚才掉了这个，我帮你收起来了。

杨立明　（一把抢过信）这下你肯定更看不起师父了。

小　方　不，师父。就像你之前教我的，路是自己走的，什么时候走什么路，都是自己的选择，只要认定目标，坚定地走下去就好。

杨立明　坚定地走下去……这条路我真想修好它呀。

　　　　　（唱）多少年日晒雨淋翻山越岭，

　　　　　　　多少年风餐露宿戴月披星。

　　　　　　　川藏线修得是恢宏险峻，

　　　　　　　一路上铺的是丹心汗青。

　　　　　　　一条条铁轨纵横银光晶莹，

　　　　　　　一列列快车疾驰宛如流星。

　　　　　　　岁月中猛回首感慨万千……

　　　　　（帮腔）这世间有许多不舍之情……

小　方　师父，你真的决定离开，不修这条路了？

杨立明　我……赶紧，跟上，不要掉队。

　　　［杨立明加紧脚步，越走却感觉头越来越昏，险些摔倒，小方连忙扶着。小方看不清楚前路，带着杨立明走到山边的暗冰上。一踩上去，脚下发出"咔咔"的声音。

小　方　啥子声音？

杨立明　（强打精神）怎么了？

小　方　你听，脚下有"咔咔"的声音。

杨立明　（猛然惊醒）糟了，我们走在山边的暗冰上了，先不要动。

　　　［杨立明试着向另一边踩去，依然发出"咔咔"的声音。杨立明当机立断，一把推小方到路上，自己却失去重心跌落下去。

小　方　（大喊）师父，师父……快来人啊，救人啊……

　　　〔小方打着电筒四下寻找，却没有找到。虎子和扎西匆忙跑回来。

小　方　快，快，找我师父，他掉下去了。

虎　子　咋回事，咋回事？

小　方　（哭音）刚才我扶着师父走，不小心走在山边的暗冰上，师父为了救我，掉下去了。

扎　西　我下去找。

虎　子　不行，天黑山险，我们担不起那么多风险！扎西，你想办法找人帮忙；小方，你带领大家继续前进，和救援队会合送走张工，马上返回来寻救杨队。

　　　〔两人都不愿意动。

虎　子　杨队不在我说了算，愣着干吗！（嘶吼）快去！

　　　〔光暗。

　　　〔第四日黎明前。

　　　〔山间一处。局部光启。

　　　〔杨立明缓缓醒来。

杨立明　（唱）昏沉沉仿佛落叶飘荡，

　　　　　　迷糊糊不知身在何方。

　　　　　　强睁眼四处打望，

　　　　　　却为何昏暗无光？

　　　〔突然，又有碎冰落下。

杨立明　糟了，我是掉下来了。（想要站起来，试了几次没有成功，摸手）哎哟，好疼啊。

　　　　（接唱）手膀处一阵阵疼痛难当，

　　　　　　遭变故落山边心内恐慌。

　　　　　四下看暗影重难寻方向，

　　　　　这一次恐怕是难保安康。

　　（白）杨立明，我数一二三，你给老子站起来！（奋力想站起，却徒劳，悲切）老子站不起来了。

〔上面传来喊声。

杨立明　（唱）隐隐约约人声响，

　　　　　咫尺天涯图感伤。

　　　　　救人未成身被困，

　　　　　无奈悲切卷愁肠。

　　　　　人前都是硬汉样，

　　　　　此时绝望难逞强。

　　　　　我若一死如灯灭，

　　　　　心中遗憾留惆怅。

〔杨立明绝望地哽咽……

〔恍惚间，王佳美出现在光束中。

王佳美　立明！是你在哭吗？

〔杨立明难过地点点头。

王佳美　立明！你为什么哭啊？

杨立明　我、我、我怕啊……我怕就这样死在这儿了，我怕再也见不到你了，我怕我的路到此为止了。

王佳美　怕……原来你也会怕，你也会哭，我在想……这么多年，我真的了解你吗？

　　（唱）婚前云裳花容映星光，

　　　　　婚后柴米油盐岁月长。

　　　　　纵然支持你鸿鹄志，

　　　　　　暗地也羡慕雁成双。

　　　　　　你筑的是梦之路啊……

　　　　　　（伴唱）愁的是家人心肠。

杨立明　（唱）我知你为家操劳百味尝，

　　　　　　白发渐生添惆怅。

　　　　　　夜深星明在天际，

　　　　　　我恨不能隔空为你细梳妆。

　　　　　　只是我啊，

　　　　　　分身无术暗神伤……

王佳美　（唱）大义我明详，

　　　　　　道理无需讲。

　　　　　　人生不过百，

　　　　　　只盼你细想。

　　　　　　待到霜华满鬓回头望，

　　　　　　那错过、失去、留不住的亲情时光，

　　　　　　纵是追悔莫及，

　　　　　　又能怎样？

杨立明　小美，这辈子遇到你是我的幸运，你遇到我，是你的不幸啊……

　　　　〔工人唱队：筑路人纵有远大志向，

　　　　　　　　　　却也有百转柔肠。

杨立明　小美啊，其实我也想家庭事业兼顾，可惜现在都晚了。

　　　　（唱）我的路通向何方？

　　　　　　我的路通向光亮。

　　　　　　我的路遗憾惆怅，

　　　　　　我的路有你才幸福绵长。

　　　　　　今生我欠你地久天长，

　　　　　　来世愿化作清风绕梁。

　　　　　　冬日里为你吹散阴霾，

　　　　　　夏日里为你送去清凉。

　　　　　　若听得风过叶动喃喃语，

　　　　　　切切记，

　　　　　　那是我杨立明，

　　　　　　说不出口的万语千言对你讲。

王佳美　不，立明，我不要来世，我就要现在的你！

杨立明　现在的我？小美啊，我决定了，如果我活着，我要先替张工值守一个月，然后继续走完我的路……

王佳美　只要你活着，都可以。天亮了，你快醒醒……

　　　　〔王佳美身影渐渐隐去。

　　　　〔第四日黎明。

杨立明　（喃喃）天亮了吗？

　　　　〔小方的呐喊声传来。

　　　　〔小方画外音：师父，你在哪儿啊，张工已经送上直升机了，救援队也来了，你还要教我走自己的路啊，你不能掉队啊。

　　　　〔杨立明听见呐喊，艰难地站起。

杨立明　对，这是我的路，我不能掉队，这是我的路，我不能掉队……

　　　　　（唱）耳畔呐喊声声响，

　　　　　　　不能就此陷迷茫。

　　　　　　　气竭还有一息存，

　　　　　　　斗志又燃念想。

　　　　　　　我还要接替张工圆梦想……

〔工人唱队：接替张工圆梦想！

　　（唱）我还要再闻格桑花芬芳……

〔工人唱队：再闻格桑花芬芳！

　　（白）我的信呢？我的辞职信呢？哈，不见了，不见了好啊！

　　（唱）我还要亲见巨龙行川藏……

〔工人唱队：亲见巨龙行川藏！

　　（唱）我更要轻抚妻儿笑脸庞……

〔工人唱队：轻抚妻儿笑脸庞！

　　（唱）深陷困境不放弃，

　　　　　向死而生意志刚。

　　　　　竭尽全力向上行，

　　　　　我的壮丽之路，

　　　　　道虽阻，路仍长！

〔背景画面中：庞大的筑路机械轰鸣前行。舞台后区：现代机械化施工队伍铿锵前行，气势恢宏的修建场景……

〔音乐中。舞台前区：杨立明蹒跚地向前走，倒下。

〔光渐暗。

〔定点光下。

〔旺姆大叔背着杨立明，说着藏语。

〔藏族唱队：大叔说他找到你，送你去营房。

　　　　　　大叔说他敬佩你，你真是好样。

〔山林中。

〔救援队员和藏族群众护送着杨立明在两支唱队铿锵的合唱中坚定前行。

　　　　　寒风锤炼出铁骨刚强，

　　　　　坎坷磨砺出意志锋芒。

这就是筑路人啊，

挺立脊梁。

冰雪击打出连心志向，

高山压不垮共同担当。

这就是兄弟情啊，

温暖四方！

〔光暗。

尾声

〔定点光下，依次出扎西、小方、虎子、张开端、杨立明。

扎　西　我是谁？

小　方　我是谁？

虎　子　我是谁？

张开端　我是谁？

王佳美　我是谁？

杨立明　我是谁？

〔几人声音交织。

扎　西　我是雪域的孩子，我是新的筑路人。

小　方　我是天空的孩子，我是新的筑路人。

虎　子　我是江河的孩子，我是新的筑路人。

张开端　我是大地的孩子，我退休了，还是筑路人。

王佳美　我是星光的孩子，永远点亮回家的路。

杨立明　我是太阳的孩子，永远无悔的筑路人！

〔两支唱队、众多地勘队员和工程人员、藏汉群众出现。

众　人　我是谁？我是用尽此生，铸就这条壮丽之路的人。

　　［众人合唱：人说世上本无路，

　　　　　　　　走的人多便成路。

　　　　　　　　人说世上路难走，

　　　　　　　　我想将天堑变通途……

　　　　　　　　这是我的路，

　　　　　　　　我的梦想之路。

　　　　　　　　这是我的路，

　　　　　　　　我的壮丽之路。

　［全剧终。

（大型现实题材京剧）

人间四季有芙蓉

（编剧　杜林　李珂　曹顺成）

时　间：当代
地　点：成都
人　物：

刘佩蓉	女，41岁，善良坚忍的母亲。经历失业、丧夫后，以母之爱温暖着三个与自己没有血缘关系的孩子，也用爱心、善行温暖了更多的人。
陈善文	男，48岁，刘佩蓉的丈夫，有责任有担当的男人，夹在儿子和刘佩蓉之间左右为难。
刘彤彤	女，15岁，刘佩蓉的养女，坚强懂事的女孩，是刘佩蓉的贴心"小棉袄"。
陈　凯	男，24岁，陈善文的儿子，自私又自负、游手好闲的社会青年，对刘佩蓉和刘彤彤充满敌意。
陈　旋	女，19岁，大学生，陈善文的女儿，单纯且敏感。
张老太	女，60多岁，刘佩蓉的母亲，慈爱、豁达的老人，她一心创办"人间四食"，为大家排忧解难。
杨莉莉	女，30岁，细心周到的社区支部书记，多次帮助刘佩蓉渡

|过难关。

八　呱　四男四女组成，以老人为主，喜欢摆龙门阵，爱打听八卦，有爱心有热情。

其他人物　社区工作人员（党员服务队）、独居老人、群众、医护人员若干。

序

［幕启。

［三月间春分时节，正值花朝节。

［芙蓉巷里的芙蓉树下，穿着汉服的刘彤彤扶着张老太踮着脚朝花树上挂红绳……

［伴唱：花朝节里迎花神，

　　　　树树繁花俏争春。

　　　　姹紫嫣红若霞云，

　　　　风抚芳菲似柔情。

刘彤彤　（唱）芙蓉花重锦官城，

　　　　芙蓉树下系红绳。

　　　　要问丫头许啥愿？

　　　　有妈爱来有爸疼。

［几个大爷大娘（八呱）围过来询问彤彤。

大爷甲　张老太，你在芙蓉树下挂什么呀？这芙蓉花要到立秋时节才开，过几天才春分啊。

张老太　今天花朝节，百花生日，我要替我家佩蓉挂红绳，求芙蓉花神给她牵线搭桥，成就一桩好姻缘，这不，要灵验了。

大娘乙　（问刘彤彤）彤彤，你妈妈又在相亲？听说她处了一个对象啊？

刘彤彤　嘘……（示意大家小声）陈善文叔叔就要来向妈妈求婚。

大爷甲　（惊讶）求婚？

大娘乙　陈善文？我知道，那个开大货车的。

大爷丙　我也知道，他有一个不务正业的儿子，还有个上大学年年拿奖学金的女儿。

刘彤彤　大爷大妈，你们怎么什么都知道啊？

大娘丁　我们可是芙蓉巷里消息最灵通的八呱，这方圆十里，就没有我们不知道的。

刘彤彤　八卦？

大娘丙　不是八卦，是八呱，顶呱呱的呱，呱呱叫的呱！

大爷甲　刘佩蓉今年得有41岁了吧，一直单身带娃娃，终于有人求婚了，稀奇稀奇真稀奇啊……

　　〔八呱：（合念）佩蓉今年四十一，

　　　　　　　　　被人求婚真稀奇。

　　　　　　　　　小家碧玉人俏丽，

　　　　　　　　　秀外慧中通情理。

　　　　　（男念）家境窘迫又拮据，

　　　　　　　　　没的事抗下就过去。

　　　　　（女念）老母幼女苦相依，

　　　　　　　　　不怕有邻里间接济。

　　　　　（合念）诚心相亲皆失望，

　　　　　　　　　竹篮打水空欢喜。

　　　　　　　　　终等得，知音遇，

　　　　　　　　　枯树开花春来袭。

　　　　　我们要，吹吹打打、热热闹闹、

　　　　　高高兴兴地去贺喜，去贺喜！

　　〔众人招呼着离开。

张老太　我说大家伙儿，你们可别吓着我未来的女婿啊。

刘彤彤　大爷大妈，别胡闹啊，等等我们，等等我们……（突然眩晕，站立不稳）

张老太　彤彤，怎么了？

刘彤彤　外婆，我没事，咱们赶紧追上去。

　　〔张老太和刘彤彤追下。

　　〔光暗。场景暗转。

第一场　春分

　　〔时间紧接。

幕内伴唱　春分一到积雪消，

　　　　　春雷过后发春苗。

　　　　　叫卖声：卖糖油馃子哟，又甜又糯不黏牙。

　　〔光启。

　　〔芙蓉巷里，挂满红丝带的芙蓉树下。

　　〔八呱聚在卖糖油馃子的推车旁摆龙门阵。

大爷甲　听说佩蓉和陈善文认识快一年了。

大娘甲　这个我知道，他们俩是疫情期间做义工认识的。

大爷乙　他们还得谢我。

大娘乙　跟你有啥关系？

大爷丙　巷子里的那只狸花猫叼了他养的小金鱼，他去追狸花猫，摔了一跤。

大娘丙　是陈善文背着他去的医院，之后每周都背着他去做理疗。

大爷丁　佩蓉照顾了他一个月，就和陈善文看对了眼。刘大爷的腿好了，他们俩的感情也好了。

大娘丁　搞拐了，该谢那只狸花猫才对。

　　〔众人哄笑。

　　〔张老太、刘彤彤、陈善文、杨莉莉、社区大爷大妈等一群人张望，陈善文将戒指盒交给刘彤彤保管。

陈善文　彤彤，这个戒指盒你收好，一会儿看我眼色行事。

刘彤彤　放心吧，我可机灵了。

　　〔刘佩蓉内唱：三月春分百花艳……

　　〔众人隐藏起来。

　　〔刘佩蓉提着装有蔬菜的袋子上。

刘佩蓉　（唱）树树繁花映眼帘，

　　　　　　桃红柳绿迷人眼。

　　　　　　人到明理已中年。

　　　　　　也曾经，我寂寞无助心哀怨。

　　　　　　也梦想，何时才能苦变甜。

　　　　　　现如今，一个人闯进我心间。

　　　　　　但不知，能否相依到永远。

　　　　　　走一步看一步难以预判，

　　　　　　过一天好一天一切随缘。

　　〔刘佩蓉提着几十副碗筷刚往家走，杨莉莉迎上来。

杨莉莉　佩蓉姐，你买了这么多碗筷，我真该去帮你的。

刘佩蓉　我是闲人一个，帮我妈筹备爱心食堂也是活动筋骨。莉莉，真的谢谢你，帮我妈了却了这桩心愿。

杨莉莉　　张老太是个好心人,办爱心食堂造福整条芙蓉巷,咱们社区理应搭把手。佩蓉姐,我还有个好消息要告诉你,我帮你找到工作了!

刘佩蓉　　真的吗?我真的不敢相信。我工作的那家旅行社因疫情关门后,我找了三个月的工作都没着落,人家一看我的年龄就拒绝了。

杨莉莉　　他们拒绝你,是因为他们不了解你。佩蓉姐,你踏实勤奋,了解旅游产业,我们区刚成立的文创工坊正需要你这样的人。

刘彤彤　　妈妈,太好了!今天真是双喜临门。

刘佩蓉　　什么双喜呀?

　　〔刘彤彤着急地拉出横幅给陈善文提示,粉色的横幅上写着:"佩蓉嫁给我吧!"

陈善文　　(鼓足勇气,拉住刘佩蓉)佩蓉,我爱你,我养你,你嫁给我吧!

刘佩蓉　　(大惊)啊?(害羞地转过身)

　　〔张老太忙把八呱赶走,八呱边走边喊:"陈善文雄起!""陈善文我们给你扎起!"

陈善文　　(唱)这一年相处中爱已成渠,
　　　　　　　两颗心相靠近紧紧偎依。

刘佩蓉　　(唱)我心中小鹿乱撞无规律,
　　　　　　　面红耳赤不知如何言语。

陈善文　　佩蓉,答应我吧。

刘佩蓉　　(唱)母亲她面带微笑在鼓励,
　　　　　　　女儿她兴奋雀跃好欢喜。
　　　　　　　他那里情真意切眼神坚毅,
　　　　　　　我这里忐忑不安难处理。

陈善文　　(唱)我知你心中有顾虑,
　　　　　　　养家的重任我担起。

　　　　　　　孝老爱幼将你怜惜，

　　　　　　　琴瑟和鸣你我同谱曲。

刘佩蓉　善文啊，你的心意我感激，我也想能有一个家。只是你还有一儿一女，我怕他们不认可将我嫌弃。

陈善文　佩蓉，彤彤已经认可我这个爸爸了，旋旋她也想要有妈妈，小凯那里我去做工作。

刘佩蓉　善文，我——

陈善文　（单膝跪在刘佩蓉面前，举起戒指）佩蓉，请你嫁给我！

张老太　佩蓉，你呀，早点结婚，我呀，还想抱孙儿呢。

刘彤彤　妈妈，我想要弟弟或妹妹。

　　　〔刘佩蓉害羞地把脸转向一边，众人围过来："嫁给他，嫁给他！"

　　　〔陈凯幕内大喊：我不同意！

　　　〔陈凯拉着妹妹陈旋怒气冲冲上。

陈善文　小凯，你怎么来了？

陈　凯　妹妹告诉我，今天你要向这个女人求婚，我不准你们结婚！

陈　旋　哥，有事咱们和爸爸回家商量，这里人多，不太好。

陈　凯　有什么不好？怕家丑外扬？她和我爸在一起图什么？

陈善文　小凯，我一个48岁的司机，还拉扯着你和旋旋两个，人家能图我什么？不就是图感情吗？

陈　凯　爸你糊涂了吧！她自己没房，带着女儿挤在老太太的房子里，她呀，就图你那套90平方米的房呀！

陈善文　混账东西！（抬手要打儿子）

陈　旋　（抓住陈善文的手臂）爸，你不要结婚好吗？

陈善文　旋旋，你妈走得早，爸爸知道你一直想要有妈妈。

陈　旋　那是我小时候……（将陈善文拉到一边，小声地）哥说，后妈很可怕，佩蓉阿姨进了门，我一定没好果子吃。她疼自己的女儿，会欺负我的。

刘佩蓉 （苦涩）善文，孩子们不乐意，我们的事就算了吧。

陈善文 不！佩蓉，是我的问题，没把家里处理好，让你难堪了。（对陈凯）小凯，你……

陈　凯 爸……

（唱）这些年你一直奔波忙碌，

　　　我知你也曾有寂寞孤独。

　　　只怕你再结婚生出变数，

　　　休怪我在这里言语粗鲁。

陈　旋 （唱）我是你的掌上明珠，

　　　有些事却难以向爸爸倾诉。

　　　我也想有母亲悉心照顾，

　　　却真怕后妈跟我难相处。

陈善文 唉……真是儿女冤家呀，你们到底怎样才肯接受佩蓉？

陈　旋 爸，你要再结婚我也不是不同意，只是……

（唱）这防人之心不可无，

　　　我要哪壶不开提哪壶。

　　　两个女儿如有高低难相处，

　　　她须保证视我如己出。

陈　凯 我也说说，你们要结婚，必须答应我一个条件。

陈善文 什么条件？

陈　凯 （唱）结婚须先签下协议书，

　　　房子由我继承你暂住。

　　　常言道人有旦夕祸福，

　　　　　　　　父子从此各走各人路。

陈善文　（气急）什么？签婚前协议，把房子给你？你……

　　　　（唱）你一开口丑态毕露，

　　　　　　　牛耕田，马吃谷，

　　　　　　　我自受累，你白享福，

　　　　　　　不肖子算盘打得好清楚。

陈　凯　爸，你别忘了十年前，你谈的那个女朋友朱阿姨。短短一年时间，那个朱阿姨就把妈妈辛苦积攒的存款挥霍一空，你想分手，结果怎么样？

陈善文　小凯，别提她。

陈　凯　我偏要说！这个朱阿姨问你要10万块的青春损失费，你给不起，她就天天去运输公司闹。你被迫离开单位，出来帮人开车，打零工。到去年你才贷款买了辆车自己开。爸，女人的亏你没吃够？还是好了伤疤忘了痛？

陈善文　你……（要打陈凯）

　　　　〔陈凯躲藏，众人围着看热闹，刘佩蓉在中间劝说。

　　　　〔八呱：（唱）亲儿子唯利是图，

　　　　　　　　　　亲闺女有眼盲目。

　　　　　　　　　　再解释也是白费工夫，

　　　　　　　　　　善与贪终会水落石出。

　　　　〔刘佩蓉拉住陈善文。

刘佩蓉　善文，我不在乎别人怎么说，你与我真心相待就够了。

陈善文　他们这样对你不信任，我……

刘佩蓉　善文……

　　　　（唱）没娘的孩子是灯草，

152

　　　　　多年的母爱缺失怨难消。

　　　　　一个是男孩子难免急躁，

　　　　　一个是女孩子难免弱娇。

　　　　　我与你筑爱巢本是缘分到，

　　　　　怎忍见父子结怨亲情全抛。

　　　　　我一人带彤彤艰辛深知晓，

　　　　　你一人带儿女困难倍难熬。

　　　　　小凯岁数已不小，

　　　　　准备婚房也不算早。

　　　　　旋旋上学正年少，

　　　　　温暖母爱让她有依靠。

　　　　　你和我肩并肩同心路上跑，

　　　　　心相连手相牵一起慢慢变老。

陈　　凯　哟，唱得比说得还要好听。你们要是真爱，那就裸婚呀！

陈善文　裸婚？这……

刘佩蓉　我自己有手有脚现在还有工作，裸婚就裸婚！

陈善文　佩蓉？

刘佩蓉　善文，这个主我替你做了！

　　　〔拿起纸和笔写下婚前协议，盖了手印，交与陈凯和陈旋。

陈　　凯　爸，这个女人还没过门，就替你做主了，你这还没结婚，咋就成了耙耳朵哟。啧啧，我也是为你好，你们要是散了，你还可以住在我的房子里。（拉着陈旋下）

陈善文　佩蓉对不起，我现在没有房子，还有两个不懂事的孩子。我配不上你。（转身欲走）

刘彤彤　（捧着戒指跑出来）善文叔叔，戒指。

刘佩蓉 （拿起戒指戴上）善文,我愿意嫁给你。

陈善文 （回头）佩蓉,我……我会好好对你的（将刘佩蓉拥入怀中）。

〔众人欢呼。

刘彤彤 太好了,我有爸爸了!我有爸爸了!（突然眩晕倒下）

〔众人惊呼,抢救彤彤。

〔场景暗转。

第二场 小满

〔光启。

〔五月间小满时节,芙蓉巷里"人间四食"开业,挂上招牌。

〔八呱内喊:"人间四食"开饭喽!

〔八呱兴高采烈地端菜、帮忙,招呼社区的孤寡老人、低保户、农民工等吃饭。

歌 队 （唱）张老太有副好心肠,

　　　　　　自家筹建爱心食堂。

　　　　　　顺应时节将身心滋养,

　　　　　　一碟一味一时一汤。

　　　　　　立春吃春卷,惊蛰驴打滚,

　　　　　　谷雨炒香椿,小满鲜鱼汤。

　　　　　　小暑绿豆粥,大暑拌黄瓜。

　　　　　　白露莲子羹,秋分雪梨糖。

　　　　　　寒露蒸螃蟹,霜降炖牛肉,

　　　　　　小雪芝麻糊,冬至羊肉汤。

　　　　　　小寒八宝粥,大寒糯米饭,

　　　　　　人间烟火气，饮食有传统。

　　　　　　收费标准来分档，

　　　　　　杜绝浪费全吃光。

　　　　　　学生、民工只收成本价，

　　　　　　孤寡老人免费吃通堂。

　　　　　　社区支持树榜样，

　　　　　　党员服务来帮忙。

　　　　　　八呱今天齐上阵，

　　　　　　"人间四食"暖心房，暖心房。

大爷甲　张老太，你这真是个大动作呀！

大娘甲　张老太是个有心人，她这么一张罗，大家吃饭的问题都解决了。

张老太　我退休后闲不下来，总想为大伙做点什么。常有孤寡老人来我家串门，我会留他们吃饭，想着多个人不过多双筷子。结果——

大爷乙　结果筷子越加越多，今天"人间四食"来了80多名食客，以后还会越来越多。

大爷丙　怎么不见佩蓉来帮忙？

大娘丙　多嘴，你不晓得彤彤住院了吗？

张老太　不要紧，佩蓉说，彤彤有些贫血，血压偏低，在医院观察，很快就会出院。（端出红糖冰粉）我做了红糖冰粉，滑嫩爽口，生津解暑，待会儿就给我的宝贝孙女送去。

〔众人欢笑声减弱。后区逐渐剪影化。

〔暗转至医院病房。

〔刘佩蓉拿着刘彤彤的检查报告到病房门口，一边看一边抹泪。陈善文提着送饭的保温桶上。

陈善文　佩蓉，怎么了？

刘佩蓉　善文，我想和你商量件事，希望你能谅解我。

陈善文　佩蓉，你想做什么我都理解。

刘佩蓉　医生说彤彤确诊得了罕见的脊索瘤，这个病要按照恶性肿瘤对待。现在，彤彤脑中的瘤已经约有乒乓球大小，医生建议马上做手术，不然有生命危险。可手术费、治疗费和康复这些需要十多万，这笔钱……我想晚上再去打一份工。

陈善文　钱的事，我来想办法。这些年我给小凯存了10万元，准备给他结婚用，先拿出来给彤彤应急。

刘佩蓉　这钱不能动，小凯前些日子还说他要和小茹旅行结婚。

陈善文　结婚的钱本来就该他自己挣，我就是替他操心太多，才让他变成这样，三年换了七八份工作，没有一份好好干的。也该让他吃点苦，自己独立起来。

刘佩蓉　善文，彤彤马上要手术，这笔费用太大了。我（欲言又止，走到病房外）……是我拖累你了……

　　　　（唱）彤彤手术治疗迫在眉睫，

　　　　　　　我却荷包干瘪青黄不接。

　　　　　　　每天医院、单位不停歇，

　　　　　　　心中愁肠难解千万结。

陈善文　（唱）彤彤的病来势太猛烈，

　　　　　　　佩蓉她日夜煎熬衣带未解。

　　　　　　　疼惜她母女我心滴血，

　　　　　　　救女儿我情愿付出一切。

　　　［陈善文牵起刘佩蓉的手。

陈善文　佩蓉，我现在是彤彤的爸爸，我会想办法救她的。（掏出手机编辑短信）我马上让小凯把钱转给你。

刘佩蓉　善文，谢谢你，幸好有你。

〔陈旋提着水果拉着陈凯上。

陈　旋　哥，彤彤妹妹病得很重，咱们早就该来看看她。

陈　凯　妹妹，你就是耳根软，她叫你两声姐姐，你就变节了。（短信提示音，掏出手机看，大怒）什么！要动我结婚的钱！（闯进病房朝陈善文喊）不行！那是我结婚的钱，在我的银行卡上，谁都不许动，谁也动不了！

陈善文　混账东西，你妹妹现在躺在病床上，等着那笔钱救命呀！

陈　凯　我的妹妹只有旋旋，这个女孩和我一点关系都没有。

陈善文　你当真见死不救？

陈　凯　不是我不救，是我救不了，没钱结婚，没了小茹，我还不如死了算了。

陈善文　你们要是真心相爱，也可以裸婚！

陈　凯　裸婚，没门，裸奔我倒是可以（脱掉外套甩给父亲）。

刘佩蓉　小凯，阿姨给你打借条好吗？这钱我会还给你的。

陈　凯　我真的搞不明白，你为了给一个捡来的孩子治病，倾家荡产值得吗？

陈　旋　谁是捡来的孩子？

刘佩蓉　小凯，你小声点，彤彤在里面。这事儿我一直瞒着她。

陈　凯　（大声朝病房里喊）你以为你瞒得住，芙蓉巷谁不知道你刘佩蓉为了一个弃婴，断送了一桩婚姻。现在你又要为了她，毁掉我们的家。

陈善文　你！你——滚！我没你这样的儿子！

陈　凯　滚就滚，旋旋咱们走。

陈　旋　哥，我……

陈　凯　我什么我，你要是还认我这个亲哥，就跟我走。

陈　旋　哥，你怎么变成了铁石心肠？

陈　凯　铁石心肠？妹妹，你那时还小，不知道后妈的厉害。那年我读初二，爸出门跑长途车，我的练习本写完了，去找朱阿姨要 10 块钱买新的练习本。她正在打麻将，输给人家两百多块，却不肯给我 10 块钱，她才是铁石心肠！

陈　旋　哥我记得，你没有练习本，交不了作业，逃了一个星期的课。直到班主任给爸爸打电话，爸爸赶回来给你买了整整一箱的练习本。

陈　凯　晚了，那次逃课之后，我就不想读书了。我告诉自己，只有把钱牢牢攥在自己手里，才能决定自己的命运。妹妹，你也是。

〔陈凯拉着陈旋下，陈善文无奈地叹气。

刘佩蓉　（劝慰）善文，钱的事，再想其他办法。

陈善文　对不起，佩蓉，我养出了这样狠心狗肺的儿子。

〔刘彤彤偷听到他们的对话，哭着起身。

刘彤彤　妈妈，我不治病了，我们回家吧。

　　　　（唱）我是妈妈命中的苦劫，
　　　　　　　为救我已然是倾尽一切。
　　　　　　　就让我放弃治疗自生灭，
　　　　　　　来世再与爸妈永不分别。

〔刘佩蓉和陈善文紧紧抓住刘彤彤。

刘佩蓉　（唱）乖孩子说傻话胡乱理解，
　　　　　　　你是我心肝宝怎能把气泄。
　　　　　　　好好治病把包袱卸……

陈善文　（唱）勇敢战胜病魔要坚决。

〔刘佩蓉安慰着彤彤，杨莉莉进到病房。

杨莉莉　（把一个信封交给刘佩蓉）佩蓉姐，这里有一笔钱你先拿着用。我已经帮彤彤申请了"社区快速救助"，这是针对你们这种突发性、因疾病支出过大，造成生活困难的家庭制定的紧急救助政策。

刘佩蓉 太及时了，谢谢你，莉莉。

杨莉莉 你们先拿现金救急，过几天再补齐审核审批程序。

陈善文 杨书记，感谢你们雪中送炭。

杨莉莉 善文哥，你和佩蓉姐放心去工作，我们社区党员服务队的志愿者会帮你们照看彤彤，就像佩蓉姐从前做义工照顾残疾老人那样，细致周到。

（唱）家家都有难念的经，

　　　社区服务有真情。

　　　彤彤病情不容缓，

　　　援助服务来贴心。

［护士走进来。

护　士 彤彤，我带你去检查。

刘佩蓉 彤彤乖，跟着姐姐去吧，你的病很快就能好了。

［刘彤彤乖巧地点头，跟着杨莉莉和护士离开。

刘佩蓉 善文，彤彤病情危急，要尽快进行手术。亲友们借了些钱，民政部门、社区也支持了我们，但是还差2万多。

陈善文 （从包里拿出钱递给刘佩蓉）佩蓉，这钱你先拿去应急。

刘佩蓉 这是……不！这是你给货车和货物买保险的钱，不能挪用。

陈善文 等有钱了再续保没多大事儿。等彤彤康复出院，咱们在家里吃顿好的，庆祝一下。

刘佩蓉 （靠在陈善文的肩膀上）善文，让我在你肩上靠一靠。

（唱）彤彤病情如霜降，

　　　再苦再累我硬抗。

　　　母亲那里我不敢细讲，

柔弱女子为母则刚。

拼凑费用我穷思竭想，

折了东墙补西墙。

家的小船刚起航，

迎头撞上大风浪。

陈善文 （唱）有我相伴同把风浪闯，

驱散乌云也会见到阳光。

渡过难关便能豁然开朗，

到那时我们必然幸福绵长。

陈善文　佩蓉，一切都会好起来的。

刘佩蓉　善文，有你在，我心里就不慌。

　　　［陈善文拿出一根精编的红绳在刘佩蓉的手腕拴系。

陈善文　佩蓉，今天是小满节气，我给你买了根红绳系上，俗话说小满小满江河渐满，希望我们的生活越来越美满。

陈善文 （唱）一根红绳来系上……

刘佩蓉 （唱）红绳连着两心房。

陈善文 （唱）礼轻情重表心意……

刘佩蓉 （唱）天地为证配成双。

陈善文 （唱）来日再添小儿郎……

刘佩蓉 （唱）粉粉嫩嫩俏模样。

陈善文 （唱）牙牙学语将爸喊……

刘佩蓉 （唱）奶声奶气叫声娘。

陈善文 （唱）眉鼻像你钟灵秀……

刘佩蓉 （唱）眼睛像你有神光。

陈善文　不，眼睛要像你才好看。

刘佩蓉　像你才精神。

陈善文　像你。

刘佩蓉　像你。

　　〔两人对视而笑。

刘佩蓉　（唱）到那时，小凯、旋旋常来往，

　　　　　　　形形教育宝宝把大人装。

　　　　　　　一老两大四个小，

　　　　　　　一家七口乐安康。

　　　　　　　这是我一生的梦想，

　　　　　　　这是我未来可期的幸福时光。

陈善文　是啊，这是我们未来可期的幸福时光，一定会实现的。

八　呱　巴适，小日子巴适得很哟。

陈善文　我要出车了，佩蓉，你放心吧，一切都会好起来的。

　　〔陈善文匆匆离去，刘佩蓉目送，回到病房收拾床铺。在"人间四食"吃饭的老人们走进病房，见到刘佩蓉，掏出钱帮助她。

八　呱　（唱）"人间四食"结善缘，

　　　　　　　众人献爱心如涌泉。

　　　　　　　治疗费用来捐助，

　　　　　　　一家有难百家援。

　　〔光暗。

第三场　霜降

　　〔十月霜降时节。

　　　（唱）小满小满江河渐满，

细雨纷纷可知冷暖。

夏荷残败秋已至寒，

转眼霜降世事难安……

［舞台前端一角。

陈　旋　张奶奶，您这是要去哪儿？

张老太　是旋旋啊，我去你家里找佩蓉，有点事。

陈　旋　我正好要回家，我陪您吧。

张老太　好啊，旋旋，你跟我说句老实话，你恨你佩蓉阿姨吗？

陈　旋　恨？怎么会啊。说心里话，刚开始的时候我真不太习惯。可是，看着我爸爸一天比一天开心，精气神一天比一天好，我就慢慢地接受了佩蓉阿姨。

张老太　那就好，有你这么懂事的女儿，是你爸爸的福分，也是佩蓉的福分。

［陈旋的电话响起。

陈　旋　喂，哥……什么？爸爸怎么了，不，不，你骗我，我马上回家，我不信……

［陈旋抛下张老太哭着跑开。

张老太　这是怎么了？善文出什么事了？千万不要啊，这个家才看到幸福啊……

［张老太急忙跟过去。

［光暗。

［陈善文家。

［刘佩蓉站在门口张望，一遍遍地拨打陈善文的电话，却始终是关机状态。

刘佩蓉　（自语）善文，你什么时候回来呀？（拿出化验单喜上眉梢）彤彤手术恢复得很好，我又检查出怀孕了，这两个好消息要给他大大的惊喜。

［陈凯面带悲愤上门。

陈　凯　刘佩蓉，都怪你！（哭着）爸爸再也回不来了，爸爸被你害死了！

刘佩蓉　（惊讶）小凯，你说什么？

陈　凯　（悲愤）我刚接到电话，说我爸的大货车冲下了山崖，车毁人亡啊。

刘佩蓉　（身体一晃，差点摔倒）不，不，不会的，善文不会出事的……

陈　凯　怎么不会，交警说我爸昨天连续开了十几小时的车，他是因为疲劳驾驶才出事的。

刘佩蓉　（喃喃）不会的，前几天善文出车时还好好的，昨天他还打电话说要回来吃饭……

陈　凯　害人精！要不是因为你们，我爸爸就不会出事。

　　　　（唱）你们一家是丧门星，

　　　　　　　爸爸出事招来报应。

　　　　　　　先是贪图住房把婚骗，

　　　　　　　后要我的结婚钱给孩子治病。

　　　　　　　你刘佩蓉真是算得精，

　　　　　　　里里外外都分明。

　　　　　　　为你们他日日疲于奔行，

　　　　　　　该死的婚姻要了他的命。

刘佩蓉　（木然）是我吗？是我害了善文吗？

〔陈旋进屋。

陈　旋　（哭）哥，爸爸不会出事的，你刚才是骗我的，对吗？

陈　凯　旋旋，我没有骗你，爸爸真的出事了，车毁人亡。

陈　旋　（悲）爸爸……

刘佩蓉　（木然地走向门口）是我吗？是我害了善文吗？

陈　旋　（拉着）佩蓉阿姨，爸爸不会走的，你告诉我，告诉我啊……

〔陈旋使劲摇晃刘佩蓉，刘佩蓉回过神来。

刘佩蓉　（悲切）善文，善文，你怎么忍心丢下我啊……

　　　　（唱）忽闻噩耗我肝胆裂……

　　　　　　　好似乌云压顶遇浩劫。

　　　　　　　天昏地暗神飘散，

　　　　　　　肝肠寸断心泣血。

　　　　　　　三日前，夫妻二人还情深意切。

　　　　　　　今日里，善文出事却永远离别。

　　　　　　　忆往昔，畅想夫唱妇随把手携。

　　　　　　　顷刻间，已是阴阳相隔泪枯竭。

　　　　　　　多希望这是一个玩笑能化解，

　　　　　　　多希望这是一场噩梦快停歇。

　　　　　　　我不敢想、不愿想、不能想，

　　　　　　　这残酷的一切……

〔三人悲伤。

陈　旋　我真是命苦，早早没有了娘亲，与爸爸哥哥相依为命，爸爸跟佩蓉阿姨结婚后，本盼着有爹疼来娘来亲，却又成了无根的浮萍。

刘佩蓉　（抹着眼泪，想拥抱陈旋）旋旋，你还有妈妈，你不是无根的浮萍。

陈　凯　（一把推开刘佩蓉，护住妹妹）别碰我妹妹，你给我滚出去！（掏出陈善文立下的遗嘱）你看清楚，白纸黑字红手印，你写的婚前协议，房子归我。

刘佩蓉　（接过遗嘱看后，慢慢冷静下来）小凯，你要怎样？

陈　凯　（把遗嘱拍桌上）我要你搬出去，立刻！马上！

刘佩蓉　（抹泪）我……先不说这些，快告诉我，你爸现在哪里，我要去陪陪他。

陈　凯　我爸在青松殡仪馆，我和旋旋马上要去，你现在不许去。

刘佩蓉　　小凯，我是你爸爸合法的妻子，你无权阻拦我。

陈　凯　　这……

陈　旋　　（哭）哥……我要跟佩蓉阿姨一起去看爸爸。

陈　凯　　好了，让她先去，我们把房子锁头换了就马上去。

刘佩蓉　　（回头）你们两个，要好好的，遇到困难就来找我。

陈　凯　　丢都丢不脱，丧门星，我们以后再无关系。

　　　［陈凯拉开门，要让刘佩蓉出去，不想一群债主却进了门。

　　　［债主们闹闹嚷嚷，有的四处张望，有的堵门。陈凯顿时慌了神。

债主甲　　谁是当家的？

陈　凯　　（想了一下，指着刘佩蓉）她！她是我爸二婚的老婆。

债主甲　　好，嫂子，我们都知道了，陈哥出了事，还请你们节哀。不过陈哥生前借钱买车，借了我40万。该还了吧！

债主乙　　这车货物是我的，一共价值60万元。该赔偿给我吧！

陈　旋　　你们不要欺负我们孤儿寡母，我在学校选修了法律课，这些自有保险公司理赔。

债主甲　　我们刚才了解过了，陈哥没有按时续保，也没有给承运货物买保险，这些钱都该你们赔。

陈　凯　　我爸人不在了，他欠的债也一笔勾销。

债主们　　（齐声）一笔勾销，想得美！

债主甲　　从法律上讲，我们的损失必须有人赔偿，（拿起桌上的婚前协议看）哟，是你继承了你爸的房子，那就该替他还债！

刘佩蓉　　小凯他背不起这样多的债！

债主乙　　那就卖房子，这房子也值个一百来万。

陈　凯　　不能卖我的房，这是我的婚房。

陈　旋　　哥，还有别的办法吗？

陈　凯　（急）我能有什么办法……

　　［手机铃响，陈凯接起电话。

陈　凯　小茹，房我收了，但是——但是——

债主甲　（抢过手机）这个房子要立即变卖，用来抵债。

陈　凯　（拿回手机）小茹听我解释，什么？没婚房不结婚？小茹！

　　［陈凯跌坐在地上哀号。

　　［八呱缓缓走上来。

　　［刘佩蓉放下行李，看着众人围着陈凯理论。

刘佩蓉　（唱）我的心一团乱麻，

　　　　　　这个家瞬间崩塌。

　　　　　　儿女都是娘的宝贝疙瘩，

　　　　　　怎忍心看着他们失去这个家。

　　［八呱：（唱）佩蓉你不要自己犯傻，

　　　　　　你的情况自顾不暇。

刘佩蓉　（唱）善文为我们付出生命代价，

　　　　　　作为妻子该在此时来当家。

　　　　　　明辨是非不虚假，

　　　　　　下决心将这债务来担下。

　　［八呱：（唱）你也是一根轴筋胆子大，

　　　　　　身无分文还敢说大话。

　　［刘佩蓉走过去拿过欠条。

刘佩蓉　你们也别难为小凯了，我是家长，大家的债务我来偿还。

众　人　（惊）你还？

陈　旋　佩蓉阿姨，彤彤还在吃药恢复，你拿什么还啊？

刘佩蓉　放心吧，彤彤的药不贵，善文的欠款我来还。

陈　　旋　可是……

刘佩蓉　好了旋旋，一家人不说两家话。

陈凯、陈旋　（惊）一家人……

债主们　嫂子，不是我们看不起你，你们家的情况我们已经都了解过了，除了这房子，你们就再没有值钱的东西。

　　　　（唱）嫂子不要瞎起哄，

　　　　　　　护犊之心我们懂。

　　　　　　　可你辛辛苦苦在打工，

　　　　　　　收入不够填牙缝。

刘佩蓉　（唱）婚房万万不能动，

　　　　　　　写欠条我自告奋勇。

　　　　　　　这个家虽千疮百孔，

　　　　　　　我一点点补一寸寸缝。

债主甲　不卖这套房，100万，你拿什么补？又要补到什么时候？

债主们　（齐声喊）欠债还钱，天经地义。

　　　［八呱（唱）：一百万真是天惊地动，

　　　　　　　　　这个家有好大一个窟窿。

　　　　　　　　　佩蓉啊，你哪里补得起，

　　　　　　　　　哪里缝得动。

　　　［正在佩蓉焦急的时候，张老太走过来。

张老太　佩蓉，把我那套老房子卖了吧！

八　呱　（惊呼）卖张老太的房子，卖掉"人间四食"？

刘佩蓉　不行，妈，那是您养老的房子，不能卖。那儿还有您的"人间四食"。

张老太　妈年纪大，办不动了。你把我的房子卖了，把那100万还上。

刘佩蓉　妈,不行,真的不行,我再想办法、再想办法……

张老太　孩子,这是最快、最好的办法。彤彤得了重病你瞒着我说是小病,善文为了这个家付出了生命,你把小凯和旋旋当自己的亲生孩子,看到这些,妈妈打心眼里高兴,佩蓉啊……

　　　　（唱）佩蓉儿好脾气贤淑温婉,

　　　　　　　也如同大丈夫侠肝义胆。

　　　　　　　只可惜好姻缘曲终人散,

　　　　　　　揽巨债护儿女责任勇担。

　　　　　　　我也是为母者日夜期盼,

　　　　　　　盼望你得良配幸福平安。

　　　　　　　我多想护你一生无灾无难,

　　　　　　　怎奈何年老体衰日落西山……

　　〔八呱走上前,与张老太告别。

大爷甲　（唱）突闻"人间四食"要卖掉……

大娘甲　（唱）孤舟一叶再无码头停靠。

张老太　（唱）办食堂我掌勺,

　　　　　　　同舟共济我撑艄。

　　　　　　　为还债狠心卖老宅,

　　　　　　　泰山压顶不折腰。

大爷乙　（唱）留得青山有柴烧……

大娘乙　（唱）根深不怕风吹摇。

八　呱　（唱）以母之爱护骨肉,

　　　　　　　舐犊情深泪潇潇。

　　〔刘佩蓉含泪挥笔写下欠条,盖下手印,交给债主。债主们拿着欠条离开。

［刘佩蓉扶着张老太要离开，陈旋拉住。

陈　旋　　佩蓉阿姨，你别走！奶奶的房子卖了，你们住哪儿呀！

刘佩蓉　　旋旋放心，我们租个房子住。你大学的学费和生活费，妈一分都不会少。

陈　凯　　刘佩蓉……阿姨，我……

刘佩蓉　　（拿出陈善文的欠条，撕得粉碎）小凯你不用担心，你爸的债已经消了。

陈　凯　　不是，我、我……

　　［陈凯支支吾吾想感谢，却说不出口，陈旋气恼地打哥哥。

刘佩蓉　　（对张老太）妈，我们去看善文吧，他已经等很久了（抹泪）。

陈　旋　　我们也去，去看爸爸……（哭）

刘佩蓉　　妈，回头我租房子，你说我们租在哪里？

张老太　　女儿在哪里，我的家就在哪里。

刘佩蓉　　妈，还有一件重要的事。我……我怀孕了，我决定把孩子生下来，这是我长期以来最大的愿望，也是对善文的念想。

张老太　　好，你的决定我都支持。

刘佩蓉　　妈，你看芙蓉花都开了。

张老太　　落霜了，芙蓉花才肯开。孩子来了，善文却走了。

　　［刘佩蓉搀扶张老太走进花团锦簇的芙蓉巷中，渐行渐远……

　　［暗转。

第四场　冬至

　　［十二月冬至时节。

　　［芙蓉树下，八呱聚集。

［八呱唱：芙蓉花重锦官城，

　　　　　　芙蓉树下系红绳。

　　　　　　要问丫头许啥愿？

　　　　　　有妈爱来有爸疼。

　　［彤彤系红绳，张老太走过来。

张老太　彤彤，你又在系红绳了，天寒地冻可不能遭凉啊。

刘彤彤　外婆，你们瞒了我两个月，我才知道善文爸爸走了，您的老屋也卖了，都是为了我……

张老太　傻孩子，你的病好了，这也是你爸爸最希望看到的。

刘彤彤　我知道，我心里别提多感激了，有你们我真幸运……这边树上的红绳都是您系上去的，所有的愿望都是为妈妈和我许下的。以后由我来系红绳，我要祝您健康长寿，愿妈妈幸福快乐，顺利生下小宝宝。等我长大了，好好孝敬你们。

张老太　你呀，乖巧懂事，有你才是我们的幸运啊。回家吧，外面冷，你的病刚刚好，可不能感冒了……

　　［两人缓慢回家。

　　［光暗。

　　［幕后音：蓉城将有大风、降温天气，最高气温下降 10℃，广大市民要增添衣服、注意保暖。

　　［刘佩蓉租住的家中。

刘佩蓉　（唱）寂静无声光暗淡，

　　　　　　睹物思人心凄然。

　　　　　　刚刚感受风和日暖，

　　　　　　阵阵冰霜又返严寒。

　　　　　　善文离世痛心肝，

老屋卖掉如伤口再撒盐。

那个爱我的人永不能见,

留下我泪湿枕巾难入眠。

这颗心千疮百孔经磨难,

这身躯千辛万苦已木然。

生活的苦海无边无岸,

岁月的沧桑苦不堪言。

我不怕大浪滔天船欲翻,

却害怕形单影只苟且独安。

如今腹内娇儿将我陪伴,

只希望你能顺利出世享平安……

［陈旋陪着张老太、刘彤彤回家,看见妈妈在流泪,轻轻地靠近。

刘彤彤　妈、妈……

刘佩蓉　（连忙抹泪）彤彤回来了,今天去复查了吗?

陈　旋　阿姨,今天我陪妹妹去了,医生说恢复得很好,再过几个月,妹妹又可以正常上学了,特意嘱咐用药和身体保护。

刘佩蓉　好,那就好,你帮妹妹温习功课,我去做饭,后天"人间四食"要重新开张,还有的忙呢。

张老太　什么?"人间四食"开张?

刘佩蓉　妈,我正准备告诉你呢,咱们街办和社区党员服务队大力支持,选址、筹措资金,帮我们重建"人间四食",后天开张。

张老太　我怎么不知道?你们瞒得够紧的。

刘彤彤　外婆,这是要给你个惊喜。

张老太　好啊,太好了。

陈　旋　后天一早我就过来帮忙,反正我在实习期,有时间。

刘彤彤　妈妈,你怀了小宝宝,也不能累着,我帮你做饭。

〔陈旋的电话响起,陈旋接电话。

陈　旋　喂,小茹姐,我哥怎么了?什么吐血住院……好的,我马上到,马上到。(挂电话,向厨房喊)阿姨,我哥吐血住院了,我得马上过去。

〔刘佩蓉、刘彤彤、张老太急忙出来。

刘佩蓉　什么?小凯吐血了?走,我们一起去。

〔三人急忙出门。

〔光暗。

〔舞台前区。

〔八呱上来。

大爷甲　这一幕好像发生过啊?

大娘甲　对啊,就是早先彤彤昏倒住院那次。

大爷乙　我说嘛,这老天爷尽指着刘佩蓉家折腾。

大娘乙　又是啥糟心事落在这个家头上啊?

大爷丙　行了,咱们赶紧准备准备。

众　人　准备啥?去医院看看?

大娘丙　去什么医院哪,后天"人间四食"重新开张,咱们搭把手啊。

〔八呱离开。

〔医院病房,陈凯穿病号服靠在病床上萎靡不振,陈旋在帮他准备饭菜。

陈　旋　哥,吃点吧。

陈　凯　不吃了,闻着就难受,吃不下。

陈　旋　医生说了,检查结果是肾脏问题(难过)……你再怎么难受也要吃,否则身体扛不住。再说,这是佩蓉阿姨为你精心准备的病号饭。

陈　凯　她做的就更吃不下了。我说旋旋,你要记住,她不是我们的亲妈。

陈　旋　对了，怎么没看见小茹姐？

陈　凯　别提了。

（唱）不提小茹还则罢了，

　　　　提起小茹怨气难消。

　　　　原本婚期已定好，

　　　　结果我一生病她逃之夭夭。

　　　　电话不接微信难找，

　　　　人间蒸发没了信号。

　　　　昨夜发来微信一瞧，

　　　　"分手"二字就算给回销。

陈　旋　她怎么这样啊，之前要婚房要豪华婚礼要蜜月旅行，你一病就临阵脱逃。

陈　凯　行了，别提了……对象飞了，身体也垮了，工作也快丢了，我的人生要完蛋了。

陈　旋　哥，你必须打起精神来，必须战胜病魔。

陈　凯　说得容易，我这肾的毛病从小时候就有了，爸爸一直带着我治病，时好时坏，我都吐血了，没治了。

［刘佩蓉正好进病房听见。

刘佩蓉　谁说没治了，小凯，我刚才仔细询问了你的主治医生，他说现在最好的治疗方法就是移植肾脏。

陈　旋　移植肾脏？这么严重？

刘佩蓉　医生说这是急性肾衰竭并发尿毒症，需要肾脏替代治疗，就是透析和肾移植，现在想办法找到肾源才是最重要的。

陈　凯　（面如死灰）完了，换肾我知道，找肾源太困难了，每年有无数人都在等待的过程中去世，我完蛋了（蒙着被子哭）。

陈　　旋　（哭）阿姨有什么办法吗？救救哥哥啊。

刘佩蓉　（难过）医生说外来肾源我们很难等得到，只有在亲属中配型寻找。

陈　　旋　我……我去配型，我们是亲兄妹，一定能够配型成功。

刘佩蓉　我找你就是这事，你的成功概率最大，我陪你去。小凯，你要有信心。

　　［刘佩蓉跟陈旋离开病房。

　　［光暗。

　　［舞台的一角。

　　［刘佩蓉和医生。

刘佩蓉　医生，配型结果出来了吗？

医　　生　出来了，恭喜你们，配型成功了。

刘佩蓉　真的，太好了，小凯有救了。

医　　生　配型成功的不是陈旋，而是你。

刘佩蓉　我？怎么是我？我跟小凯没有血缘关系啊。

医　　生　从遗传的角度讲，陈旋应该更符合，可事实上，有血缘关系的不一定匹配，没有血缘关系的人也有可能完全匹配。像心脏、骨髓、肝脏等都会有外人匹配成功。

刘佩蓉　没想到，我陪着旋旋做个匹配居然真的符合了。对了，我怀孕三个月了，能移植吗？

医　　生　怀孕三个月了？妊娠期肯定不行，对大人和胎儿影响太大，但是，陈凯的病情恐怕等不到你生完孩子。

刘佩蓉　啊？这……

医　　生　等肾源的时间很难说，就怕……无论是选择保胎儿还是救陈凯，你们必须尽快决定，这关系到我们下一步的治疗方案。

　　［医生离开。

［刘佩蓉神情恍惚地离开。

［前区光暗。

［幕后伴唱：人说世事难预料，

　　　　　　阴错阳差对指标。

　　　　　　这下佩蓉真难倒，

　　　　　　左右为难愁上眉梢。

［光启。

［爱心食堂外。

［八呱和社区党员服务队、群众们热闹地来到"人间四食"，挂招牌，准备开张。

八　呱　（唱）"人间四食"重开张，

　　　　　　街坊四邻来帮忙。

　　　　　　男女老少齐上阵，

　　　　　　管叫招牌亮堂堂。

　　　　　　社区捐助米和面，

　　　　　　群众都是热心肠。

　　　　　　芙蓉巷空前盛况，

　　　　　　众人拾柴火焰旺。

［众人正在张罗，杨莉莉带着张奶奶看，张奶奶笑容满面。

［光暗。

［病房。

［陈凯在病床上发呆，陈旋和刘彤彤陪着。

［刘佩蓉走到门口，调整心态，进屋。

刘佩蓉　小凯，今天怎么样啊？

　　［陈凯没有反应。

刘彤彤　我正给哥哥传授打针心得呢。

陈　旋　阿姨，我哥……（低声）我哥情绪很低落。

刘佩蓉　是吗？告诉你们一个好消息，配型成功了。

陈　凯　（惊讶）什么？你说什么？

刘佩蓉　（笑着）你的肾源配型成功了。

陈　旋　（大喜）真的，太好了，太好了，哥哥有救了。

　　［刘彤彤也跟着高兴。

陈　凯　（不敢想象）真的有肾源配型成功？这么快哪儿来的肾源？

陈　旋　肯定是我配型成功了，哥哥，你放心，我们是亲兄妹，我一定会救你的。

陈　凯　（喜极而泣）嗯，嗯，谢谢妹妹。

刘佩蓉　不是旋旋，是我。

　　［三人没反应过来。

三　人　什么？

刘佩蓉　不是旋旋，是我，我的配型符合，完全符合。

陈　旋　可是我们没有血缘关系啊，怎么会我没成功，反而是你成功了？

刘佩蓉　这是医学问题，医生说我能给小凯移植肾脏，这也是巧合，或者说是小凯的幸运。

陈　凯　我不信，你骗人。

陈　旋　一定是医生弄错了！

刘佩蓉　小旋、小凯，是真的，性命攸关我不会骗你。只是……

陈　凯　只是什么？只是你不愿意？我就知道，我是没有娘疼的孩子。

陈　旋　阿姨，求求你，救救我哥哥。

刘佩蓉　不是的小凯，我愿意救你，只是……只是医生说救你要尽快，就不能……不能要我腹中的孩子了（难过）……

［刘佩蓉难过得说不出话。

刘彤彤　为什么？为什么救哥哥就不能要宝宝？

陈　旋　因为肾脏移植是大手术，大剂量用药会影响胎儿，而且阿姨的身体也承受不了。

　　［刘佩蓉点头。

刘彤彤　（激动）不……不行，妈妈不能没有宝宝，她应该有一个亲生的孩子。这是妈妈一直以来的愿望，是善文爸爸的愿望，是外婆的愿望，是我的愿望啊……

陈　凯　（呆滞）完了，这下才真完了，我没救了……

陈　旋　怎么会这样？为什么会这样啊？……

　　［刘佩蓉看着激动、难过的三个孩子，缓缓地走到一旁。

　　［光区变化。

刘佩蓉　（喃喃）是啊，这是我们一家人的愿望。我本决心救小凯，可是……可是彤彤的话像刀子一样扎进我的心啊……我该怎么办？到底该怎么办啊？……（痛苦）

　　［陈善文的画外音：佩蓉，你看，孩子的眼睛像你，好看……佩蓉，小凯和旋旋就交给你了……孩子的眼睛像你，好看……佩蓉，小凯和旋旋就交给你了……（陈善文的声音交织在一起，不断冲击着佩蓉）

刘佩蓉　不，不，我不做这个决定，为什么让我做这个决定啊？……

　　（唱）此一时，天昏地暗难说话。

　　　　　此一时，胸闷气短眼冒花。

　　　　　叹命运不公风云变化，

　　　　　叹世事无常几多偏差。

　　　　　看落日，人言落日是天涯。

　　　　　望天涯，望极天涯不见家。

　　　　　　不见家，只恨青山相阻隔。

　　　　　　相阻隔，青山还被乌云压。

　　　[陈善文出现。

陈善文　小凯和旋旋就交给你了。他们的亲妈走得早，我忙着赚钱疏于管教，让小凯变成现在这般模样。其实他的心并不坏，只是太缺乏安全感，太害怕失去。

刘佩蓉　善文啊……我没有你想的那么坚强。

　　　　（唱）善文你为何狠心将我抛下，

　　　　　　让我苦撑这个家。

　　　　　　你的出现是缘还是劫啊，

　　　　　　幸福花开只有一刹那。

　　　　　　腹中的宝宝是你的血脉传下，

　　　　　　你我曾满怀憧憬期待他。

　　　　　　无数次梦见儿出世，

　　　　　　家中有了小娃娃。

　　　　　　鼻眉像我钟灵秀，

　　　　　　眼睛像你神光焕发。

　　　　　　一家七口变八口，

　　　　　　满树开满芙蓉花。

　　　[陈善文隐去。刘佩蓉抚摸腹部。

　　　　　　我的小娇儿啊，

　　　　　　我的乖娃娃。

　　　　　　你在妈妈的爱意中萌芽，

　　　　　　你在爸爸的寄托中长大。

　　　　　　我多想看你学语咿咿呀呀，

　　　　　　我多想陪你学走路蹒跚步伐。

　　　　　　妈妈抱你骑木马，

　　　　　　外婆将你的小手拉。

　　　　　　姐姐们给你讲童话，

　　　　　　哥哥他带你嬉闹玩耍。

　　　　　　这是多美的画，

　　　　　　这是幸福的家……

　　［看向悲泣的孩子们，神情逐渐坚定。

　　　　　　何为家，何为家？

　　　　　　相互支撑才为家。

　　　　　　何有家，何有家？

　　　　　　亲人团聚才有家。

　　　　　　风云突变未预料，

　　　　　　哥哥病情危急千钧一发。

　　　　　　娇儿尚未出世遇劫难，

　　　　　　为母者只能忍痛舍小保大。

　　　　　　我今生无缘做你的妈妈，

　　　　　　如有来世我好好抚养你长大……

　　［刘佩蓉抹抹泪水，走向病床。

刘佩蓉　（强忍悲痛大声地）我要救小凯……

陈　旋　（跪倒悲呼）妈……

　　［陈凯愣了一下，跳下床。

陈　凯　（跪倒悲呼）妈……

刘彤彤　（跪倒悲呼）妈……为什么呀？

　　［刘佩蓉强忍眼泪一个个把他们扶起。

刘佩蓉 我知道，这对我腹中的宝宝不公平，我知道彤彤心里对弟妹的盼望，我知道善文深深的遗憾，我知道妈妈对外孙的期望，我知道自己这一生对做母亲的渴望……人生无常，可是……可是，人心都是肉长的呀！

（唱）我们是一家，

　　　相扶走天涯。

　　　为母双臂挡风雨，

　　　呵护儿女长大。

　　　唤我一声妈，

　　　责任自担下。

　　　唤我声声妈，

　　　甘愿碾落成泥来护花！

〔四人紧紧拥抱在一起。

〔光暗。

尾声　立春时节

〔来年二月立春时节。

〔爱心食堂外。

〔老人们纷纷赶来，张老太忙着招呼大家，陈旋、彤彤、陈凯和党员服务队忙碌不已，"人间四食"一片欢声笑语。刚出院不久的陈凯想帮忙，被彤彤强行扶到座位上休息。杨莉莉搀扶着虚弱的刘佩蓉。

大爷甲　（端着红糖锅盔上）又脆又甜的红糖锅盔出炉了（递给小凯）。

陈　凯　（支撑着把红糖锅盔递给刘佩蓉）我妈爱吃甜的，妈，你先吃。

大娘甲　小凯恢复得不错啊，佩蓉，你的身体恢复得怎么样？

刘佩蓉　我？当然没问题了，我是三个孩子的妈，有使不完的劲呢。

杨莉莉　佩蓉姐，我就佩服你这股劲。对了，对面小区的老人也想过来吃饭，他们让我问你行不行？

张老太　（插话）添个人添双筷子，没问题。

刘佩蓉　对，添个人添双筷子，没问题。

杨莉莉　好嘞，我去招呼大家多备食材。

〔张老太、刘佩蓉和三个孩子走到芙蓉花树下，抚摸上面的红绳。

八　呱　（唱）秋晚木末有芙蓉，

　　　　　　　疾风冷雨自峥嵘。

　　　　　　　情到真处芳意浓，

　　　　　　　人间四季有芙蓉。

〔剧终。

（大型现实题材川剧）

蜀道行歌

（编剧　杜林　姜薇）

时　间：当代
地　点：四川广元古蜀道沿线
人　物：

于　良　　男，29岁，聪慧而慵懒，才高而志短。从小酷爱蜀道文物与文化，在广元某县文管所做文物保护工作。

冯淑兰　　女，55岁，于良的妈妈。文物保护专家，投身千佛崖的保护与发展工作，缺席了于良少年阶段的成长。

徐曼婷　　女，28岁，于良青梅竹马的女朋友，活泼可爱，家境殷实。

飞　哥　　男，36岁，于良的同事、朋友。幽默风趣，不甘于现状。

徐大海　　男，70岁，徐曼婷的爷爷。当地企业家。

于正文　　男，70多岁，于良的爷爷，老一辈文物保护专家。

李　白　　男，40多岁时的唐代伟大诗人，出现在于良的想象之中。

四　绝　　广元的国家级非物质文化遗产传承人——石刻人（白花石刻）、小绣娘（麻柳刺绣）、古戏人（射箭提阳戏）、守柏人（翠云廊）。四绝对应川剧的生、旦、净、丑行当。

川剧人物　姜维、钟会等。出现在剑门关。

其他人物　文保工作者、游客、川剧演员、古道旁村民若干人。

序

［幕前曲合唱《蜀道行歌》。

    蜀道难、蜀道难，

    漫漫蜀道千万年。

    山如棱、林如海，

    蜿蜒曲折通秦川。

    古人嗟叹蜀道险，

    把酒对月咏诗篇。

    今人皆唱蜀道美，

    通衢大道天地宽。

［幕启。

［是夜，月如钩，清秋冷。

［于良的梦境中。高处，李白执酒杯对月高歌。

李　白　噫吁嚱！危乎高哉！蜀道之难，难于上青天！

［于良拿保温杯对月高呼。

于　良　西当太白有鸟道，可以横绝峨眉巅……

李　白　秦开蜀道置金牛，汉水元通星汉流。

于　良　剑壁门高五千尺，石为楼阁九天开……

李　白　哟，小兄弟，不错哟，我的诗你都晓得。

于　良　李老仙人，你又出现了哇。我在这古蜀道上从事文物保护工作，硬是经常想到你哟。

李　白　我本谪仙人，酒醉下凡尘……我晓得你叫于良，很喜欢我的诗，想到我很正常嘛。怎么样，《蜀道难》一诗可壮观否？

于　良　壮观是壮观，只是我觉得您太夸张了，蜀道没你写的那么难。

李　白　哈哈哈，娃娃，我的诗有艺术创作成分嘛，以眼中景抒心中情、表诗中意。

于　良　抒情表意？怪不得，你心中的蜀道天堑巍峨，难于上青天。

李　白　那你心中的蜀道是什么样的？

于　良　我心中的蜀道是……

〔四绝出。

石刻人　蜀道是，千锤百炼雕刻历史瞬间。

小绣娘　蜀道是，千针万线描绘世间生灵。

古戏人　蜀道是，一本阳戏演绎人生百态。

守柏人　蜀道是，千年古柏静观沧海桑田。

李　白　诸位是？

石刻人　石刻人，广元白花石刻传承人。

小绣娘　小绣娘，广元麻柳刺绣传承人。

古戏人　古戏人，广元射箭提阳戏传承人。

守柏人　守柏人，广元翠云廊古柏守护人。

于　良　吔，你们都是广元的宝，蜀道的宝，四川的宝啊，组团来了啊。

四　绝　我们是古蜀道文化组成的代表，也是你心中常常关注之人。

于　良　对头。

〔徐曼婷出。

徐曼婷　于良，你心里硬是关注的人多啊。

于　良　曼婷，他们是我心头好，你是我的心头爱呀……

徐曼婷　于良，我们两个青梅竹马，恋爱都五年了，这个婚，到底结不结？

四绝、李白　哦哟，逼婚。

〔光暗。

第一场　曼婷逼婚·告别之旅

［广元某县文管所办公室。

［午后，阳光灿烂，蝉鸣啾啾。

［于良在悬挂"一部蜀道史，半部华夏史"的标语下方小憩。

［徐曼婷上。

徐曼婷　（唱）青梅竹马心相印，

　　　　　　朝朝暮暮难舍情。

　　　　　　佳期不定绊人心，

　　　　　　难分难解话挑明。

　　　　　（读）"一部蜀道史，半部华夏史"。哼，他硬是准备在这县文管所安身立命了哇。（推推于良）火烧眉毛了，莫睡了。

于　良　（伸懒腰）哎呀，这中午的瞌睡就是安逸，又梦到跟李白老仙人对诗。（见曼婷一惊）咃，刚才梦里头逼婚，这一睁眼就看到……

徐曼婷　我的小仙人，你咋能还睡得这么踏实……又看书看睡着了？

于　良　（整理桌子上的资料）我在看我爸爸当年保护蜀道文物的规划……没想到睡着了。

徐曼婷　你爸爸是文物保护专家，可惜走得早……

于　良　没得事，都过去十几年了，你还不晓得我吗，活在当下，顺其自然。你来是……

徐曼婷　我来问你，你心里到底有没有我啊，五年了，我把最好的五年都花在了你身上……（委屈，欲哭）

于　良　婷婷你怎么了？

徐曼婷　你说非我不娶，这话你都说了两年，你倒是娶嘛！

于　　良　不是我不娶，是爷爷不让我娶的嘛！

徐曼婷　两年前我爷爷不同意我们在一起，现在他已经松口了。

于　　良　你爷爷松口了，我爷爷还没松口的嘛。当年他们两个老朋友闹矛盾的缘由我爷爷也不说，只说跟你家老死不相往来。

徐曼婷　爷爷说是千佛崖公路改道的事情引起的，具体情况他就不说了，喊我们小娃娃不要问大人的事……

于　　良　千佛崖公路改道？

徐曼婷　哎呀，我不管，你不说好，我就去找于爷爷摊牌，就说……就说我怀起了！

于　　良　啊！我的姑奶奶，话不能乱说，你爷爷怕是要打死我。莫气、莫气，来，坐到……

徐曼婷　都啥子时代了，恋爱自由、婚姻自由，不管他们，你辞职、离家出走，我养你！

于　　良　那不行，爷爷奶奶从小带我，不能不管他们，再说，我很喜欢现在的工作。曼婷啊……

　　　　　（唱）我家世代住广元，

　　　　　　　　文脉传承到今天。

　　　　　　　　我钟爱蜀道情缱绻，

　　　　　　　　最喜畅游古今寻先贤。

　　　　　　　　叱咤闯荡太艰险，

　　　　　　　　这安逸人生多悠闲。

帮　　腔　（唱）富贵我不羡，

　　　　　　　　浪漫又安全。

于　　良　（对帮腔）姐姐们，实话咱们关起门来说……

　　　　［飞哥上来，看见徐曼婷。

飞　　哥　　哎哟，我们美丽的"亭亭玉立"又来给山民送温暖、献爱心来了？

徐曼婷　　（把手里的袋子递给飞哥）飞哥，你们守在这文管所辛苦了，这都是给你们买的好吃的，要尽快吃啊。

飞　　哥　　不是吹，真是人美心善……你们在说啥？

［两人同时说。

于　　良　　逼婚。

徐曼婷　　结婚。

飞　　哥　　我脑壳昏。

于　　良　　放心，我已经磨了爷爷两年了，他会同意的。

飞　　哥　　那先恭喜"小鱼儿"和"亭亭玉立"喜结良缘哟。

徐曼婷　　还有……

于　　良　　还有？

徐曼婷　　就是我爷爷同意我跟你结婚那个条件。

于　　良　　让我辞去工作，到你家公司上班？

徐曼婷　　对，辞去现在的工作，安心到我家的公司上班。

于　　良　　啊？哎呀，都说了两年了，他还扭到不放。

飞　　哥　　入赘？倒插门。

徐曼婷　　哎呀，不是倒插门，是爷爷觉得于良工作挣钱不多，怕以后委屈了我。

飞　　哥　　这话说的，我们待遇现在不差哈，当然，跟你家莫法比。

于　　良　　其实这两年我也想过，只是除了文保工作，我不知道还能干啥。

徐曼婷　　我替你想好了！

（唱）疫情过去形势好，

　　　旅游消费热情高。

　　　你来我家旅行社，

事业爱情双肩挑。

于　良　（唱）这个主意听来妙，

　　　　　　　一下跻身小富豪。

　　　　　　　辞职经商机缘巧，

　　　　　　　生活进入快车道。

　　　　（白）只是……

帮　腔　（唱）文保也是心头好，

　　　　　　　怎样取舍再推敲。

徐曼婷　没时间推敲了。爷爷都给我介绍好几个家境殷实的帅哥了。为你，我一个都没见！

于　良　曼婷你真好，规矩。

徐曼婷　新旅游公司马上开张，你来了直接当总经理。

飞　哥　你娃真是命好，这个白富美还死心塌地，我都没看出来你有啥子好。

于　良　曼婷，你知道我家三代从事古蜀道研究保护，我一直都说辞职不能这么随意……让我想想……（走到桌子旁）

徐曼婷　还有啥子好想的吗……当年的"蜀道难"都翻篇了，如今的新蜀道四通八达、风驰电掣，你研究这古蜀道有啥子意思吗。

于　良　是我从小就听到的故事，是我热爱的工作，是我爸爸一生的追求……

徐曼婷　于伯伯一生的追求是啥？

于　良　保护古蜀道。

徐曼婷　他最大的遗憾是啥？

于　良　看他留下的规划书，他计划用脚步丈量广元境内的金牛古道，把文物一件件的现状都记录在册，并且提出保护方案，但是没有完成，我想，这是他最大的遗憾吧。

徐曼婷　那你就替他重走一次，了却老人家的心愿。

飞　　哥　用脚步丈量广元的金牛道？300多公里，怕是脚底都要磨穿。

于　　良　重走金牛道……我怎么没想到？

飞　　哥　鬼大爷才想得到。

徐曼婷　这样既完成了你爸爸的心愿，又可以给你的文保工作做一次告别之旅，好浪漫……

飞　　哥　浪漫？我看是浪催的哟……这要走好久？

于　　良　现在路好走，徒步两三个月吧。

徐曼婷　那我就等三个月，还能为你做后勤保障，对了，到时候你们再拍些短视频，好做纪念。

飞　　哥　你——们？敢问大小姐，这个"们"是哪个？

徐曼婷　当然是你呀！

飞　　哥　我？

于　　良　对，就这么办，谢谢你亲爱的，想到这个办法。

徐曼婷　对嘛，等你走完，我们就结婚，你就到公司上班哟。

于　　良　这……

徐曼婷　就这么愉快地决定了。

飞　　哥　等一下，不能无组织无纪律，还要跟单位报告。

于　　良　申请报告我写，做一次文物田野调查，单位会同意的。

徐曼婷　你们的行程我赞助，不花你们单位一分钱。

飞　　哥　财大气粗，牛！

〔徐曼婷拉着飞哥去收拾东西。

于　　良　告别之旅？那就走走看吧……

　　　　（唱）古蜀道，崎岖蜿蜒承热爱。

　　　　　　　我心中，起起伏伏难释怀。

　　　　　　　似唤我，完成心愿忧愁解。

　　　　　　为爱情，告别之行奔向新未来。

　　〔光暗。

　　〔李白和四绝出。

李　白　哦豁，我翻篇了。

石刻人　往事成为历史，但历史可以照进现实，我的石刻作品中有你。

小绣娘　我的绣卷上有你。

古戏人　我的戏本中可以有你。

守柏人　我守护的古柏见过你……

李　白　好了好了，谢谢你们的厚爱。看，于良这个娃娃咋个走这古蜀道啊。

四　绝　（唱）重走金牛崎岖路，

　　　　　　　古道沧桑万年铺。

　　　　　　　前朝旧事轻声诉，

　　　　　　　光阴徘徊在此处。

第二场　翠云怀古·皇柏惊魂

　　〔金牛古道。绵延曲折，寂寂幽幽。

　　〔于良内唱。

于　良　（唱）出梓潼走在这古蜀路上……

　　〔于良背包快步走上。

于　良　（唱）山云重挡不住灿烂阳光。

　　　　　　　新路宽阔似巨龙，

　　　　　　　旧路蜿蜒显沧桑。

　　〔飞哥背着包气喘吁吁地跟上。

飞　哥　你娃慢点，连走了几天，你还跟打了鸡血样的，会累得让你娃后悔。

于　良　（唱）飞哥切莫要把丧气话讲，

　　　　　　　　心情愉悦赏风光。

　　　　　　　　心淡定，莫惊慌，

　　　　　　　　气定神闲把蜀道逛。

飞　哥　于良，我们号称"剑门双雄""最佳拍档"没错。但是你还是要关心帮助大哥嘛。来来来，帮我把包包拿到。说到这蜀道的历史传说，不是吹，我可是如数家珍。啥子五丁开山、石牛粪金、太白鸟道、天下雄关、太极鱼眼、桔柏古渡、张飞战马超等，你说蜀王真的那么蠢，会相信石牛屙金子？

于　良　嘘……

飞　哥　嘘啥子嘛。陪你重走金牛道就是苦差事。这里静得发慌，不让说话还有人性莫得。

于　良　既然答应了用脚步丈量蜀道，既来之则安之。用心感受，飞哥……

飞　哥　感受啥子？

于　良　看哪，世界停下不走；听啊，历史的风声飕飕。

飞　哥　故作深沉！大小姐的命令，把短视频拍起（拿手机录）。

于　良　真的，我感受到了，古道深处的历史，往来古人的呼吸。

飞　哥　咋，越说越吓人了。听我的……亲爱的朋友们，大家好。我们是"名不见经传，潜力无极限"的著名"古道双雄"组合，我们是文物保护工作者，在进行徒步丈量金牛古道的告别之旅，告别啥？请关注我们会知道答案，点点小红心哟。接下来，我们两个最佳拍档为大家演唱一首《飞哥带你来巡山》（边唱边跳《大王叫我来巡山》）

　　　　（唱）大王叫我来巡山，

　　　　　　　我把人间转一转。

　　　　　　　打起我的鼓，

　　　　　　敲起我的锣，

　　　　　　生活充满节奏感……

于　良　哈哈……别有一番风趣。

　合　　（唱）古蜀之路来巡山，

　　　　　　山林幽幽溪水潺。

　　　　　　踩踩千年的马蹄窝，

　　　　　　踏踏厚重的青石板。

于　良　（唱）走啊走，别怠慢……

飞　哥　（唱）走啊走，脚杆酸。

于　良　（唱）走啊走，别偷懒……

飞　哥　（唱）走啊走，躺平算！（坐地上）

于　良　飞哥，走嘛。

飞　哥　走不动了。

于　良　要得，这翠云廊，正可以歇息。

　　　［翠云廊。古柏苍劲挺拔，遮天蔽日。

于　良　（唱）三百里程十万树，

　　　　　　植柏成诗后人读。

飞　哥　（唱）它是我的老祖父，

　　　　　　想往他的怀里扑。

　　　［飞哥扑过去抱着一棵古柏，抚摸着。

飞　哥　小的时候在这里躲猫猫，爬上树，一根枝丫就挡住身体，一个树洞就藏得安妥。

于　良　飞哥，你也有古柏老祖父？

飞　哥　老资格的剑阁人，都要拜古柏为干爹的嘛。你的干爷爷呢？

于　良　喏，在你的旁边。

飞　　哥　（对古柏）哎哟，你这干爷爷长得伸展！干爷爷，于良马上要结婚了，你保佑他快点给你生双胞胎，龙凤胎……

于　　良　飞哥，莫乱说。（远处雷声轰隆）看嘛，雷公都有意见。

飞　　哥　怕是要下雨哟，现在是雷雨季节，这山上的天气说变就变。于良，不要跟你干爷爷摆了，去那边的亭子避雨。

〔二人在亭子里避雨。

〔两名偷盗者在雨雾中盗锯古柏树瘤。

于　　良　飞哥，你看那边是不是有人在锯树瘤？

飞　　哥　不会哟，这个天气偷盗树瘤，怕是要天打雷劈哟，我看看……嘿，硬是得嘛，你真是乌鸦嘴。（大喊）喂，干啥子！不准盗树瘤！

〔偷盗者逃跑，飞哥和于良追出。

飞　　哥　莫偷树瘤！于良，截住他！

〔于良截住偷盗者，与其对峙。

于　　良　把树瘤交出来！

偷盗者　　不交。树瘤而已，我又没有伐根折枝。

于　　良　不行！偷挖树瘤即破坏。你莫走！

偷盗者　　一块木头，难不成你要把我送派出所？！

于　　良　对！你跑不脱！

〔偷盗者转身要逃，飞哥和于良拦住，偷盗者武力反抗，飞、于二人与其对打。

〔四绝出，现场直播打斗。

四　　绝　于良个子太矮，遭对方一把推开。

　　　　　飞哥倒是很猛，就是尽打空手。

　　　　　于良左挡右闪，差点遭了暗算。

　　　　　敌人还在挣扎，飞哥摔个铺趴。

于　良　四位高人，不帮忙就算了，还在这现场直播看稀奇。

四　绝　打斗莫分心，小心。

［偷盗者拿出匕首之际，飞哥一个飞身，将其扑倒在地。古柏巡林员赶到，大家一起制伏偷盗者。

飞　哥　龟儿子，别说是个树瘤，一枝一叶都破坏不得。

巡林员　走！去派出所！

［巡林员押偷盗者下。

于　良　哎哟喂呀，惊心动魄啊。

飞　哥　还好护林员来得及时，要不我们就危险了。

于　良　都啥子年代了，还偷树瘤。

飞　哥　这古柏全身是宝，总有利欲熏心的人会偷盗。不过我们剑阁自古保护古柏那是出了名的，千百年传承至此。

于　良　所以这蜀道让我放不下呀。

飞　哥　少装深沉。不过平时你娃娃偷闲偷懒，这关键时刻硬是敢出手啊。

于　良　有啥不敢，这是我干爷爷，它是历史的见证者，也是历史的守护者。

［于良环绕古柏，深情仰视、缓缓摩挲树干。

于　良　（唱）刘玄德在此重兵盘休，

　　　　　　　司马错经此灭蜀成就。

　　　　　　　汉高祖沿此成帝业，

　　　　　　　唐明皇入蜀闻铃心烦忧。

　　　　　　　您看着时光慢慢远走，

　　　　　　　凡尘往事眼底收。

　　　　　　　我拜您为老祖父，

　　　　　　　护柏情怀永世留。

帮　腔　（唱）辞别，辞别，

　　　　满腹烦忧……

　　〔手机铃声响起，于良看后未接。复响，于又挂断。

飞　哥　哪个打来的，咋不接？

于　良　我妈。

飞　哥　嘿，父子两个怄气的我见过，儿子和妈怄气的还真不多。

于　良　哼，像我妈这样的妈，也不多。

飞　哥　于良，莫神了，快看，有美女，仙女儿来了……

　　〔一群汉服小姐姐跑过来在翠云廊往来穿梭、载歌载舞。

合　（唱）剑门关，翠云廊，

　　　　十万古柏，郁郁苍苍。

　　　　弦望如朝夕，长歌蜀道畅。

　　　　古道风尘烽烟起，今朝歌飞笑声朗。

　　　　长袖当弄舞，翩翩美霓裳。

飞　哥　太美了，此时此刻，我真想吟诗一首——啊，天仙美眉，你从哪里来，又要到哪里去？如果我没结婚，我一定要娶了她……

于　良　糟了，美女综合征又犯了……在这古道犹如时空穿越。

飞　哥　古道是古道，历史是历史。当下是当下……

　　〔于良电话响，于良看了不接挂断。

飞　哥　哪个的电话？（于良不理）又是你妈妈打的？你又不接啊？

于　良　莫问了，刚提起的兴致全被你败完。

飞　哥　（看手机）莫急，你看下手机，保证你的兴致瞬间爆炸。

于　良　啥情况？（两人看手机短视频）

飞　哥　哎呀，你小子火了！你看，我给你拍的走蜀道这条视频，点赞量暴涨！

于　良　2万、5万、8万……马上到10万了！

飞　哥　哎呀，你成网红了。

〔四绝化身网友。

石刻人　用脚步丈量蜀道，点赞！

小绣娘　用行动回首历史，点赞！

古戏人　走下去，关注你！

守柏人　往前走，不要停！

于　良　飞哥，这种阵仗我还没经历过，现在咋个办？

飞　哥　咋个办，问你的曼婷嘛，他们搞旅游的，一定懂营销。老铁们，下一站剑门关，我和大家不见不散。

于　良　哎……

　　〔光暗。

　　〔李白与四绝出。

李　白　蜀道之难，难于上青天。

石刻人　蜿蜒蜀道翠云廊，古柏参天十万苍。

小绣娘　此身合是诗人未？细雨骑驴入剑门。

古戏人　弦望如朝夕，宁嗟蜀道行。

守柏人　铁干铜枝着力伸，傍依古道远风尘。

众　人　（唱）前行时蜀道之难止步望，

　　　　　　　回首时满目苍翠话沧桑。

　　〔光暗。

第三场　长辈恩怨·剑门问心

　　〔光启。

　　〔于正文的家。

　　〔徐大海出现在前区定点光下。

徐大海　正文，你好啊！没有想到是我吧？

［于正文出现在另一侧定点光下。

于正文　（认）你是……（意外，惊诧）徐大海？你怎么来了？

徐大海　哎呀，都十几年没有见喽。就不能老朋友在一起叙叙旧，摆摆龙门阵嘛？

于正文　我跟你没啥子好摆的。

徐大海　很快都成亲家了，你怎么还是这样哩？

于正文　你胡说什么？没事的话，就请回吧。

徐大海　先别急着撵我走啊，我今天来主要是为了两个孙辈。一来，两个娃儿恋爱的时间也不短了，做长辈的也该通一下气。二来呢，我来解决一下于良的工作。

于正文　（干笑）呵呵……一来我还没有同意这门亲，二来于良的工作不用你瞎操心。谢谢你喽，徐老总，我们不稀罕！

徐大海　怎么，还在为2009年时，千佛崖公路改道的事耿耿于怀？

于正文　这么多年过去了，我本不想说，但是你又旧事重提，我每次想到当年的场面，就心有余悸啊。

［于正文回忆中……

［灯光变化，回到2009年千佛崖后山道路施工现场。

［机器轰鸣、人声鼎沸、炮声隆隆。

［一队建筑工人正在施工，于正文急冲冲地跑上，徐大海带着助手过来。

于正文　谁是负责人？谁是负责人？

徐大海　我是，怎么了？

于正文　大海？

徐大海　老于？你怎么来了？

于正文　大海，你是这条隧道施工的负责人？

徐大海 对啊,你知道我是做工程的,这条隧道是我们公司承建的。

于正文 为啥子放炮?

徐大海 啥子为啥子放炮?

　　["轰——"又一声炮响。]

于正文 快停下,快停下。

徐大海 (对助手)让放炮的先停下。(助手跑下)

于正文 大海,你糊涂啊。

徐大海 到底怎么了?

于正文 你们施工的前面就是千佛崖,这是国家重点保护文物,你们这样施工是会对文物造成损害的。

徐大海 老于,千佛崖就在108国道路边,按照最初的设计方案,把108国道拓宽,会对千佛崖造成二次伤害,所以市委、市政府决定调整方案,从千佛崖的后山打一条隧道,这样做,就是对千佛崖进行保护啊。

于正文 避开千佛崖修隧道是保护,可你们不能用炸药炸呀。

徐大海 老于,你不搞工程你不晓得,现在挖隧道最好用盾构机,但是我们没有啊,只能用传统的炸药炸。你放心,炸点离千佛崖还远着呢,炸不到。

于正文 没有直接炸,但是会震动啊,千佛崖摩崖造像石窟始凿于北魏,兴盛于唐朝,历经千年,哪里经得起炸药的轰鸣,有些石窟会突然坍塌,有些彩绘会在震动中脱落,这样也会严重伤害文物的。

徐大海 我们也不想放炮,但是工期及项目进度,上级单位督查都有明确的时间限制,我们不能完成任务怎么办,我们耽误灾后重建的时限要求,谁又来负责?

于正文 我不管这些,就是绝不能点炮。

徐大海 不点炮,难道我们用锄头挖?搞笑。

于正文　哪个跟你搞笑，就是不能点炮。

徐大海　老于，你回去好生保护你的文物，不要阻碍施工。

于正文　不得行，我在这儿，就是不能点炮。

徐大海　老于，我们几十年的朋友，你这点面子都不给？

于正文　我宁愿没你这个朋友，也不能冒着伤害文物的风险。

徐大海　于正文，这是你说的，走开。（招呼工人）继续施工。

于正文　（冲到工人中间阻拦）不能点炮、不能点炮，徐大海，你这样是千古罪人，老子跟你老死不相往来……

　　〔在熙攘的人群中，于正文和徐大海拉扯着……

　　〔光渐暗。

　　〔四绝出。

石刻人　原来这是他们老一辈恩怨的原因。

小绣娘　怪不得于良爷爷不同意跟徐家结亲。

古戏人　后来啊，市委、市政府做出决定：一是不准继续点炮，完全实行机械作业……

守柏人　二是工程完成时限向后调整半年，确保千佛崖不受任何影响。

四　绝　这就是：公路、铁路，为文物让路。

　　〔四绝隐去。

　　〔空间回到于正文家。

　　〔于正文和徐大海继续交谈。

徐大海　老于啊，那是为了赶工期，好在指挥部调整了方案，我们也没有实际伤害到千佛崖嘛。你何必还是这样记恨？再说，两个娃娃是无辜的呀，他们郎才女貌、情投意合……

于正文　如果只是这件事，我可以松口。但是，你让于良辞职，不再从事古蜀道研究和保护，这就不行，你这是断我于家的根脉。

徐大海　哪有那么严重，还断于家根脉。我说实话，于良这个娃娃我着实喜欢。只是他的工作，实在难以让我满意啊。

于正文　你是富豪，看不上我们寻常人家，这很正常，但是文保工作是历史传承、是文脉延续……

徐大海　（打断）好了，你不要跟我上课，你是专家水平高。我只说一点，于良的爸爸因为一心干文保工作，积劳成疾、英年早逝，你就没有后悔过吗？

于正文　我……

徐大海　于良再走他爸爸的老路，你不担心吗？

于正文　我……

徐大海　如果于良他自己愿意放弃，你又何必阻拦，儿孙的幸福难道不是我们老人最关心的吗？

于正文　我……我……

徐大海　你好好想想吧。

　　　　［徐大海放下礼品，离去。

于正文　老路？这是知来时之路、明未来之路啊。

　　　　（唱）知来路、明去路，

　　　　　　　我虽老矣仍徐图。

　　　　　　　于家世代守文脉，

　　　　　　　遗憾我儿逝中途。

　　　　　　　孙儿又把老路走，

　　　　　　　是对是错我难分出。

　　　　　　　唯愿他，不迷糊，

　　　　　　　恪守本心走前路。

　　　　［前区光暗，后区光启。

〔剑门关。游人如织。

〔飞哥拉着徐曼婷过来。

飞　　哥　　大小姐,你看,于良的短视频点赞超过 20 万了!他越来越火了!

徐曼婷　　(看)文保工作者徒步走蜀道,点赞 21 万。噫,成绩还不错,趁这个热度我们资本注入,定能炒作起来……于良在哪儿?

飞　　哥　　在关楼那边,看川剧。

〔川剧锣鼓声响。

徐曼婷　　走,我们去看。

〔戏中演员上,演出川剧《姜维守关》。游人如织,大家驻足观看。

钟　　会　　(挺枪出马,大呼)认得某家钟会否!我军十万,速速投降。

姜　　维　　吾乃汉将姜维,我三万将士据守这咽喉要道、天下雄关,莫说十万,就是百万也无可奈何。

钟　　会　　(怒)姜维小儿,你可敢出关一战?

姜　　维　　儿郎们,你等警守关隘,待我去取魏将首级。

众　　　　　诺。

〔姜维与魏将两马齐出,二枪并举。两人大战,魏将不敌,不停地有魏将出战。

〔姜维和钟会如爷爷和曼婷在于良面前对打。

姜　　维　　于良,你们一家三代守护古蜀道,在你这里万万不能断绝啊。

钟　　会　　于良,如今蜀道通达,天地宽广,你和曼婷一起夫唱妇随,何不美哉?

姜　　维　　文脉灿烂,守护她。

钟　　会　　爱情美好,爱护她。

〔姜维和钟会拉扯着于良,让于良东偏西倒、无所适从。

姜　　维　　尔等车轮战,无耻。

钟　会　吾兵多将广，豪横。

　　　　［二人骑马撤下。游人掌声雷动，连连叫好。

　　　　［于良从人群中走出，思绪万千……

于　良　（唱）历史在眼前重现，

　　　　　　　　不由我浮想联翩。

　　　　　　　　古将厮杀决冤仇，

　　　　　　　　好似取舍绕心间。

　　　　　　　　剑门屹，心门立，

　　　　　　　　关隘屹立我心里。

　　　　　　　　我把思绪梳理，

　　　　　　　　似有远古的风儿习习。

　　　　　　　　心茫茫我不知何来何去，

　　　　　　　　路漫漫我怎样分辨东西。

　　　　［后区光暗，前区光亮。

　　　　［四绝和李白出。

李　白　世事无常啊。所以，人生得意须尽欢，莫使金樽空对月。

守柏人　人生就是不断地选择，看他怎么过关吧。

四　绝　（唱）天下本无关，

　　　　　　　　人心自设关。

　　　　　　　　人生孰无惑，

　　　　　　　　答案在心间。

　　　　［四绝和李白造型。

　　　　［定点光，徐曼婷和飞哥分别在两端打电话出。

徐曼婷　飞哥，你们到哪儿了？

飞　哥　我们在昭化古城。

徐曼婷　昭化古城？我去过，安逸得很，文物也多。

飞　哥　说起这昭化古城的历史和文物，不是吹，我了如指掌。

徐曼婷　那你说说嘛。

飞　哥　这昭化古城是迄今为止全国三国文化资源保存最为完整的一座古城，有"巴蜀第一县"之美誉……哎呀，太多了，三天三夜也说不完……这是刘备当年办公基地大坪子，那是操练军队的剑刀坝，还有……

〔四绝和李白接念。

石刻人　（念）葭萌亭，吐费街，苴国路……

小绣娘　（念）县衙大堂的惊堂木……

古戏人　（念）八卦井的铜钱笃。

守柏人　（念）敬侯祠的石刻诸……

李　白　（念）考棚外的马石古……

飞　哥　（念）城外千年的桔柏渡。

徐曼婷　（念）这些文物对谁倾诉……

众　人　（念）深厚历史今人来细读。

徐曼婷　你们等到我，我晓得昭化古城的渔庄，味道巴适得很。

飞　哥　等不到了，我们已经吃了美味的鱼摆摆又要出发了。

徐曼婷　到哪儿？

众　人　蜀道的明珠，文化的瑰宝，千佛崖。

〔光暗。

第四场　千佛往事·母子同心

〔金牛道临水伴崖。崖壁上的佛龛，层层叠叠，密如蜂巢。

帮　腔　（唱）山梁是佛墙，

　　　　　　佛墙成山梁。

　　［于良出，数佛像。

于　良　252、253、254……哎，数到哪尊了呢？……这佛像也是一尊一尊被
　　　　凿出来的，咋个会数不清呢？

　　［飞哥拿着手机直播上。

飞　哥　哈哈哈，网友们，于良要是数得清千佛崖的佛像，我给他一条金船。

于　良　你又在乱说。

飞　哥　我咋会乱说呢，有这样一个故事，如果谁数清了这千佛崖的佛爷儿，
　　　　自有一只小金船从嘉陵江中浮上来，这人便可得到小金船。

于　良　那最后谁得到了这只金船？

飞　哥　莫不是你母亲？！她研究千佛崖几十年，她一定晓得。

于　良　（抵触，关闭直播）咋个又说到她，不提她，好不好？

飞　哥　来都来了，你应该去看看她。

　　［徐曼婷上。

徐曼婷　于良，于良……

于　良　曼婷？！你怎么又到这儿来了？

徐曼婷　我还是放心不下，我要陪你走完古蜀道，我看你还往哪儿跑。

　　［徐曼婷被漫山的佛龛吸引。

徐曼婷　层层叠叠，密如蜂巢，好壮观啊！
　　　　（唱）远看立阁如柜多雄壮，
　　　　　　　近看精雕细琢刻沧桑。

于　良　（唱）这一龛浓墨重彩多漂亮，
　　　　　　　诉说着大唐气象真辉煌。

飞　哥　（唱）那一龛众佛齐聚多端庄，
　　　　　　　仍释放佛法慈悲现安详。

徐曼婷　（唱）感慨工匠情怀多宽广，

　　　　　　　　赞叹艺术价值万年长。

三　人　（合唱）几千年历史过往，

　　　　　　　　雕刻成塑像守望。

　　　　　　　　几百年岁月风霜，

　　　　　　　　依然是璀璨辉煌！

　　〔冯淑兰拿着图纸，和于正文同上。

冯淑兰　爸，您看。自上而下，我们想整体装个"玻璃罩子"把千佛崖保护起来。

于正文　这样，自然可以减少它的风化、光照和盐析，但也改变了它的外观。

冯淑兰　的确如此，所以，请您来进一步论证。

于正文　这个课题很具体，我呀，还想让于良加入课题组，帮你打打下手。

于　良　（看到于正文）爷爷！您好久到这里来了？

于正文　我看了你的直播，不错，我们的蜀道文化就是要更广泛地传播出去。

飞　哥　于爷爷，您太高看他了，于良是为了抱得佳人归。

冯淑兰　婷婷你也来了。

徐曼婷　冯阿姨。

于　良　飞哥，你不说话没的人把你当哑巴。爷爷，您来这儿做啥？

于正文　我帮忙研究千佛崖新的保护措施，你呀，直播结束就留在千佛崖，跟你妈妈一起做这个课题。

于　良　（把冯淑兰拉到一旁）我都说了，我的事不要你管。现在，你想方设法借爷爷压我，你征求过我的同意吗？！

冯淑兰　哎呀，于良，你误会妈妈了。

于　良　从小到大，你的每一次决定都没有考虑我的感受，特别是你打我那一巴掌……当时痛在脸，现在还痛在心。

冯淑兰　你什么时候才愿意听我解释？……

　　〔众人前来劝解。

飞　哥　冯老师莫动气。

于正文　于良，你的妈妈她也有苦衷。

于　良　爷爷，不是我不想做这个课题，是不想和我妈低头不见抬头见。

于正文　你这个孩子，怎么这么倔？

冯淑兰　爸，不说了，算了，如今，他的路他自己走吧。

　　〔天气骤变，雷声隆隆。

飞　哥　（打圆场）哎呀，雷母都要出来劝解了。（唱起来）让往事都随风，都随风……

冯淑兰　儿啊，等你重走完古蜀道，或许你能够了解妈妈为什么要守护在这里。

　　〔雷声滚滚，雨势渐大。

飞　哥　下雨了。

徐曼婷　哎呀，越下越大。

冯淑兰　快走，去我的办公室躲雨。

　　〔光暗。

　　〔四绝前移。

石刻人　千年瑰宝千年沧桑。

小绣娘　有人艰辛有人感伤。

古戏人　前人唱罢后人登场。

守柏人　古往今来纸短情长。

　　〔四绝隐去。

　　〔千佛崖石刻艺术博物馆内。一幅幅佛像高清照片挂在冯淑兰的办公室墙上。办公桌上，古籍堆满，窄窄的行军床置于墙角。

　　〔几人进屋。

冯淑兰　（收拾）大家找地方坐，我收拾收拾。

徐曼婷　（帮忙，环顾四周）冯阿姨，您一直住在这儿？

冯淑兰　唉，凑合，这不挺好，不用挤早高峰。

　　〔于良看着冯淑兰工作生活的地方，似有所动。

于　良　（唱）以为她摆脱家务多潇洒，

　　　　　　　没想到办公室里来安家。

　　　　　　　以为她沽名钓誉多发达，

　　　　　　　没想到简屋陋室孤身暇。

　　〔于良被墙上一张川陕公路前的千佛崖相片吸引。舞台荧幕将这张相片放大。

于　良　这是哪里？好像千佛崖啊……

飞　哥　瓜娃子，这就是千佛崖！这是在建川陕公路前的千佛崖。

徐曼婷　（凑过来）啊，现在的规模大不如前，以前那些龛窟呢？

飞　哥　"轰"的一声都炸没了噻。

于、徐　（合）啊？！

飞　哥　（唱）民国政府令如钟，

　　　　　　　川陕公路大动工。

　　　　　　　往来西安由此过，

　　　　　　　龛窟坍塌轰隆隆。

徐曼婷　（唱）多惋惜，多盲从，

　　　　　　　文物损毁真心痛。

于正文　（唱）多遗憾，真沉重，

　　　　　　　艺术瑰宝散风中。

于正文　于良，你的妈妈为了千佛崖的保护工作，付出了太多。

徐曼婷　冯阿姨就是为这些而辛苦忙碌吧？

于正文　（唱）刻不容缓来保护，
　　　　　　　综合治理来修复。
　　　　　　　雨天一身泥，
　　　　　　　晴天一身土。
飞　哥　（唱）夏天汗水浸泥土，
　　　　　　　冬天风大要冻哭。
冯淑兰　（唱）它凿嵌中华民族久远历史，
　　　　　　　望前路茫茫不忘来路。
　　　　　　　扎根蜀道神坚魂铸……
帮　腔　（唱）守护着千年传承的中华宏图！
于　良　（受到感动，暗自思忖）
　　　　（唱）千佛崖绵留至今实属不易，
　　　　　　　它垒进中华民族灿烂艺术。
　　　　　　　历艰辛前人栽树，
　　　　　　　得厚荫后人享福。
冯淑兰　孩子，你能了解到这些，妈妈很是欣慰。时间不早了，大家都分头去休息吧。

　　〔光暗。
　　〔千佛崖石窟研究所。
　　〔是夜，风雨交加，电闪雷鸣。
　　〔舞台前区灯亮。

冯淑兰　（唱）潇潇暴雨狂风摧，
　　　　　　　阵阵惊雷如重锤。
　　　　　　　担心佛龛被损毁，
　　　　　　　坐卧不安复徘徊。

文保者 （急上）冯老师，北山上雨水形成山洪，快冲到南边的佛龛了，主任召集大家排洪抢险！

冯淑兰 喊上修建屋檐的施工队帮忙，我们快走！

　　［光暗。

　　［舞台后区灯亮。

于　良 （惊醒，起身观察窗外）

　　　　（唱）窗外人声鼎沸，

　　　　　　似有险情形势危。（欲走）

徐曼婷 （紧紧拉住于良）电闪雷鸣的，你要到哪儿去？！

于　良 抢险。

徐曼婷 危险，你又没有经验。

于　良 塑像冲垮了就再也无法挽救了。

徐曼婷 摔下来怎么办？太危险了！

于　良 （挣脱）好好待在这儿不要走，我去去就来。

徐曼婷 不行，你不能去！

于　良 婷婷……我妈也在里面。你好生陪着爷爷，我去去就回。

　　［于良挣脱徐曼婷的拉扯，奔跑在风雨中。

飞　哥 我也去帮忙，不是吹，我是老文物了。

　　［飞哥冒雨冲出。

　　［冯淑兰艰难地在山间穿行。

冯淑兰 （唱）雨滂沱，文物损毁可预见。

　　　　　　雷轰鸣，山滑坡危险在前。

　　［于良在雨中跟着母亲。

于　良 （唱）路泥泞，难移步一深一浅。

　　　　　　风势猛，难稳身一倒一偏。

冯淑兰　同志们，有险情！文物危险！

于　良　（唱）母亲她，毫不迟疑冲向前。

　　　　　　　　只让我，心内焦急受熬煎。

冯淑兰　（唱）顾不得，雨水滂沱事态险。

　　　　　　　　顾不得，电闪雷鸣环境艰。

于　良　（唱）我不该，口无遮拦将她怨。

　　　　　　　　我不该，咄咄逼人将她难。

冯淑兰　（唱）抢救文物是关键，

　　　　　　　　如若损坏无力回天。

于　良　（唱）感同身受责任先，

　　　　　　　　母亲奉献意志坚。

　　　　　　　　只要她，出险归还保平安……

冯淑兰　（唱）保平安……

两人合　（唱）保平安。

　　〔于良赶上，帮助众人排除险情。

　　〔风雨声弱。

　　〔于良浑身湿透、气喘吁吁地瘫坐在地上。冯淑兰见状连忙搀扶儿子。

冯淑兰　于良，你怎么也来了？

于　良　（刚要关心，却又嘴硬）你们能来，我为啥不能来？

冯淑兰　有没有受伤？！让妈妈看看。

于　良　不用，我还没辞职，这也是我的职责所在。

冯淑兰　我不光是谢你抢救文物，更谢你陪着我尽职尽责。

于　良　我……你想多了。

冯淑兰　（回忆）那年，也是这样的瓢泼大雨，我和你爸爸正在这儿保护千佛崖的文物，暴雨冲刷，眼睁睁地看着文物被损毁，我们心急如焚……正在大家一筹莫展之时，你爸爸手持铁锹冲到暴雨中，在山上挖引水渠，想把山洪引开……我们拼命地喊他回来，他就是不听，于是我们都冲过去一起挖……就这样，我们保护住了现在的这些文物……

于　良　那我爸爸……

冯淑兰　回来后，你爸爸就一病不起，医生说是多年操劳，加上营养不良，再受风寒，器官衰竭……（悲伤的音乐起）

于　良　（痛苦）那你就该照顾他，好好照顾他呀，还跑到这儿干啥？

冯淑兰　（悲伤）我是想照顾他，我真的想照顾他的呀……你爸爸在病床上拉着我的手说：淑兰啊，你不用把时间浪费在我身上，这些文化瑰宝再不保护就没的了，我们就是历史的罪人啊……他让我必须保护好这些佛像，这是他最后的遗言啊！

于　良　爸爸……

冯淑兰　你中考那年，也是这样一个雷雨天，妈妈接到电话，说天气预报会有暴雨，让我赶到千佛崖商议保护措施，你又生病了，不让我走，时间紧迫，情急之下，我打了你一巴掌，在路上我失声痛哭，一边是丈夫的遗愿，一边是生病的儿子，我能怎么办，我能怎么选……儿啊……

（唱）每每回忆心内伤，

　　　儿父临终悲断肠。

　　　守护文物毕生愿，

　　　一声嘱托一生偿。

　　　儿生病，愧难当，

　　　又遇暴雨袭山上。

　　　情急中，一巴掌，

　　　　　　　打在儿身，痛在妈心房。

　　　　　　　愧对儿，未能将儿亲抚养。

　　　　　　　愧对儿，未能替儿抵风霜。

　　　　　　　女本柔弱为母则刚，

　　　　　　　我儿却未得母温良。

　　　　　　　此生留憾心痛难讲，

　　　　　　　唯愿我儿福寿绵长……

于　良　（哭着抱住冯淑兰）妈，妈，你是我的妈妈……

　　　〔母子俩冰释前嫌。

冯淑兰　儿子，你爸爸当年为保护蜀道写的规划方案你看了吧？

　　　〔于良从包里拿出方案，轻轻打开，泪流。

于　良　我一直带在身边。

　　　（唱）轻抚手稿心感慨，

　　　　　　见字如面泪满腮。

　　　　　　内心里起起伏伏在澎湃……

帮　腔　（唱）似唤我守护蜀道莫徘徊。

　　　〔不远处，徐曼婷、飞哥扶着于正文欣慰地看着他们。

　　　〔后区光暗，前区光启。

李　白　这千佛崖的佛像堪称杰作，了不起。

石刻人　这蜀道上的人更了不起啊。

小绣娘　走向前路，不能忘来路。

古戏人　这是历史。

守柏人　也是当下。

李　白　继续前进，下一站朝天关，要走几天，我们长话短说，走呀。

　　　〔四绝在前区穿行。

四　绝　（唱）翻过多重山，

　　　　　　　　越过多重湾。

　　　　　　　栈道蜿蜒攀崖壁，

　　　　　　　明月峡中天外天……

　　〔四绝不下场。

　　〔紧接第五场。

第五场　寻路登关·蜀道在心

　　〔明月峡古栈道。

　　〔于良内放腔：明月峡中好风光。

　　〔于良、飞哥、徐曼婷上。

飞　哥　（唱）站在峡口远眺望，

　　　　　　　旌旗猎猎随风扬。

徐曼婷　（唱）两岸绝壁危耸立，

　　　　　　　峡中惊涛滚滚拍骇浪。

于　良　（唱）叹栈道飞檐走壁多雄壮，

　　　　　　　感长龙出水荡气回肠。

　　　　（白）前面的路要登朝天岭，路险，飞哥，你带曼婷回去吧。

徐曼婷　于良，我想我明白了，蜀道对于你，意味着什么。你加油向前走吧。不管你做什么样的决定，我都支持你！

飞　哥　你小子可以嗦。广元境内的金牛道，你很快要走完了。加油！

　　〔飞哥和徐曼婷下。

　　〔在四绝的旁观中，于良打开手机直播。

于　良　网友们，我今天就要爬上朝天岭，登上朝天关。

　　　　［舞台内声，网友的叫好声："加油，加油！"

石刻人　　回看初日半轮月。

小绣娘　　下视嘉陵千丈黑。

古戏人　　地拆天开此险成。

守柏人　　飘萧毛发壮心惊。

李　白　　蜀道难，难于上青天……

　　　　［于良思索，犹豫。

　　　　［舞台内声，网友的质疑声："还走不走？还走不走？"

于　良　　走！

　　（唱）爬坡上坎，

　　　　"之"字盘旋。

　　　　野草丛生不见路，

　　　　亦步亦趋在蹒跚。（身形摇晃）

　　　　山势陡峭行路难，

　　　　一步一步腿发软。（腿部颤抖）

　　　　枝枝条条剐花了脸，

　　　　边走边拨步维艰。（拨开灌木）

　　（白）哎呀！（摔倒）

　　　　脚下布满野藤蔓，

　　　　把我绊个底朝天。（爬起来）

　　　　爬起来，往下看，

　　　　滚滚怒涛向前翻。

　　　　心儿狂跳吓破胆，

　　　　差点跌落在深渊。（惊吓）

　　（白）哎呀！咋个还不到耶……

四　绝　（唱）朝天岭有九折岩，

　　　　　　　你刚走过第五盘。

于　良　（气喘吁吁）还有一半，还有一半。

　　　〔舞台内声，网友的加油声："好样的！""加油，加油！"

四　绝　（唱）一鼓作气，

　　　　　　　快到关前。

于　良　一鼓作气，再而衰，三而竭。走！

　　　　（唱）记得父母的心愿，

　　　　　　　我要找到内心答案。

　　　〔舞台背景现山体的天然豁口，三面临崖，极其险峻。

于　良　好一个险绝的豁口！

四　绝　（唱）历经万险，

　　　　　　　已到关前。

于　良　（惊诧）啊？这就是关前？

　　　　（张望、寻找）关楼在哪儿？朝天关在哪儿？在哪儿？！走了这么远，走了那么久，走得这样险，就是这样……

　　　〔于良坐地，掩面而泣。

四　绝　（唱）大失所望，大失所望！

　　　　　　　只有山脊灌木苍苍茫茫。

　　　〔于良打电话给母亲。定点光启。冯淑兰出。

冯淑兰　于良啊，爬上朝天岭，登上朝天关了吗？

于　良　爬上了，也登上了。

冯淑兰　你看到了什么？

于　良　什么都没有……妈妈，朝天关还在吗？古蜀道还在吗？！

冯淑兰　再仔细看，用心看。

四　绝　（唱）天堑不在天地间，

　　　　　　　而在人心之间……

冯淑兰　（唱）蜀道亘古在改变，

　　　　　　　如今横在天地间！

　　　　（白）孩子，仔细看，用心看！

　〔于良再往上爬，拨开杂草芦苇，远眺。

　〔演员手持长绸化为一条条道路：丝道、鸟道、航道、纤夫道、栈道、国道、老铁道、高速道、高铁道。一派壮丽。

于　良　看到了，我看到了！

　　　　（唱）栈道国道纤夫道，

　　　　　　　道道绵延在山肩。

　　　　　　　高速铁路高铁道，

　　　　　　　条条驰骋在眼前。

　　　　　　　蜀道从未被中断，

　　　　　　　一直通往着今天。

　　　　　　　回首历史最深处，

　　　　　　　蜀道见证时代变。

四　绝　（唱）仰望前人多灿烂，

　　　　　　　蜀道将文脉传到今天。

　〔于良在山顶放声呐喊，高歌。

于　良　（唱）一声歌咏难以传远，

　　　　　　　声声歌咏响彻云天。

　　　　　　　内心澎湃多震撼，

　　　　　　　天堑坦途的激变在眼前。

　　　　　　　先民们远古而来涉艰险，

后人们风驰电掣步翩翩。

它是先民的勤劳和勇敢，

它是川人的进取和奉献。

沟壑天堑，

你让蜀道难吟诵了千年。

大路朝天，

蜀道行歌已奔向新纪元！

（白）蜀道是我抹不去的基因和情感，我要走下去，成为一名新时代的守路人，走向未来！

［李白出。

李　白　到如今，我的《蜀道难》过时了哇？

于　良　诗仙，这是文学的经典，永在后人心间。不过，你该再写一首《蜀道美》。

李　白　那是你们在写哟，我看已经写成了……哈哈哈……

［光暗。

尾　声

［广元市。徐曼婷新开张的旅行社门前。

徐大海　（唱）多亏于良走蜀道，

　　　　　　　热搜点赞千万条。

飞　哥　（唱）游人如织行情好，

　　　　　　　广元旅行成热潮。

［徐曼婷挽着冯淑兰一同上。

徐曼婷　冯老师，我们一起来剪彩。

飞　哥　（对曼婷）瓜妹子，要叫妈……

徐曼婷　（娇羞）飞哥，人家还没过门儿哪。

徐大海　欢迎，欢迎亲家。

〔于良跑上。

于　良　告诉大家一个好消息。我要去北京培训，学习3D打印和VR虚拟现实技术，它们将大大提高文物保护的效率，让文物活起来。

冯淑兰　太好了……

于　良　谢谢大家支持我！特别是婷婷。

徐曼婷　你搞文化，我搞旅游。文旅融合，（害羞）一家亲嘛……

徐大海　哈哈，看来，我要张罗咱们两家融合融合喽。（对观众）下月的喜酒，大家都来喝哟。

〔主题曲合唱《蜀道行歌》。

　　　　　　古人嗟叹蜀道险，

　　　　　　把酒对月咏诗篇。

　　　　　　今人皆唱蜀道美，

　　　　　　通衢大道天地宽。

〔众人在欢乐喜庆的氛围中造型。

〔剧终，落幕。

（话剧音乐小品）

天堂里有没有车来车往

（编剧 杜林）

时　间：某天夜里

地　点：花儿家

人　物：

　　　　花　儿　16岁少女。

　　　　云　儿　16岁少女。

　　　　父　亲　40多岁，花儿的父亲。

　　舞台中央是花儿的房间，房间中有一张花儿与云儿合影的大照片，两人甜甜地微笑，亲密得像姐妹一样。大照片前是一张陈旧的书桌，上面摆放着一些文具与一座很旧的台灯。

　　花儿写完作文后趴在书桌上疲倦地睡着。云儿轻轻地从舞台一侧走上，轻声唤花儿。

云　儿　花儿，花儿。

花　儿　（睡眼蒙眬地坐起身，惊讶）呀，云儿，你来了。

云　儿　是啊，来看看你。你困了吗？

花　儿　不是，刚写了作文有点累。（跑过去拉着云儿的手）

云　儿　写的什么？你可是咱们班里品学兼优的才女哟。

花　儿　（拉云儿到书桌旁）先别夸我，我会骄傲的，来，你自己看。

云　儿　（拿起作文念题目）"作文《我的好朋友》——（云儿笑了笑接着念）我有一个好朋友，和我同岁，她就像天上的云彩一样，美丽，纯洁，她的名字就叫云儿。"

花　儿　（接念）"我们一起学习，一起运动。在晨跑中，我们迈着轻快的步伐，伴着清风迎来灿烂的黎明，欢乐是奔跑是跳跃，青春是活力是向往，生命就像美丽盛开的花儿一样芬芳。"

云　儿　我们喜欢奔跑，那样能感觉自己像鸟一样飞翔。

花　儿　我们喜欢奔跑，那样能感觉自己像云儿一样飞舞飘荡。

云　儿　我们一起欢笑。

花　儿　一起歌唱。

　　　　两人拉着手，轻轻吟唱《歌声与微笑》。

　　　　（唱）请把我的歌带回你的家，

　　　　　　　请把你的微笑留下。

　　　　　　　请把我的歌带回你的家，

　　　　　　　请把你的微笑留下……

　　　　（两人唱完开心地坐在一起）

花　儿　云儿，咱们永远都这么快乐地在一起好吗？

云　儿　好啊，咱们一辈子都是好朋友，永远都不分开。

　　　　［花儿的父亲从舞台另一侧出现。

云　儿　有人来了。

　　　　［花儿走向另一侧张望，云儿轻轻地离开。

花　儿　（高兴地边喊边跑，迎上去）爸爸，爸爸，你回来了。

父　亲　好孩子，爸爸回来了，想我吗？

花　　儿　想，特别想，非常想，最最想了。

父　　亲　（笑）就你嘴甜，（轻轻拥着花儿）爸爸也特别想，非常想，最最想我的花儿了。

花　　儿　（幸福的）爸爸，这次回来就可以好好陪着我了吧？

父　　亲　嗯，爸爸这次回来要等一段时间才又出长途，来，告诉爸爸，你在干什么呢？

花　　儿　我在写作文，对了，云儿在呢，云儿，云儿（回头发现云儿不在），哪儿去了？

父　　亲　可能走了吧，来，让爸爸看看写的什么作文。

花　　儿　（挡着爸爸）你猜？

父　　亲　爸爸猜不到啊。

花　　儿　（撒娇）你猜嘛。

父　　亲　好，爸爸猜一猜，嗯，写的是好人好事？

花　　儿　不对。

父　　亲　写的是老师？（花儿摇头）你妈妈？（再摇头）同学？

花　　儿　哎呀，写过了，不对，再猜。

父　　亲　那我猜不到了，反正你不会写我的。

花　　儿　（不依）爸爸，你讨厌，故意猜错。

父　　亲　（笑）好宝贝，让爸爸看看你是怎么写的，没写成坏人吧？

花　　儿　讨厌。爸爸是世界上最好的人了，我给你念念。

父　　亲　好，爸爸听着。

花　　儿　（清清嗓子，念）"作文《我的爸爸》——我的爸爸是一名货车司机，经常跑长途，经常颠簸忙碌。他有宽宽的肩膀，厚厚的背，挺拔的身躯，长长的腿，他是一个真正的男子汉。（起优美的抒情音乐）知道吗，爸爸？您是一座山，为我们挡住了凛冽的寒风；您是一艘船，承载着我和妈妈走过了五湖四海！您是女儿心目中的英雄，我和妈妈永远爱您。女儿最大的心愿就是您能平平安安，咱们家平平安安。爸爸，这次回来就不要再走了，好吗？您还记得答应过我什么吗？"

父　亲　（深情地接着念）"爸爸说过，春天到了，花开了，一切不美丽都随季节过去了。我要带我的花儿去看大海，去看日出，去看田野上美丽的花儿。"

花　儿　爸爸，我真的很想你，你自己要保重身体，注意安全。爸爸，我爱你！

〔音乐渐弱，停。

父　亲　（感动）好孩子，爸爸也爱你。爸爸保证永远陪着你，永远守护着你。

〔父亲轻拥着花儿到书桌旁坐下。

花　儿　（闭着眼睛，喃喃地说着）爸爸，你答应过我的，不许赖皮哟，你要一直陪着我，直到永远……永远。（幸福地微笑着趴在书桌上睡着了）

父　亲　好孩子，爸爸答应你。

〔父亲轻轻地离开。舞台光渐暗，三个定点光区分别照在舞台中间和左右两边的两个点上。

〔突然一声刺耳的刹车声和猛烈撞击声响起，花儿惊醒后跑出来。

花　儿　（惊恐）不，不，不……

云儿神情肃穆地走到舞台一侧定点光区中，看着花儿。

云　儿　（轻轻地）花儿，我走了，你自己要多保重啊。

花　儿　（惊讶）你怎么了云儿，为什么要走？（冲过去拉着云儿的手）你到底怎么了？

云　儿　我不知道，我不知道是怎么了，我只记得天是那样蓝，云是那样白，晨光是那样美丽，风是那样轻柔，我在上学的路上高兴地走着，走着。（害怕）突然，一声巨响，我看见了，我看见自己就像一只美丽的蝴蝶一样飞舞着，就像一朵云儿一样飘荡着，然后就什么都不知道了，不知道了（越说声音越小）。

花　儿　（难过）云儿，不要走，云儿……

〔父亲神情肃穆地走到舞台另一侧定点光区中，看着花儿。

父　亲　花儿，爸爸走了，要到很远的地方去，你自己保重啊。

花　儿　（惊讶）爸爸，你怎么了，为什么也要走？（冲上前抱住父亲）要走到哪儿去？

父　亲　孩子，爸爸对不起你。爸爸不能陪着你，守护着你了。

花　儿　（哭）爸爸，到底怎么了？为什么要离开我？

父　亲　（怜爱地轻抚着花儿的头）只记得那天送完货，因为你快过生日了，所以我给你买了礼物就往回赶，连续开了两天车，累了，犯困了，我知道该停下来歇一歇，可我觉得自己没问题。开着开着，就觉得眼前是白茫茫的，眼皮比山还重。（痛苦）不知什么时候，真的不知是什么时候，突然，我一睁眼，发现自己睡着了，糟了，我忙踩刹车（音响效果出"紧急刹车声"），可是晚了，只见一道白色的身影在空中飞舞着，然后消失了，消失了（越说越难过），眼前一黑，我就什么都不知道了，不知道了。

花　儿　（痛哭）爸爸，我知道，我知道。

父　亲　你知道什么？

花　儿　那天早晨，你开着货车，在离家不远的路上，先是冲上路边的人行道把云儿撞了，然后自己又撞倒了路边的电线杆，结果……结果是车毁人亡啊，爸爸（哭）。

父　亲　（愧疚）那云儿呢，云儿怎么样了？

花　儿　（难过）云儿……云儿没能抢救过来啊！

父　亲　（悔恨）是我错了，云儿，叔叔对不起你啊。

云　儿　为什么？叔叔，您为什么要疲劳驾驶呢？

父　亲　我……我……（悔恨）是我心存侥幸了，认为自己没问题，我只犯了这一次错，却再也没有机会改正。

花　儿　爸爸，你犯的这一次错，却给我们和云儿家带来多大的痛苦，你知道吗？我过了一个最痛苦的生日，你知道吗？

父　亲　好孩子，告诉爸爸吧。

花　儿　云儿出事以后，她的爸爸妈妈难过极了，她爸爸整天整天地抽烟，眼睛熬得通红，就是不睡觉，劝他睡会儿，他说他睡不着，一闭眼全是云儿的影子。云儿妈妈生病了，病得很重，还不吃不喝的，总是哭晕过去，一醒来就抱着云儿的照片哭啊（哭着说不下去），哭啊。

云　儿　（难过地呼喊）爸爸，妈妈！

父　亲　那你和妈妈呢？

花　儿　您不在了，天就塌了下来，我和妈妈都病倒了。车毁了，钱赔了，家里值钱的东西全卖了，连房子也卖了，还欠了很多钱。妈妈现在要拖着生病的身体干两份工作来挣钱还债。爸爸（想抓住爸爸），我们离不开你啊爸爸，不要离开我，不要啊。

父亲、云儿　花儿，你自己多保重啊，我走了，走了……

　　［云儿和花儿父亲慢慢地从两边离开消失，花儿焦急地两边跑着，呼喊着，想留住他们。

花　儿　（凄厉地呼喊）爸爸，云儿，不要走，不要离开我，不要啊……

　　［花儿悲痛地又趴在书桌上抽泣。起忧伤抒情的音乐。

　　［花儿悲伤地从梦中醒来。花儿慢慢地站起，拿起一篇作文缓缓地念。

花　儿　（悲痛地念）"作文《天堂里有没有车来车往》。我又一次在梦中与爸爸和云儿见面了，我们一起唱歌，一起读作文，已经记不清是多少次又梦见和他们在一起。这一切应该是真实的，应该是幸福的……如果那天爸爸在外地休息一晚会怎样呢？如果爸爸在开车开累了停下来歇一会儿会如何呢？如果有千万个如果，哪怕只选择了其中的一个，那我依然可以和云儿分享快乐，和爸爸共享幸福。（悲伤）但是没有如果了。幸福就像美丽夺目的花，不经意间就会凋零。爸爸走了，天暗了。云儿走了，云彩也散了。好人去世了以后是不是真的去了天堂？不管是不是，我都愿意去相信。爸爸、云儿，你们在天堂过得好吗？天堂里有没有车来车往啊？"

花　儿　（悲伤地望向远方）"我仰望着天，看不清天空的颜色，更看不清重重天空之后的天堂是什么样的，我只知道那儿有我最爱、最思念的人。爸爸说过春天到了，花开了，一切不美丽就都随季节过去了……（难过）可是，真的是这样吗？（花儿的情绪越发悲凄、激昂）爸爸，你只错了一次，就失去了所珍爱的一切啊！爸爸，不要留下我一个人，你不是说过要照顾我、保护我一辈子吗，你忘了吗？云儿，你也答应过我，永远不离开我，你也忘了吗？爸爸，能带上我吗？带我一起走，去到那美丽的天堂！带上我，带上我啊，但愿，天堂里没有车来车往啊，爸爸……"

［在花儿的哭泣中，隐隐响起歌曲《天堂无车》。

　　我看见蓝天下白云轻荡，
　　我呼吸微风中甜蜜花香。
　　我梦里天使有洁白翅膀，
　　迎着朝阳描绘未来的模样。
　　是什么幻灭了青春梦想，

纯洁的双眸弥漫忧伤。

我渴望这世间多点幻想，

愿天堂里没有车来车往……

〔在清亮、婉转的歌声中，花儿缓缓站起，在伤心地抽泣着，花儿思念中的云儿和父亲走到花儿身旁，静立在不同的定点光区中轻轻吟唱。

〔在歌声中灯光渐暗，落幕。

〔完。

（该剧本 2008 年获得四川省第四届戏剧小品作品比赛一等奖）

（京剧小戏）

紧要关头

（编剧　杜林）

时　间：某天夜晚
地　点：某老小区居民楼。
人　物：
　　　　莫　哥　男，30多岁，资深小偷。
　　　　小　醉　男，20多岁，刚入行的小偷。
　　　　王　旺　男，35岁，屋主。

［莫哥、小醉蹑足出场。

莫　哥　月暗星稀入小区……
小　醉　放眼四周黑黢黢。
莫　哥　新人还需老人带……
小　醉　实践才能出成绩。
莫　哥　听真切、看仔细……
小　醉　脚发抖来心发虚。
莫　哥　（白）时候不早了，贴墙溜边跟我来！
　　　　［二人在民居间穿梭，疾奔缓行，忽高忽低。

莫　哥　到了！就是这儿了。记住要领了？

小　醉　哥，今天是我的首秀，我很紧张啊。

莫　哥　放心吧，为了确保你的首秀成功，我找的客户是老居民区，既没有防盗装置，也没有监控探头。再说，还有我呢嘛。记住，一切收入交给组织。紧要关头，废话少说，就是这儿了。

〔小醉作势欲上，莫哥止住。

莫　哥　有人，隐蔽！低……再低……

〔小醉随着莫哥的手势逐渐蹲低，直至趴倒在地。

莫　哥　好，上！

〔小醉以匍匐军姿迅速爬出。

莫　哥　笨蛋，回来！门在那儿呢。

〔小醉从包里拿出撬棍准备撬门，莫哥掏出钥匙开门而入。

小　醉　莫哥，这家里没人啊。

莫　哥　嘿嘿，小子，学着点儿。

（唱）身手只是基本功，

　　　　动脑才能解难题。

　　　　连日来，我在附近调研……

（小醉插白：调研？）

　　　　走访……

（小醉插白：哦，踩点啊。）

　　　　户主长期不在家，

　　　　钥匙我悄悄准备齐，

　　　　今晚放开偷一场。

小　醉　高！既然没人，那咱们可以放心大胆地……

合　　　扫货！

〔音乐中，二人或撬抽屉，或翻柜门，找到一个黑色袋子……小醉失手碰倒物件（乐器音效），二人惊立、乐止。

莫　哥　喵……（稍顷）吓死我了，得手了吗？

小　醉　得手了。

莫　哥　把包给我。

小　醉　不行！二人进屋，各取所需。这是我的。

莫　哥　好小子，有组织、无纪律。进屋之前说什么你都忘了，你给不给？

小　醉　不给！

莫　哥　哈哈！

　　［扑灯蛾

　　可恶小贼真可恨，

　　煮熟的鸭子想独吞。

　　道上的规矩你不顾，

　　欺师灭祖要遭报应。

　　今天若不教训你，

　　老子今后怎么混。

　　［二人暗中争抢，惊动王旺。王旺警惕地出来。

王　旺　谁在那儿？快出来！

　　［莫哥和小醉大惊，蹑足欲逃。

王　旺　出来，我看到你了。

莫　哥　紧要关头，你可别出声，他诈我们呢。

王　旺　再不出来，我可要报警了。

小　醉　莫哥，我怕……

王　旺　别报警，我们可是两个人，别逼我们下狠手。

　　［莫哥悄悄摸索过去，摸到正在张望的王旺，两人扭打起来。小醉加入战团，王旺被擒住。

王　旺　（害怕）别动手，有话好说，有话好说。

小　醉　抬手，低头，蹲下。

莫　哥　姓名？

王　旺　王旺。

小　醉　年龄？

王　旺　35。

莫　哥　干什么的？

王　旺　金融借贷公司。

小　醉　踩点的时候是没人啊，你是哪儿冒出来的？

王　旺　我是屋主，很久没来，今天过来收东西。这样吧，你们把袋子里包着的本子还给我，其他的拿走。

莫　哥　（翻包）哟嗬！你是土豪啊！

小　醉　莫哥，这可比我们的收入高多了。

莫　哥　金融借贷公司？（醒悟）啊，你是想卷款私逃吧，骗子！

王　旺　别管钱是哪儿来的，都归你们了，少废话。

莫　哥　哟，挺横啊。要不要我替你报警啊？

王　旺　别别，两位好汉，咱们井水不犯河水，放过我。（哀求）大哥，把护照还给我，今晚可是紧要关头啊。

小　醉　莫哥，咱们放过他？

莫　哥　放过他？你看这是什么？（搜出一张银行卡）

小　醉　银行卡！

莫　哥　小子，他可是咱们的提款机啊！

小　醉　哈哈，发财了。

莫　哥　（唱）天外有天人外人，

　　　　　　　家藏巨款很任性。

小　醉　（唱）发财道路千万种，

　　　　　　　这些钱财路不正。

莫　哥　（念）哪儿来的？

王　旺　说不清。

小　醉　（念）有多少？

王　旺　道不明。

莫　哥　老鼠想躲开打虎棍……

王　旺　落入了夜猫子的手掌心。

小　醉　谅他不敢去报案，

　　　　咱们俩——

合　　　（唱）满载而归转回程。

〔两人扭扯着王旺出门，突然几束电筒光照到两人，三人呆立。

画外音　站住，我们是警察！

王　旺　（悄声）二位好汉，别供出我，回头再给你们一大笔钱。

莫　哥　行。慢慢往后退，等他们走近，我们分路逃跑。

小　醉　（走两步，突然跪倒，大声）我交代，我们是小偷，这是我首秀，别打我，打人是违法的。

画外音　我们会依法办事。

王　旺　（慌乱）警察同志，我不认识他们，我是受害者。

莫　哥　（踹倒王旺）你个死骗子，还骗我。警察同志，别听他的，他是诈骗犯，我们检举……

小　醉　（抢过莫哥手中的护照）我来说！他还有本护照，紧要关头，别让他逃了。

另两人　你——！

〔瘫倒造型，完。

〔该剧于2015获得首届四川艺术节·第十五届小品（小戏）比赛优秀剧目奖〕

（京剧小戏）

初晓红云

（编剧 杜林）

时　间：1935年4月的一天深夜，接近黎明
地　点：彝族地区的大山之中
人　物：

　　　　谢大姐　女，红军战士，20多岁。
　　　　山娃子　男，红军战士，20多岁。
　　　　阿　果　女，彝族少女，18岁。
　　　　孙升财　男，军阀军官，30多岁。
　　　　拐　子　男，军阀士兵，20多岁。
　　　　阿　妈　女，阿果的阿妈，50多岁。

　　［接近黎明时分，月光淡亮。大凉山的山林中，树木茂密，杂草丛生。蜿蜒崎岖的山路，偶有岩石露在路旁。
谢大姐　（内唱）暗夜中进凉山山峰逶迤……
　　［谢大姐和山娃子沿着山路攀爬而上，在山林里辗转穿梭。
谢大姐　（唱）革命者为抗日壮志于心，
　　　　　　国民党却罔顾民族大义。

勇红军破"围剿"不惧艰辛，
来到了大凉山继续前进。
奉军命筹军粮查探敌情，
恨白匪丑化红军多恶行。
设关卡限出入山道封禁，
进深山寻彝胞以心交心，
广宣传红军政策消除疑云。

［阿妈内声：阿果，我们快走。

［谢大姐和山娃子闻声隐蔽在深草丛中。阿果和阿妈背着装苞谷的背篓急匆匆走过来，阿果的手里拿着彝家打猎用的铁叉。阿妈脚一滑差点摔倒。

阿　果　阿妈，你慢点，我们为什么要躲着汉人啊？

阿　妈　刚才在山下听见当兵的汉人说话，他们可不是什么好人，咱们赶紧走。

阿　果　可我们背着苞谷也走不快啊。

阿　妈　唉，都怪你阿爹，非要趁着天亮前去山里的地里收苞谷，这可怎么办啊？

阿　果　阿妈，不要怕，我从小跟阿爹习武打猎，大不了跟他们拼了。

阿　妈　你呀。

　　　　（唱）现如今闹兵灾人人慌乱，
　　　　　　　都传言有兵匪四处流窜。
　　　　　　　小阿果不懂事心思简单，
　　　　　　　尚不知这世道处处艰难。

阿　果　（听）阿妈，他们来了。

阿　妈　快，咱们先躲一下。

［阿果和阿妈在大石头后面躲避。

〔孙升财幕内喊：可恨哪！

（念）可恨可恨真可恨，

那些赤匪太可恨。

前天还在百里外，

昨天就到同德镇。

团座闻讯慌了神，

命我连夜挨村挨寨传禁令。

拦住赤匪有嘉奖，

升官发财有赏金。

一路行来我跑断了腿，

饥肠辘辘脑袋昏。

拐　子　长官，要不咱们歇会儿，我也实在走不动了，我饿啊。

孙升财　废话，我也饿，但必须赶快上山，团座有令：通知当地彝寨，不准放过赤匪一兵一卒，也不许卖给赤匪一米一粟。

〔阿妈对阿果示意悄悄地走，拐子正好转过来发现有人。

拐　子　长官，那边好像有人。

孙升财　（拔枪）谁？

拐　子　（端枪）是谁？出来，不然老子开枪了。

阿　妈　不要开枪，老爷，我们是彝家山寨的良民。

孙升财　黑灯瞎火的，你们在这儿干什么？

阿　果　我们去是背苞谷回家的，你管得着吗？

孙升财　哟，还有个阿咪子啊，你说老子管不着，老子有枪就什么都能管着。阿咪子，把背篼拿过来，老子要检查，是不是给赤匪送东西？

阿　妈　老爷，我们没有，只是背了苞谷回家，你放过我们吧。

拐　子　放过你们？（走过去）拿过来吧！（抢过背篼）

阿　果　你们……你们是强盗（欲上前抢夺）。

阿　妈　（拦住阿果）阿果别去，他们是不讲理的，长官求求你，放我们走吧。

孙升财　走？可以，不过是跟我们走，团座有令，赤匪缺粮，所有粮食都要经我们核查，你们跟着老爷我上山把禁令颁布了，然后把苞谷给我背到团部去。

阿　妈　老爷，放我们走吧。

〔谢大姐和山娃子潜伏靠近。

孙升财　老东西，敬酒不吃吃罚酒，拐子，动手。

〔拐子上前去拉阿果，被阿果一把推开。拐子用枪对着阿果，阿妈将阿果护在身后。山娃子刚举枪要射击，谢大姐拦下，示意不能开枪，分两路制伏孙升财和拐子。两人分别摸索到孙升财和拐子身后，山娃子用枪对着拐子。

山娃子　不许动。

〔拐子闻言一哆嗦，转身看见枪对着自己，吓得连忙举手。谢大姐去夺孙升财的枪……

孙升财　谁？你们是谁？

谢大姐　我们是工农红军。

拐　子　啊，赤匪。

孙升财　你们好大的胆子。

　　　　（念）可恨赤匪真大胆，

　　　　　　　竟敢现身把我拦。

山娃子　（念）红军本是仁义师，

　　　　　　　岂能容你欺良善。

拐　子　（念）长官长官怎么办，

　　　　　　　看见赤匪我腿打战。

谢大姐　老乡别害怕，我们来对付他们。

〔四人打斗。孙升财眼见不敌，让拐子冲在前面。

孙升财　拐子，你要是抓住赤匪，我保你官升三级，奖现大洋50块。

拐　子　啊，真的？老子今天拼了。

〔四人又打作一团。阿果加入打斗帮忙。拐子见阿妈负伤在一旁，跑过去挟持阿妈。

谢大姐　放开老阿妈，我们红军优待俘虏。

孙升财　不要放，你们赶紧把我松开，不然我让拐子勒死那个老东西。

阿　果　坏蛋，我先打死你。

〔阿果先踢倒孙升财，拿起从孙升财那儿夺来的匕首欲刺。山娃子拦住。

山娃子　老乡，先把老阿妈救出来。

拐　子　你们别过来，你们别过来。

〔谢大姐去解救阿妈，拐子刺向谢大姐，谢大姐负伤，阿果趁机刺倒拐子。孙升财被山娃子打倒，阿果跑过去扶着阿妈查看情况。

谢大姐　老乡，你不要紧吧？

阿　妈　不要紧。

阿　果　（看见谢大姐的伤）啊，你受伤了。

谢大姐　没关系，小伤。

阿　妈　阿果，我们赶紧回家吧。

谢大姐　老乡，别害怕，我们工农红军是老百姓的队伍，是自己人。

阿　果　自己人？

谢大姐　对，老乡，国民党旧军阀对彝区彝人剥削压迫，我们中国工农红军就是要解放弱小，救亡救国。我来找你们，一个是宣传我们红军的政策，还有就是向你们买粮食。

阿　果　买粮食？

谢大姐　老乡，你们放心，红军不是白匪，我们是公平买卖，价钱给足啊。

阿　果　真的？大姐，我带你们到寨子里去，告诉大家你们是好人，说服头人把粮食卖给你们。

谢大姐　好啊。

阿　妈　阿果，你这是干什么？

阿　果　阿妈，难道你还没看到吗？这位红军大姐为救你都受伤了，他们和那些军阀不一样。

谢大姐　你们放心，红军的政策是解放受压迫的民族，一切彝汉平民，都是兄弟骨肉，团结起来，平等自由，再不受人欺辱。

阿　果　再不受人欺辱？那，我……我能参加红军吗？

阿　妈　阿果，你干什么啊？

阿　果　阿妈，我们不是被寨子里的贵族和那些当官的欺负得快活不下去了吗？我想参加红军。

阿　妈　（犹豫）阿果，这么大的事情我们可要想清楚啊。

阿　果　阿妈，我们要活下去，不管那么多了。

谢大姐　我们欢迎一切有志之士加入我们的革命队伍。

阿　果　大姐，我一定能说服阿爹阿妈让我参加红军。

谢大姐　好，（看）天快亮了。山娃子，你保护阿妈就近迎接大部队，我跟阿果先到彝寨去了解情况。

阿　妈　参军？这能是条活路吗？

谢大姐　老乡，我们中国共产党从南昌起义建立革命武装，就是为了让被压迫的劳苦大众能活下去，能过上好日子，老乡。

（唱）八一南昌枪声响，

革命队伍向前方。

反压迫，抗敌寇，

劳苦大众把枪扛。

抛头颅洒热血为民族勇担当,

我们是英勇的中国共产党。

（白）阿果，你看。

（唱）两面红旗在肩上,

迎风招展向太阳。

一颗红星头上戴,

代表工农兵学商。

无产阶级大团结,

同心协力跟着党。

彝家世代受苦难,

红军义旗耀西康。

驱散黑暗迎曙光,

破晓红云亮彝乡。

到那时,

山河壮丽心神往,

幸福生活万年长!

［造型，完。

（该剧获得2018年国家艺术基金舞台艺术创作资助项目立项资助）

（方言小品）

医者仁心

（编剧　杜林）

时　间：某日上午
地　点：某乡村
人　物：

  张大叔　50多岁，农民。
  张大妈　50多岁，农民。
  王神医　男，40多岁，江湖游医。
  李医生　女，30来岁，支援医生（可说普通话）。

〔某乡村的某日上午，市里的"三支一扶"医疗小组到村里义诊。张大叔家里。张大叔捂着头坐在凳子上轻声呻吟，张大妈急忙回家。

张大妈　老头子，老头子，（见张大叔难受）咋个，痛得凶啊？

张大叔　嗯（痛苦地点头）。

张大妈　那正好，走（拉张大叔）。

张大叔　（一甩手）走哪儿去？没看到我难受啊。

张大妈　村头今天正好来了好多城里人，说是搞啥子"三支一扶"，正好有医生来看病，我看到好多人都在看病，走，我们也去。

张大叔　哎呀，慌啥子嘛。你去问一下看病贵不贵，贵的话就不去了，反正也痛了这么长时间了，到下午就会好些了。

张大妈　还是直接去看嘛，你老是头痛。

张大叔　喊你去你就去，我头痛不想走，问清楚了再说。

张大妈　好好，我马上就去，你坚持一会儿哈。

　　〔张大妈急急忙忙出去。王神医身穿对襟褂子，手拿旧箱子偷偷摸摸上来。

王神医　（出场摆一个奇特的造型）掐指一算晓得上下5000年，脉门一摸能治全身百样病。啊？我是干啥子的？（看台下反应即兴）我就是方圆百里有名的王神医。闲话少说，今天我到这个村子来串场子，本想摆摊设点挣点酒钱，哪晓得来了一看，这在搞啥子支农、支教、支医，支农、支教就行了嘛，你还搞啥子支援医疗，那不是断我财路啊。还好我精灵啊，刚才看到个老婆婆急急忙忙在打听看病的事，我就赶忙过来先下手了。

　　〔王神医走进院门。

王神医　屋头有人没的？

张大叔　哪个？

王神医　看病了。

张大叔　（出门）你是？

王神医　请问大叔，你是不是不舒服啊？

张大叔　是啊。

王神医　那就对了，我是来给你看病的。

张大叔　是医生啊，请进请进。

　　〔两人进屋坐下。

张大叔　请问医生，你也是市里面派来支援我们农村医疗的？

王神医	我是来给大家看病的，不过不是市里面派的，是自己来的。
张大叔	（警惕）你不是市里面派来的，哦，不好意思啊，我婆娘去问市里面派来的医生了，一会儿我就过去看病。
王神医	大叔，你莫忙到不让我看嘛，那边那么多人在看病，你要等到好久去了。再说，只要治好病，哪个看不是一样。何况那些都是市里面派来的医生，（强调）市里面啊！你晓得他们看病贵不贵？你看他们劳神费力地那么远过来，啥子车马费、住宿费、医费、药费、吃喝拉撒费等，哪能便宜啊，对吧？
张大叔	说得也是啊。
王神医	我这儿给你看到起，不耽误病情，再说我治病肯定不贵，医者仁心嘛。
张大叔	不贵啊，那要得嘛，你先给我看下，辛苦你了。
王神医	不辛苦，为了挣钱不怕辛苦。
张大叔	啊，啥子？
王神医	我是说为人民服务不怕辛苦（悄声对观众说，是为人民——币服务）。大叔，你哪儿不舒服啊？
张大叔	我经常头痛，鼻子还堵得凶，晚上睡觉气都出不赢，还头晕，觉得冷，吃不下饭。
王神医	哦，来，我给你把把脉。

〔张大叔把手放在桌上，王神医闭目摸脉摇头晃脑。

王神医	大叔，你这个脉象很稳啊，跟那个时间走得一样，一分钟60下不多不少。
张大叔	（撸起袖子）医生，你刚才摸到我的表上了。
王神医	啊，大叔，我在这儿给你摸脉你戴个表做啥嘛。再来。
张大叔	医生，你看我这是个啥子病？

王神医　（边摸脉象边说）不好说，我们看病讲究望、闻、问、切。来，我闻一下。

　　［王神医起身凑到张大叔面前，张大叔猛哈一口气，将王神医熏得东倒西歪，倒在地上，张大叔忙扶起。

王神医　（难受）我说大叔，你出那么大口气干啥嘛，你半年没漱口吗？这股味道就像毒气样的，给你看病还有生命危险哟（说着还打干哕）。

张大叔　对不起哈，医生，我这段时间肠胃也不舒服。

王神医　没的事，挣钱嘛，总要受点罪。（从箱子里拿出个脏兮兮的小木棍）来，把嘴巴张开，我看下青苔，哦，不是，是看下舌苔。

　　［王神医刚把木棍放到大叔嘴里，张大叔一下吐出来，忙吐口水。

张大叔　呸、呸，医生，你这个是啥子棍棍哟，太难闻了。

王神医　难闻？（自己一闻，熏得东倒西歪，强作镇定）这个是药酒泡的，是有点难闻，但能治病哟。来，坚持一下。（走过去）把嘴巴张开，啊。（大叔"啊"一下）高一点（大叔音调变高一些），再高一些，再高一些……（大叔音调越来越高）。

张大叔　（推开棍子）不行了医生，我嗓门只有那么大，吼不上去了。

王神医　哪个喊你把声音吼高嘛，我喊你把下巴抬高点，麻烦。

张大叔　怎样，我这个是啥子病。

王神医　你这个病啊，（深沉）很严重。轻者瘫痪，重者丧命啊。

张大叔　（吓一跳）啊，这么恼火？

王神医　是啊，这个病你莫看现在是脑壳痛，不治的话就会从脑壳发展到胸口、肚子、屁股、脚板，（换成蹩脚的普通话）用现代医学来讲就是，从脑部扩散到呼吸系统、消化系统、生殖系统，直至你的脚板心心。

张大叔　啊，那咋个办？医生救命啊。

王神医　有我在，放心。我就是来拯救你的（摆一个造型）。只不过……

张大叔　　只不过啥子？

王神医　　（悠闲地坐下）这个费用……

张大叔　　（试探）要好多钱啊？

王神医　　这个嘛……我收费主要是根据病情来，小病便宜，大病就贵点了。

张大叔　　有好贵呢？

　　[王神医不说话，右手伸出两根手指一比画。张大叔也跟着伸出两根手指比画。

张大叔　　（迟疑，自语）这是啥子意思？我晓得了，看电视里头那些人最喜欢比这个了。（对着王神医）医生，你这个是不是——吔！

王神医　　吔啥子哟，这个是费用数目。

张大叔　　哦，是价钱嗖。20？（王神医翻白眼）200？（王神医哼一声）哦不是，（想一下，惊喜）2块钱啊。

王神医　　2块？你做梦嘛，2000块。

张大叔　　（惊叫）2000块？你抢钱啊。不行，太贵了。

王神医　　贵？贵得过大叔你的命不？你不想下你的（换成椒盐普通话）呼吸系统、消化系统、生殖系统、你的脚板心心。

张大叔　　（捂头）哎哟，我头痛了。

王神医　　看嘛大叔，你的病是越来越严重了，赶快治吧。

张大叔　　太贵了，便宜点，要不我不治了。

王神医　　好嘛，便宜点，谁让我们两个有缘。大叔，这个样子，我们也不忙到说钱，我先给你治，治完了再说钱，怎么样？

张大叔　　这样要得。

王神医　　那好，你坐到，我拿器材，（对观众悄声说）只要治了不怕你不掏钱。

　　[王神医从箱子里拿出一根大铁杆磨了磨。张大叔一看吓一跳。

张大叔　医生，你这是干啥？

王神医　治病啊。哦，你莫怕，我看好多病都是一针下去，针到病除，所以，我的外号叫王一针。

张大叔　这么大的针啊，这一针下去是没的病了，连命都怕没的了。

王神医　莫怕，把你弄倒了我不是还要赔命。放心，坐好了。（张大叔害怕地坐在凳子上，王神医走到面前，刚一举针，大叔疼得叫起来，王神医退开。）你叫啥子嘛，我还没出针，莫叫。（王神医又走到面前，刚一举针，大叔又疼得叫起来，王神医退开。）嘿，我说你叫啥子，我还没出针。

张大叔　（痛苦地捂着脚）不是，你踩到我的脚了，医生。

王神医　哎哟，你说你个男人家家的那么娇气，踩下脚叫得就跟杀猪样的。

张大叔　嘿，你倒说得安逸，我踩你试下。

王神医　好了，闲话少说，抓紧时间。对了，还没问你等会儿给你放了血你用啥子收口？

张大叔　啥子？放血？你不是针灸吗？放啥子血？

王神医　你说的那是普通针灸，看我这个针（比画），这一针下去，血出来了，病也就好了。

张大叔　（惊吓）你这一针下去，怕是病好了，我命也没的了哟。

王神医　说啥子哟。你要相信我是专业放血的。

张大叔　专业放血？好像只有杀猪的说得上是专业放血的哟。

王神医　你放心，把你伤到了对我又没的好处。明明白白告诉你，这个伤口收口有普通胶布和无疤痕胶布两种。（模仿广告口吻）用医用创口胶布方便，无痛苦，一步到位，省时省力。

张大叔　哦，哪种便宜？

王神医　当然是普通的便宜，不过作为一名有良心的医生，我要告诉你，普通的贴上去容易，取下来难，起码得撕掉一层皮，就跟古代的酷刑"披麻戴孝"差不多吧，这一撕，"唰"，胶布就下来了，连着一层皮也跟着下来了，有的病人疼昏过，用不用试试？一切尊重患者的意愿。

张大叔　不用，我还想多活几年。

王神医　这就对了，用无疤痕胶布吧，方便，无痛苦，用完就像从没有过创口一样，150元。

张大叔　妈呀，这么贵啊？镀金的啊？还是普通的吧。

王神医　普通的？好，看你能掉几层皮。把衣服撩起来，准备好，我要出刀了，不是，要出针了。

　　〔张大叔撩起衣服，王神医正准备捅针，拿着医药箱、穿着白大褂的李医生跟张大妈回来。

张大妈　老头子，你怎样了？（看见王神医）咦，你是哪个？

王神医　（把针藏到背后）我是给大叔看病的。

张大妈　看病？你看啥子病哟，我这刚把市里面派来的医生请来。老头子，咋回事？

张大叔　你刚走，这个医生就进来了，说是给我看病。哎哟（痛苦）。

张大妈　头痛得更凶了？

张大叔　头痛，脚更痛啊，刚才他踩到我的脚了。

李医生　大叔，我看看。（蹲下看大叔的脚）

张大妈　嘿，无缘无故地，他踩你脚干啥？

王神医　大妈，刚才是我给大叔治病，不小心踩到他脚了，不好意思。

张大妈　不好意思，我也踩你一脚（踩了王神医一脚），不好意思哈。

　　〔王神医痛得捂脚在原地跳。李医生检查完张大叔的脚，站起来。

李医生　大叔，您的脚没什么大事，有点红肿，一会儿先拿凉水泡一下，我给你开一瓶红花油，明天轻轻揉一揉。

张大叔 谢谢了医生。

李医生 不用谢，大叔，听大妈说您不舒服，我来看看，你哪儿不舒服？

张大叔 莫忙多，老婆子过来。（大叔把大妈拉过一旁）你问了没有，他们看病贵不贵？

张大妈 我问清楚了，李医生他们真的是来支援农村医疗的，今天到我们村来义诊，看病不收钱，免费的。

张大叔 （大声）真的啊，看病不要钱？

李医生 是的大叔，这几年国家为了大力发展农村建设，服务农民，出台了很多政策。像我们到农村支农、支教、支医、扶贫工作，也是其中重要的一项。今天就是我们支医的医疗小组，到咱们村进行义诊活动。

张大叔 那就好那就好，感谢党和政府，你们来了，我们太欢迎了。

李医生 大叔，我给您看看吧，哪儿不舒服？

张大叔 我经常头痛，鼻子还堵得凶，晚上睡觉气都出不赢，还头晕，吃不下饭。

李医生 我先给您量量体温，（拿出体温计给大叔夹上）大叔，您前段时间感冒过吗？

张大妈 一个月前感冒过的，自己买了点药吃，后来就开始头痛了。

李医生 大叔您有没有感到嗓子痛、咳嗽、有痰这些症状？

张大叔 这段时间都没有，就是有鼻涕。

李医生 我检查一下。

[李医生戴上口鼻镜看了看大叔的口腔和鼻腔，取出体温表看。

李医生 大叔，从初步诊断看，您患鼻炎的可能性较大，而且您的鼻中隔偏曲，这些都会引发你不适的症状。您看这样行不，您的病不是急症，您和大妈到义诊点去再确诊一下，我还要到咱们村一位卧床的病人那儿去看看。

张大叔　好。感谢你们啊，我们农村一向看病难，看病贵。小病就硬扛，大病就认命。现在有了新农合医保，还有你们支援我们农村医疗，真正地感谢啊。希望你们经常过来给我们解除病痛啊。

李医生　大叔，我们会的，我们支医工作就是来充实咱们农村基层医疗力量的，我们也会经常巡诊，把患者当作自己的亲人，农村的基础医疗环境也会越来越好的。

张大叔　好啊，这才是真正的医者仁心。走，老婆子，我们去义诊点。

〔大妈搀扶着大叔和李医生一起出门，王神医偷偷地跟出来。

王神医　嘿，把我忘了嗦，算了，今天白费劲。我惹不起躲得起嘛。（刚向相反的方向走两步，回身）哎哟，我的脚好痛，义诊，看病不要钱，我也去看下我的脚。

〔王神医也向义诊点走去。

〔完。

（话剧小品）

有你在一起

（编剧　杜林）

时　间：冬日的某天下午
地　点：某杂货铺
人　物：
　　青年老板　男，20多岁。
　　男盲人　夫，30多岁。
　　女盲人　妻，30多岁。

　　〔舞台一侧有一写着"请顺手关门"的牌子，另一侧有一柜台，柜台上有一台秤和一个电话，柜台里有些杂货和一个盛有鸡蛋的纸箱子，一角有一火炉。

　　〔老板从柜台下面搬出一纸箱鸡蛋，一一检查，发现有好几个压破壳的鸡蛋。

老板　嘿，嘿，好你个刘三啊，还真敢拿破了壳的糊弄我，（沾了一手的蛋清）哟，都流汤了，好小子，算你狠（擦了手，将坏鸡蛋装在一个塑料袋里）。

　　〔男、女盲人穿着破旧但洗得很干净的衣服，脚下的布鞋很脏很旧，杵着盲棍，在寒风中相互依偎着、相互搀扶着上，摸索着推门而进，风吹进门，老板正埋头清理鸡蛋。

老　　板　（低着头）劳驾进了门把门关上（男盲人摸索着去关门没关上，老板又喊了两声，急了），嘿，没听见哪，那么大一个门找不着啊（放下鸡蛋，边走边嘀咕），眼睛长哪儿去了，瞎了。（走近一看两人，自语）哟，我的妈呀，可不真是瞎的。（对两人）哎，对不起，我没注意，我来关，我来关（上前把门关上）。

男盲人　对不起，天冷手有点僵，没找着门。

老　　板　行了大哥，咱们就别紧咬这扣了，来，往里进，这边暖暖。

女盲人　谢谢了，请问你这儿是小卖店吗？

老　　板　大姐，瞧你这话问的，这满屋子的百货不是明摆着吗，你一眼就（猛然想起两人是盲人），就……

男盲人　我们是在外面打听着找来的。

老　　板　（尴尬）呵呵，是，是。

女盲人　老板，你这儿都有什么？

老　　板　东西可多了，就看你们想买什么。

男盲人　有毛线袜吗，暖和吗？

老　　板　有啊，暖和着呢。

男盲人　多少钱一双？

老　　板　十块一双，怎么着大哥，来一双？

男盲人　嗯（女盲人忙拉着男盲人）。

女盲人　有鸡蛋吗？

老　　板　有，大嫂，你可算来着了，这鸡蛋是今天上午刚到的，新鲜，三块五一斤。

女盲人　这么贵呀。

老　　板　哟,大姐,我还真没冤你,现在就是这个价,再说这么冷的天,街上的早收摊了,就我这儿有。来,你看看,多新鲜,多好的鸡蛋(又想起说错话,忙改口)来,你摸摸,这鸡蛋多好。

　　　　〔老板拿一个鸡蛋交给女盲人,男盲人跟上前拉着女盲人。

男盲人　不是说好了给你买袜子吗?

女盲人　算了,你的身体不太好,还是应该买鸡蛋给你补补。

男盲人　(有些急)不行,都说好了的,就买袜子,这有毛线袜,你穿着暖和(口气很硬)。

女盲人　好好,你别急,依你,依你。

　　　　〔老板好奇地走近他们,听着。

老　　板　大哥大嫂,想好了吗,买点什么?

　　　　〔女盲人摸索着拿出十块钱。

女盲人　老板,就买双毛线袜子吧。

老　　板　多大的?

女盲人　(抬起脚)这么大的。

老　　板　我是问穿多大码子,得,我看看就知道了。(走近一看,惊叫)哟,大嫂,这么冷的天连袜子都不穿啊,瞧你这布鞋都湿透了,是该买双毛线袜了,(往柜台里走)36到38的准合适,(大声地问)要什么颜色?(打一下自己的嘴,自语)今儿是怎么了,老是嘴里没栓子,他们看都看不见,还挑什么颜色。

女盲人　(问男盲人)你说要什么颜色的好?(男盲人考虑)

老　　板　(惊讶地自语)哟,他们还真要考虑颜色啊。

男盲人　红色的吧。

女盲人　红色的好吗?

老　　板　红色的好啊,大嫂。那红色就是像火一样的颜色,穿上包你红红火火的，我给你拿（找红色毛线袜）。

女盲人　像火？（想象着）热热的，我知道了，那就是太阳的颜色。

老　板　大嫂，你见过太阳？

女盲人　没有，我一出生就看不见了。我是感觉到太阳的热，想象着它的颜色。唉（叹口气），要是每天都有温暖的太阳，我们也不用花钱买毛线袜子了（说着有些伤感）。

男盲人　所以一定要给你买毛线袜，穿着暖和。

女盲人　你就不冷吗？

男盲人　不冷，我的血比你多，知道吗？血，也是红色的，太阳一样的红，我怎么会冷呢？

女盲人　还是该买鸡蛋。

男盲人　（急）不行，咱们说好的，剩下的这十块钱就给你买袜子。

女盲人　（打定主意）换了吧，（央求）换了吧。

男盲人　你这是……（女盲人轻轻拉着男，男盲人无奈地同意）好吧，就依你。

女盲人　（高兴）我知道，你一向都依我的。老板，这袜子换鸡蛋吧，能换多少？

老　板　三块五一斤，十块钱（算着），得了，给你们三斤吧，算三块三一斤，行吗？

女盲人　好，好，（对男）三斤鸡蛋够咱们吃好长时间的了。

男盲人　（泛起笑容）嗯，谢谢了，老板。

老　板　谢啥呀，大哥，像你们这样的，那还不优惠优惠？

女盲人　谢谢了。

〔老板拿着鸡蛋刚要称，犹豫了一下，看着两人，慢慢地将装有破鸡蛋的袋子放在秤上，神情有些紧张，声音有些颤抖。

老　板　（颤音）三斤鸡蛋，高高的秤（走过去把鸡蛋递给女盲人）。

女盲人　谢谢了老板（摸索着接过鸡蛋），哟，挺沉的啊。

老　板　我这儿的秤包你准。

男盲人　我来拿吧。

女盲人　不用，我拎得动（男盲人扶着女盲人），咱们走吧（男盲人不走，在身上摸索着）。

老　板　（摸着胸口自语）哎呀，我的妈呀，心咋跳得这么厉害？这些鸡蛋只是破了壳，又没有臭。阿弥陀佛我的上帝，我不算是做了坏事吧？

女盲人　怎么了？

男盲人　等等。

女盲人　（拉着男盲人）走吧，咱们走吧。

男盲人　（拍了拍女盲人的手）别急，别急。（喊）老板！

老　板　（正想着破鸡蛋的事）啊，哎，大哥，那鸡蛋破是破了，可没臭啊（猛然捂住自己的嘴）。

男盲人　什么？

老　板　啊，呵呵（干笑）。没什么，我是说那鸡蛋可别摔破了。有事吗，大哥？

男盲人　我是想再把那双袜子买了。

老　板　嘿，大哥，折腾我好玩是吧，一会儿袜子，一会儿鸡蛋的，到底买什么你们两位商量好了成吗？

男盲人　（歉意）不是，鸡蛋我们买了，我是想再把那双袜子也买了。

老　板　哦，早说啊，行，我给你拿去（去拿袜子）。

女盲人　（焦急）你干什么，咱们哪还有钱买袜子啊，走吧。

老　板　（递过袜子）大哥，来，给你拿着，红色毛线袜子。

男盲人　好，好（摸出十块钱给老板），（将袜子给女）来，穿上，暖和了再出去。

老　板　行，我给你们搬个凳子。

〔老板搬一把凳子到台中央引着女盲人坐下后走到一旁，男盲人蹲下帮女盲人把鞋脱了穿袜子。

女盲人　不，你先说是怎么回事。

男盲人　我这钱，本来打算过节时给你买双新布鞋的。

女盲人　（疑惑）你哪来的钱？

男盲人　（犹豫一下）你别管了，反正不是偷来的（双手微微颤抖着）。

女盲人　（感觉到男盲人的颤抖）你冷吗？

男盲人　不冷，我的血比你多，怎么会冷呢？

女盲人　（突然想到了什么，一把抓住男，急问）你又瞒着我偷偷去卖血了？

〔男盲人身体一顿，双手停了一下，又接着帮女盲人穿袜子。

女盲人　（着急）你……你怎么又去了，跟你说了不要去，不要去，你怎么……（难过地扭向一旁）

〔起抒情音乐。

女盲人　你怎么不听话啊，（气愤）那些地下血站的血头就像吸血鬼一样，你那不是在卖血，是在卖命啊。

男盲人　嗯，我知道了，以后尽量不去了。原先在福利厂嫌挣得少，哪知道出来自己干更难哪，唉……

女盲人　（有些悲伤）我知道，你是不想再麻烦别人。你也不要太着急了，现在有政府和很多人都在帮咱们，困难总会解决的，街道办不是安排我免费学按摩了吗？等我按摩的手艺学好了，咱们会好起来的，快了。

男盲人　这么长的时间，苦了你了，怪我，都怪我。

女盲人　（打断，不让男盲人继续说）不，不怪你，谁也不怪的。当初，我爸不同意我们在一起，我就说过是我自己愿意的。（安慰男盲人）再苦再累咱们也能挺过去，是吧？

男盲人 是的。

女盲人 （轻轻地）以后不要再瞒着我去卖血了，好吗？

男盲人 （迟疑）嗯。

女盲人 （轻抱着男盲人的头）日子总会慢慢好起来的，你相信吗？

男盲人 （深情地）相信，有你在一起，我们一定会好起来的。

〔两人真情的诉说，让老板在一旁听着很受感动，把所有的好鸡蛋都装在一个袋子里。女盲人穿好袜子，两人起身欲走，老板忙将盛好鸡蛋的袋子递到女盲人的手里。

〔音乐停。

老　板 来，大嫂，拿着，哦不，大哥，还是你拿着好些。（转交到男盲人的手里）

〔男盲人接过袋子，一沉，险些掉在地上，老板忙接着。

男盲人 （惊讶）老板，这是什么？这么沉？

老　板 鸡蛋啊。

男盲人 鸡蛋？（用手摸了摸）多少啊？

老　板 三斤啊。

男盲人 三斤？（掂了掂袋子的分量）这恐怕十斤都不止吧？

老　板 三斤，就三斤，我这秤包准。

男盲人 老板，我们不能多要，你多给了，我们也没钱再给你了。

老　板 （握着男盲人的手）大哥，就是你那十块钱，买这三斤鸡蛋啊。

男盲人 （反抓着老板的手）不行，真的不行，我们不能多要。

女盲人 是啊，老板，我们不能多要的。

老　板 没多啊，这就是三斤啊。

〔男盲人、女盲人要退还鸡蛋，老板坚决不收回，三人争执不下，声音越来越高,老板眼看执拗不过,突然激动地大喊起来。

老　板　（大声）听我说,听我说!（男盲人、女盲人一愣）我说这是三斤,它就是三斤!（嚷完发现自己失态了,口气柔和下来）大哥,大嫂,什么都甭说了,你们在我这儿买三斤鸡蛋就有这么些,今天是这样,以后也是这样。还有,（递过那十块钱）这钱拿回去。

男盲人　老板,不,大兄弟,你这是干什么,你是在做买卖,这样你不就亏了吗?

老　板　（真诚）我不亏,真的,我不亏心啊。

女盲人　（上前）大兄弟,你听我说,心意我们领了。我们知道,你是好人。我们的眼睛看不见,可心是敞亮的。我们不是废人,我们能干,有着大家的帮助,虽然挣得不多,可总比在街上伸手去讨去要的强,至少我们的腰板是直的。

老　板　（感慨）大哥,大嫂,我……

女盲人　大兄弟,别说了,买东西给钱天经地义,收下吧,谢谢你了。

男盲人　大兄弟,我们的钱只够买三斤鸡蛋,多一个,我们也不要。

老　板　（敬佩）好,好,我明白了。大哥大嫂,说实话,我这个人平时也没什么好德行,做事吊儿郎当二不挂五的,看着你们的情形,我这心里……好,就按你们的意思,三斤鸡蛋,就三斤,我重新给你们称。

　　〔男无言地握着女的手。

女盲人　（温柔地）有你在一起,过什么的日子我都愿意。

男盲人　（肯定）我知道,我也什么都愿意,为你。

　　〔老板提着袋子到柜台重新称。

　　〔歌曲《我愿意》音乐骤起:

　　　　我愿意为你,

　　　　我愿意为你,

　　　　我愿意为你被放逐天际。
　　　　只要你真心拿爱与我回应，
　　　　什么都愿意，
　　　　什么都愿意，
　　　　为你。

〔歌声中老板将称好的鸡蛋交给男盲人，男女盲人相互搀扶着温馨地走出门，老板送到门口注视着他们的背影。

〔舞台光在歌声中渐暗，唯有那炉火很红。

〔音乐渐弱，停。

〔剧终。

（该剧本于2006年获得四川省第三届戏剧小品比赛一等奖）

（话剧小品）

我当爸爸了

（编剧　杜林）

时　　间：2005年春节的前一天
地　　点：某县城医院产房外
人　　物：

　　　　李　想　32岁，某武警支队中队长。

　　　　高大泉　31岁，某县扶贫办干部。

　　　　护　士　20多岁。

〔幕启，某县城医院产房外，有供家属休息的长椅，有"产房"标志。高大泉背着一个大包急冲冲地上场，到处张望，拿出手机拨号，手机里传出"您所拨叫的用户已关机"，他焦急地喊医生，声音越喊越大。

高大泉　医生，医生，医生！（护士忙出来）。

护　士　别嚷，这是医院，要安静。

高大泉　（小声）对不起，医生，请问刚才是不是送来一个叫罗小娟的孕妇？

护　士　（打开病历本）对。

高大泉　生了吗？

护　士　还没有，可能还有一段时间。

高大泉　（看表）哟，快十一点半了，你们能不能帮她快点生，一定要在零点以前？

护　士　为什么？

高大泉　这样孩子就跨年坎了，多有意义啊。

护　士　你这人怎么这样啊，这顺产你以为是老母鸡下蛋，一下就出来啊，哼。（转身欲走）

高大泉　（忙拉住）对不起啊，是我心急。对了，请问是谁陪她来的？

护　士　是个军官。（打量）你是她什么人？

高大泉　我是她丈夫。

护　士　你怎么不陪着来？手续都是刚才那个军官给办的。

高大泉　今天不是大年三十吗，我们单位赶着给一些困难户送年货，刚送完接到你们的电话就赶过来了。

护　士　哦，电话也是那个军官给你打的。你等着吧，准备准备，你要当爸爸了。

高大泉　对，准备准备。

　　　　［护士入内，高大泉将包放在长椅上打开整理，李想穿着一身武警中尉军服急上，走到产房外向内张望，高大泉看见他忙走过来。

高大泉　同志，同志。

李　想　（回身）叫我吗？

高大泉　对，同志，请问你是不是送来了一个叫罗小娟的孕妇？

李　想　对呀。

高大泉　哎呀，太谢谢你了，我是她爱人，她突然要生，多亏有你帮忙送她来医院啊。

李　想　没什么，这是应该的，再说我本来也要到医院产房来，顺便嘛。

高大泉　人民子弟兵真是好样的！来，来，坐（拉李想坐下），你说你也是到产房来?

李　想　是啊。

高大泉　你爱人也是这会儿生孩子?

李　想　是啊,也是这会儿生孩子。

高大泉　(高兴)巧啊,咱们两个同一天当爸爸,而且时候还很特别,大年三十啊。

李　想　是啊,真巧,说起来真是又兴奋又紧张啊。

高大泉　是是,我也是,现在只生一个,这孩子就都是宝啊,谁不挂心啊。

李　想　就是,这平常工作忙,还没觉着什么,但往这产房外一等着,这心里就跟猫在抓一样,着急啊。

高大泉　咱们有缘,一块儿当爸爸,今天你又帮了忙,咱们可是兄弟了。

李　想　好,兄弟,我叫李想,32岁,是武警支队的。

高大泉　我叫高大泉,31岁,在县扶贫办工作,你就是大哥了。

李　想　兄弟。(两人握手笑)

高大泉　哎呀,大哥,认识你真高兴,你是好人啊。

李　想　没什么,对了兄弟,你今天怎么没送你爱人来?

高大泉　今天不是大年三十吗,我们单位赶着给一些困难户送年货,刚送完接到你的电话就赶过来了,水还没喝一口呢。

李　想　你们也辛苦啊。

高大泉　对了大哥,嫂子跟你随军呢?

李　想　没有,我的级别不够,在老家呢。

高大泉　哦,专门到这儿来生孩子,真不容易啊。(李想笑了笑,又摇了摇头)别紧张,我也紧张,那也没办法啊,谁让咱们男人干着急使不上劲呢,只能在这儿熬着,只能回头好好照顾她们了。

李　想　我就是觉着对不起你嫂子,我好长时间没有照顾她了。

高大泉　（安慰）是啊，你们军人不容易，军属就更不容易了。

李　想　（有些难受）兄弟，咱们不说这些，孩子的东西都准备了吗？

高大泉　准备了，瞧（拿包），这一大包，我专门请教了有经验的人，东西都准备齐了（往外掏），这儿有小棉被、孩子用的小毛毯、大人用的大毛毯、尿不湿、纱布、爽身粉、卫生纸，还有纯棉的尿片（拿在手上），他们说这个最好了，又吸水，又不伤孩子的皮肤，还有眼药水。

李　想　眼药水？干什么用？

高大泉　哦，这是给我自己用的，他们说刚出生的孩子特闹腾，我准备熬夜时滴点。

李　想　想得真周到啊。

高大泉　那是啊，哎，大哥，你准备的东西呢？

李　想　我？不用，有人准备。

高大泉　哦，你太忙了，可以理解，不过说真的，大哥，你失去了一种给孩子准备东西的乐趣。（李想叹了口气）大哥，你看还有这个（拿出一把玩具枪）。

李　想　哦，你希望是儿子。

高大泉　不一定啊，还有这个（又拿出一条小花裙和一个小布娃娃）。

李　想　啊，女孩子的，你这是双胞胎，哦不，龙凤胎？

高大泉　我哪有那么大本事啊，大哥，我这是做两手准备。前段时间到医院检查，我们问医生是男孩还是女孩，可医生说，都什么年代了，还重男轻女。我们就觉得冤啊，谁重男轻女了，我们只是想知道性别后，好准备适当的衣服和玩具而已。

李　想　你也别生气，其实我觉得医生说得也对，把谜底留在最后，无论是男是女，都是一个惊喜。

高大泉　说得太对了，后来我们也是这样想的，所以我就都准备了，来个有备无患。

李　想　（笑）嗬，真有你的。说起来，我也想过这些，什么营养啊，胎教啊，生男孩叫什么名字，女孩叫什么名字，衣服，玩具，孩子以后的教育，甚至考什么大学，做什么工作都憧憬过。最最挂心的就是孩子是不是健康的。

高大泉　就是，就是，哎哟，大哥你不知道，我爱人挺着肚子的时候，我有时就怕呀，就怕孩子有什么毛病，缺……缺这个少那个的。

李　想　兄弟，我知道，这个时候恐怕这全天下当父母和要当父母的都是在期盼和紧张中过来的。说起来就让人激动得受不了——要当爸爸了！

高大泉　是啊，要当爸爸了，升级了，要当爸爸了，我也是老子了。

〔李想看了看表，焦急地来回走动着，高大泉将东西放好，也焦急地张望。

高大泉　（自语）老婆加油啊，一定要努力，争取生个跨年坎的崽子出来。

李　想　（笑）兄弟，你还在乎这个啊？

高大泉　（不好意思）也不是，不过别人都说这样的孩子好养活些。

李　想　别信那个，命运是要自己掌握的，跟这个没关系，现在最重要的是大人孩子都平安健康。

高大泉　对，对，最重要的是他们都平安健康，我是牛公还是虎公无所谓。

〔两人焦急地等待，不停地看时间，李想若有所思，高大泉紧张地来回踱步，产房内传出一阵响亮的婴儿啼哭声，两人忙凑过去听，护士出来。

护　士　罗小娟生了，女孩，六斤八两，母女平安。

〔两人一愣，然后同时高兴地大叫："生了，生了，我当爸爸了。"

高大泉　（激动地拉住护士）孩子好吗？

护　士　好着呢，健康漂亮的女孩。（说完从另一边下）

高大泉　（兴奋地又拉着李想）生了，生了，我当爸爸了，我当爸爸了。

李　想　（也兴奋）生了，生了，我当爸爸了，我当爸爸了。

　　　　〔两人高兴地拥抱在一起。

高大泉　（激动）大哥，我当爸爸了，小娟生了个乖女儿，母女平安，太
　　　　好了。

李　想　是啊，太好了，我当爸爸了。

　　　　〔李想还在高兴着，高大泉突然想到什么，慢慢地和李想分开，护士手里拿着一个小药盒上，高大泉忙上前。

高大泉　医生，请问另外一个孕妇也生了吗？

护　士　没有啊，这会儿就只有一个产妇生，叫罗小娟，没别人。（说完进产
　　　　房下）

　　　　〔高大泉惊讶地愣在那儿，李想高兴地拍拍高大泉的肩膀。

李　想　兄弟，兄弟，怎么高兴得发呆啊，当爸爸了，有什么感觉？

高大泉　（盯着李想，慢慢地）什么感觉？很奇怪的感觉，很古怪的感觉。

李　想　（奇怪）说什么呢，你这是怎么了？

高大泉　（怪怪地）怎么了？感觉从天堂一下到了地狱。

李　想　你兴奋过度了？病了？（去扶他）

高大泉　（推开）你才有病，我问你，这是怎么回事？

李　想　（摸不着头脑）什么怎么回事？你说明白，我被你搞糊涂了。

高大泉　我才糊涂呢，是你送我爱人到医院来的？

李　想　对啊。

高大泉　是你打电话告诉我她要生了？

李　想　是啊。

高大泉　你怎么知道我的号码？

李　想　哦，是小娟告诉我的。

高大泉　小娟？（气）你叫她小娟？

李　想　我不能这样叫吗？那我就不叫。

高大泉　不要回避我的问题，说，你跟她是什么关系？

李　想　什么关系？我跟她没有关系。

高大泉　没关系？我不信。

李　想　那你说我跟她是什么关系？

高大泉　你跟她是……是……（懊恼）我也不知道你们是什么关系。我只知道她生了孩子，你说你当爸爸了。

李　想　兄弟，你……

高大泉　（生气地打断）不要叫我兄弟，告诉你，我这个人为兄弟可以两肋插刀，但兄弟做了对不起我的事，我就插兄弟两刀。这件事很严重，我很生气，你必须说清楚。

李　想　你到底要我说什么？

高大泉　还反问我，我（冲到李想面前，李想马上机敏地摆出格斗架势，高大泉吓得忙退回来）……我问你，你爱人到底是谁？为什么小娟生孩子，你说当爸爸了？

李　想　哦（恍然大悟），原来你是问这个啊，兄弟你误会了。（向前走两步）

高大泉　（示意）你不要过来，误会？

李　想　兄弟，你听我说，我爱人这会儿在我的老家生孩子，跟你这儿没关系。

高大泉　在你的老家？那你怎么不回去，跑这儿来了？

李　想　兄弟，跟你说实话，我是一名武警战士，和战友们共同守卫着这座美丽的城市，逢年过节我们就比平时更紧张和忙碌，就怕什么时候有突发事件，（起抒情音乐）中队的人本来就不多，所以谁有事也不会在这个时候请假。今天是大年三十，指导员病了，可他仍然坚守在岗位上，零点一过我就要去接他的岗。

高大泉 那你到这儿来是？

李　想 今天下午我妈妈从老家打来电话说，我爱人阵痛了，可能要生了，我回不了家，不能照顾我的爱人，也不能亲眼看见我孩子的降生，更不能听到他第一次的啼哭声，（哽咽）到这儿来我只是想聆听一下婴儿的啼哭声，感受一下迎接新生命到来的感觉，感受一下当父亲的喜悦，所以我……我……（说不下去）

高大泉 （感动）大哥，（紧紧握住李想的双手）我误会你了。

李　想 兄弟，没关系，说实在的，听了孩子的哭声，我现在比以往任何时候都更想念她们，也比以往任何时候都更明白自己所担的责任。

高大泉 是啊，大哥，这当了爸爸，跟没当爸爸就是不一样。可是你，唉，太遗憾了。

李　想 兄弟，这没什么，只要他们平安健康，不正是我们所做的和所希望的吗？

〔音乐停，新年的钟声响起，两人一起感受着这幸福的时刻，在钟声中，李想慢慢后退。

李　想 兄弟，时间到了，我该上岗了。

高大泉 （喊）大哥，我向你致敬。

李　想 兄弟，我们都要向在节庆期间坚守岗位的人致敬。

两　人 （合）向所有为祖国建设发展贡献力量的人致敬。

〔平和悠扬的钟声中，传出一片喜庆的欢呼声，并传出阵阵婴儿的啼哭声，李想庄严地敬个军礼。

〔两人定格造型，声音渐弱，光暗。

〔完。

（该剧本于 2005 年获得第四届中国戏剧文学奖·小型剧本三等奖）

（话剧小品）

父爱如山

（编剧 杜林）

时　间：当代
地　点：大山家客厅
人　物：

　　　　大　山　爷爷，60多岁。

　　　　小　山　父亲，30多岁。

　　　　敬　山　女儿，17岁。

〔客厅内，大山坐在沙发上看报纸。敬山挎着书包回家。

大　山　山山，放学了？

敬　山　嗯，爷爷，（张望）就您一个人在家呢？

大　山　你奶奶出去买点东西还没回来呢。

敬　山　哦，那我先写作业了。

大　山　去吧，一会儿吃饭叫你。

〔敬山答应一声就进到自己房间。大山起身看了看窗外，刚坐下，小山开门进屋。

大　山　这么快就回来了？山山放学回来了。

小　山　哦，我马上要出去。

大　山　（惊讶）是你回来了，我还以为是你妈回来了呢。你确定你没进错门？

小　山　（讪讪）嘿，爸，我只是这段时间忙，所以很少回来。我还有事，马上就走。

大　山　什么事急得火烧房，话都说不到两句，需不需要我们帮忙？

小　山　没什么，我自己能行。爸，我拿了东西就走。

〔小山进屋拿资料，大山坐到沙发上摇头。小山迅速要出门，大山叫住。

大　山　小山。

小　山　（回身）嗯？

大　山　你等下，我有事问你。

小　山　啥事？改天再说不行吗？

大　山　改天？我到哪儿抓你去，你急也不是这一会儿，咱爷俩很久没聊聊了。

小　山　（疑惑）爸，这段时间我是忙，可没犯什么错吧？

大　山　不是说你犯错，难道只有你犯错我才能找你说话吗？

〔小山的手机突然响起，小山看手机。

小　山　爸，等会儿啊，我接个电话。（小山接听电话）喂，啊，我是……哎呀您好，您好，夏总，您可有段时间没召见我了……哪啊，我是小庙里的和尚您是大庙里的方丈啊，您客气，呵呵……行，明天晚上我准时到，小弟做东……好的，我当然明白，您对我好，是啊，我爸爸也没您对我好（大山一听哼了一声，小山忙扭向另一边接听），行，行，我明天晚上准到，好嘞，回见，拜拜。（小山挂电话，吐口气，看着父亲）爸，刚才说哪儿了？

大　山　我说……我说哪儿了（想），啊，我说"难道只有你犯错我才能找你说话吗"。

小　　山　爸，有什么话您就说吧，只要我没惹您生气就行。

大　　山　你小子，就没个正经样。我听说你又要搞个什么工作室？

小　　山　谁嘴这么快啊？有这么回事，要搞个音乐工作室，我把大胖也拉进来了，现在是两人合伙。

大　　山　你有把握吗？可别把别人搭进去拔不出来啊。

小　　山　（不高兴）爸，您说什么呀，怎么会把他搭进去拔不出来？

大　　山　你自己现在广告公司都忙不过来，还整别的，能行吗？

小　　山　怎么不行，现在是什么时代？

〔正说着电话又响，小山接电话。

小　　山　（接听电话）喂，是我，什么？尺寸没量对？那你喷印了没有？已经喷印了，我说你是白吃饭的，不量好就开印？怎么办，你说怎么办，重新量了再印啊，抓点紧，客户就是饭票，得罪不起。联系个客户容易吗我，喝酒、吃饭、洗桑拿，喝得我胃都快吐出来了才拿到业务。我告诉你，我马上要去谈这事，赶紧给我办好了。（挂电话）爸，刚才又说哪儿了？

大　　山　（没好气）"现在是什么时代"。

小　　山　对，现在是什么时代？是网络时代、信息时代啊，爸，在有利可图的情况下干吗不干？广告业竞争那么激烈，我得多想点招啊。

大　　山　就是因为市场竞争激烈，你才更应该专心致志地搞好公司业务，弄那么多干吗，有句话叫"贪多嚼不烂"，你不知道吗？

小　　山　我怎么不知道，我这不叫贪多，叫多元化发展。您不懂就别跟着干着急。

大　　山　嘿！说我不懂，我是说你别这山望着那山高，踏踏实实地把现在的生意经营好就行，要不是你东搞西搞没正经，山山她妈妈也不会跟你离的。

小　山　（不高兴）爸，您别哪壶不开提哪壶行吗，她跟我离那是她的损失，咱别说这个，说起来我就心烦。

大　山　好，不说这个了。不过我可警告你，别把别人搭进去，要是生意做不好，就把别人害了。

小　山　（生气）爸，您说这话我就不爱听了，我怎么就把别人害了？再说了，做生意，谁敢保证准赚不赔？谁要是没这点承受能力，趁早滚蛋。

大　山　（怒视）你说什么？

小　山　大胖二话没说就入伙了，人家可没啥不放心的。

大　山　（大吼）现在不是别人不放心你，是我不放心你。

小　山　你不放心我？（气）爸，我的事你不用管，我知道自己在干什么。你瞧你，又把衬衣扣子扣错了，我妈一会儿不在你就连自己都照顾不好，还管我的事干吗？

大　山　（气急）你……你个混账小子。

［敬山听到外面吵闹，开门出来，见爷爷和爸爸吵架，忙劝阻。

敬　山　爷爷，你们怎么了？

小　山　没事，山山，给你爷爷倒杯水，扶他坐下。给我也来一杯水。

［敬山倒了两杯水，一杯递给爷爷，一杯递给爸爸，扶着爷爷。

敬　山　爷爷，你不舒服吗，要不要去医院看看？

大　山　（喘了喘）没事，孩子，就是让你爸气的，一会儿就好了。

敬　山　爸，你怎么能把爷爷气成这样呢？

小　山　你小孩子懂什么，我也不是故意要气你爷爷。

敬　山　还不是故意，爷爷本来身体就不是很好，要是被你气出个好歹，奶奶和我都不会饶你。

小　山　说什么呢，山山？我是你爸。

敬　　山　我爸怎么了？那也不行。

大　　山　（劝阻）山山，不能这样和你爸爸说话。

敬　　山　爷爷，你也是他爸爸，他都这样对你啊。

小　　山　（噎住）你……我……

敬　　山　（顶撞）我怎么了，你对我们不好，我就要说你。

小　　山　嘿，还反了你这个丫头了，我管不了你了，是吧？

敬　　山　（讥讽）管我？哈哈，你这段时间管过我吗？我在爷爷家吃住，学习也是爷爷奶奶管我，你在干什么？一天到晚不着家，在外面吃喝玩乐，你什么时候管过我啊！

小　　山　（气急）好你个丫头片子，你老子在外面一天忙到晚，累死累活的，你当我愿意在外面吃喝啊，那还不是为了给你创造更好的条件吗？

敬　　山　我不信，你这都是借口，我不要更好的条件，就想你陪着我，陪着爷爷奶奶。

小　　山　我还想陪着你们啥事都不干呢，可谁来挣钱养这个家啊？你还小，不懂就别跟着胡闹。

敬　　山　我没有胡闹，再说我都上高二了，你们大人的那些事谁不懂啊？你们就是借口忙工作，忙事业，在外面胡吃海塞花天酒地，你要寻欢作乐你去，别打着为我好的幌子。

小　　山　（愤怒）你……（抬手欲打）你……

敬　　山　你打呀，打呀，被我说中了吧？

〔大山忙拉着小山的手。

大　　山　小山，你要干什么？不许打孩子！

小　　山　（放下手）我告诉你山山，你不要以为你长大了好像什么都懂，这个世界有很多事情不是你想的那样简单，你以为在家里睡大觉就把钱挣着了？我在做什么我心里很清楚。

〔说完小山出门，大山叫了一声，小山停顿了一下，快步出门走了。敬山冲到门口大声喊。〕

敬　　山　你是坏爸爸，不是好爸爸。

大　　山　（忙把敬山拉回来）孩子，不能这么说，你爸爸为你付出了很多，特别是你妈妈不在身边，他对你的爱也比别人多啊。

敬　　山　爷爷，你看他那样子，根本不是为我好，什么忙啊忙的。

大　　山　他忙，也是为你忙，为这个家忙啊。我和你爸爸在观念上有分歧，可情感是认可的。他所做的一切都是为你好。

敬　　山　爷爷，他那样对你你还帮他说话啊，他要真是对我们好，就该多陪陪我们，多关心我们啊。

大　　山　好孩子，你爸爸对你很好，只是表达的方式不一样，他要撑起这个家是很辛苦的，原来你爸爸小的时候，我也是这样的，所以我能理解他，男人嘛，就该为家人遮风避雨，成为这个家里的依靠。

敬　　山　爷爷，您说的那是好男人的标准，可就我爸？他不像啊，至少他不像个好父亲。

大　　山　什么像不像的，不是说只有干出轰轰烈烈的大事的才是好男人、好父亲。在平凡的生活中，把你健康平安地抚养成人他就是好父亲啊，你还小，感受不到他为你究竟付出了多少啊。

敬　　山　爷爷，你们都说我小，可我不小了。（情绪低落）其实有时候我真的很想他陪着我，本来妈妈就不在，爸爸还经常不在，我心里难受啊。

大　　山　（安慰）好孩子，我知道，我知道。所以，你们父女俩也需要经常沟通，经常谈心啊。你也要去了解他，理解他啊。

敬　　山　（赌气）哼，他老不在，我怎么了解、理解啊，他现在不陪我，将来他老了我也不陪他。

大　　山　你这孩子，脾气真是和我一模一样。我知道你在说气话。告诉你孩

|父爱如山|

子，不管将来怎么样，你都要好好地照顾爸爸。人活一世，血脉亲情是割舍不了的。（在抒情优美的音乐声中）当爸爸老了，不要嫌他啰唆，想一想小时候他不厌其烦给你讲故事直到你入梦的时候。当他对新事物不知所措的时候，不要嘲笑，想一想童年他怎么给你解释每一个"为什么"的时候。当他行走不便的时候，你要伸出你年轻的手臂，就像小时候他教你走路时那样爱护。孩子，当你看着老人一天天变老，也不要难过，这是生命的旅程。要理解他们，爱护他们，给他们爱与耐心，问候和微笑就是他们最大的慰藉。

敬　山　（感动）爷爷，我知道了，我会好好照顾你们的。我也会跟爸爸好好沟通的。

大　山　这才是好孩子，去，给你爸爸打个电话。

〔正说着，家里电话响起。敬山跑过去看来电显示。

敬　山　爷爷，是爸爸打的电话。

大　山　看来我们爷俩想一块儿了，你爸爸心里还是挂念着我们呢，快接啊山山。

敬　山　（扭捏）爷爷，还是您接吧，刚才我态度不好呢。

大　山　这孩子，（拿起电话）喂，小山啊……

〔小山画外音："爸，刚才是我不好，惹您生气了，我越想越不是滋味，您别往心里去啊。爸，为了生存，为了更好地生活，在高速发展的现在，我不忙不行，可也不能因此就忽视了家人，忽视了亲人的感受。"

大　山　小山啊，这我知道，当年我和你妈抚养你们兄弟长大，同样也是这样啊。俗话说"母爱如水，父爱如山"，工作上既然你认为你自己能干好，爸爸也不多说什么了。我不是大男子主义，可父亲就该像一座大山一样，给亲人安稳的依靠啊。这是你爷爷教导我的，所以咱们家三代的名字都有一个"山"字。

〔小山画外音："我知道了爸，我也是一个父亲，不管怎样，我也会努力成为让家人可以依偎、感到安稳的大山。今天我会早点回来在家好好陪你们，今后也会多陪着你们。"

大　山　好啊，山山和你说。（把电话递给敬山）

敬　山　（接过电话）爸爸……

〔小山画外音："山山，刚才是爸爸不好……"

敬　山　（打断）爸爸，我想你。

〔小山画外音："山山，爸爸也想你。"

敬　山　（深情地）爸爸……

〔音乐声起，歌曲《父亲》：

　　　　我的老父亲，

　　　　我最疼爱的人。

　　　　生活的苦涩有三分，

　　　　您却吃了十分。

　　　　这辈子做你的儿女，

　　　　我没有做够。

　　　　央求您呀下辈子，

　　　　还做我的父亲。

〔音乐减弱中，光暗。

〔完。

（该剧本于2010年获得四川省戏剧小品作品比赛二等奖）

（话剧小品）

春天要来了

（编剧　杜林）

时　间：现代的冬季
地　点：某山村
人　物：

   桃　花　女，14岁，留守儿童。

   丽　丽　女，13岁，留守儿童。

   壮　壮　男，14岁，留守儿童。

   桃　根　男，10岁，桃花的弟弟。

   奶　奶　60多岁，桃花的奶奶，留守老人。

〔一个落后的山村，枯草长满山坡，寒风在山间呼号，满目的灰色，使整个村里显得冷清寂静。一棵掉光了树叶的老树矗立在村口，光秃秃的枝蔓在寒风中瑟瑟颤抖。

〔幕启。桃花站在村口的老树下向远处眺望着，丽丽背着书包，手里拿着块小木板快步地跑上，看见桃花，轻声叫她。

丽　丽　桃花姐，桃花姐。（见桃花没反应，不由得大声喊）桃花姐！

桃　花　（吓一跳，回身见是丽丽）哎哟，吓我一跳。放学了，丽丽？

丽　丽　是啊，桃花姐。又在等你爸妈呀？（桃花点了点头）你从去年开始每天就在这儿等你爸妈，又一年了吧？

桃　花　嗯，他们出去打工已经三年没有回来过了，去年春节说要回来，可还是没回来，所以我从那儿以后，每天都在这儿等着，说不定哪天他们突然就回来了。

丽　丽　是啊，我也每天都在等爸妈回来呢，他们出去打工也是有两年没回家了。

桃　花　咱们村凡是父母在外面打工的孩子，哪个不是每天都盼着爸妈早点回家啊。

丽　丽　桃花姐，你不是让我教你认字吗，咱们到你家去吧。

桃　花　好啊，不过丽丽，能就在这棵老树下面学吗？

丽　丽　可以啊，我知道，你在这儿边学边等你爸妈回来。看（一扬手里的小木板），我连小木板都准备好了，挂在树上咱们就可以学了。

［桃花奶奶步履蹒跚地来找桃花。

奶　奶　桃花，桃花。

桃　花　（忙迎上去）奶奶，怎么了？

奶　奶　该喂牛了，一会儿你弟弟放学回来，你还要煮饭呢。

桃　花　知道了，奶奶，我一会儿就回去，您先回家吧，外面这么冷。

奶　奶　嗯，记得啊，不要晚了。（奶奶转身回家）

丽　丽　对了桃花姐，差点忘了告诉你一个好消息。

桃　花　什么好消息？

丽　丽　我听老师说国家实行了九年免费义务教育，咱们农村的学费以后都不用交了，春节后你也可以到学校去读书了。

桃　花　（惊喜）真的？

丽　丽　当然是真的了。

桃　花　（刚高兴，马上又叹气）还是不行啊，就算不交学费了，可我爸妈都不在家，奶奶年纪也大了，家里那么多事，哪有空去上学啊，唉。

丽　丽　也是啊，现在好多家都是只剩下老的老小的小了，你家里现在只有你能干活儿啊。

〔两人正叹气着。桃根和壮壮两人背着书包互相拉扯着上。

壮　壮　这个瓶子是我先看见的，快给我。

桃　根　是我先捡到的，凭什么给你？

壮　壮　（生气）明明就是我先看到，你要不给，信不信我揍你？

桃　根　你敢，我才不怕你呢。

〔两人拉扯吼叫中，桃花和丽丽忙跑过来，桃花忙拉开两人。

桃　花　桃根，你怎么又打架了？

桃　根　我没有，是他（指壮壮），非要抢我捡的矿泉水瓶子，他不讲理。

壮　壮　（声辩）明明是我先看到瓶子的，我刚要去捡，谁知道桃根的动作更快。

桃　花　桃根，把瓶子给壮壮。

桃　根　（倔强）我不给，是我先捡到的，凭什么给他？你不是说，咱们捡到能卖钱的东西就留着，等凑够了钱就可以到山下给爸爸妈妈打电话吗？

丽　丽　壮壮，你好不好意思，桃根可比你小呢，还跟他抢东西，他们卖瓶子攒钱可是要给爸妈打电话呢。

壮　壮　我没抢，他们攒钱打电话，我攒钱还不是也想给爸妈打电话。

〔两人说话间，桃花从桃根的书包里拿出瓶子，走到壮壮面前。

桃　花　壮壮，给你。

桃　根　（生气）姐，你凭什么给他？（生气地走到一旁蹲下）

丽　丽　（抢过瓶子）桃花姐，还是给桃根吧，以后我捡到瓶子再给壮壮一个

275

就是了。

桃　花　丽丽，这可不行，咱们村每家父母在外面打工的孩子，都在攒钱想给爸妈打电话，跟他们说说话。你不是也要攒钱吗？

丽　丽　桃花姐，老师说我们留守儿童要团结友爱、互相帮助。（对壮壮）壮壮，你把这个瓶子给桃根，下次我捡到了补给你一个，怎么样？

壮　壮　（犹豫一下）那好吧，我比他大，这次就让着他。

丽　丽　那就行了，桃根，拿着。（把瓶子递给桃根，桃花还欲阻止，丽丽强塞到桃根的书包里）桃花姐，来，我们去学习认字。

壮　壮　（惊讶）啊，桃花姐也要上学了吗？

桃　花　不是，我让丽丽先教我认些字。

桃　根　我也要学。

丽　丽　好啊，壮壮，你也一起学吧。

壮　壮　算了吧，都在学校学一天了，我不想再学了，我爸爸说再过两年等我到16岁了，就带我出去一起打工，学多了也没用。

丽　丽　乱说，谁说知识学多了没用？我爸爸说有文化的人在外面打工都好找工作些，还没有那么劳累。

桃　根　对，我爸爸也说他就是吃了没有文化的亏，只能干些劳累活儿，挣钱还不多。

丽　丽　壮壮你爱来不来，反正我爸妈说过，要努力学习，多学知识。桃花姐，咱们学咱们的，不理他。

　　［丽丽、桃花、桃根走到老树前，看了看，桃根找了块破木板挂在老树上，壮壮犹豫了一会儿，最终还是走到老树前和大家一起。

丽　丽　我还专门找老师要了根粉笔呢。桃花姐，你想先学哪些字？从数字开始学好吗？

桃　花　丽丽，我想先学几个我一直想写的字，可以吗？

丽　丽　可以啊，反正我只是先教你认些字，等以后你也上学了，就可以让老师从头好好教你。

桃　花　嗯，我想先学"打工"两个字。

丽　丽　打工？好的。（丽丽用粉笔在木板上写下"打工"两个字）"打工"这两个字的意思知道吗？

桃根、壮壮　（不约而同）知道。

丽　丽　那好，壮壮你说。

壮　壮　打工的意思就是挣钱，我爸爸说的。

桃　根　不对，是干活儿。

丽　丽　意思都差不多，老师说过，打工就是去工作，用劳动去获取报酬。我们的爸爸妈妈都在外地打工挣钱呢。来，桃花姐，你跟我念念，然后再仔细学笔画。"打工"。

桃　花　（跟念）"打工"。

［桃花跟着丽丽念了几遍，壮壮和桃根也跟着念。

丽　丽　桃花姐，记住了吗？

桃　花　嗯，"打工"这两个字我记住了。

［奶奶拿着一封信上，喊着桃花。

奶　奶　桃花，桃花！

桃　花　奶奶，你怎么来了？

奶　奶　刚才支书送来一封信，看你不在家，他让你晚点和桃根一起到他家里读给你们听。

桃　根　（高兴）来信了，哦，一定是爸爸妈妈写来的。

桃　花　是吗？丽丽快帮我们看看，桃根认的字不多。

丽　丽　（接过信看）桃花姐，不是你爸妈写的。

桃　根　你怎么知道？

丽　丽　看寄信人的地址啊，这儿写着"市关爱未成年人工作组"。

桃　花　（不解）是谁啊？快念念。

丽　丽　（拿出信纸念）"桃花、桃根：你们好！我们是市里关爱未成年人工作组的叔叔、阿姨。"（转为画外音）

　　　　［画外音："据我们调查得知，你们的父母都在外地打工，你们成了留守儿童。你们在生活中一定遇到了很多困难吧。孩子们，现在国家非常关注和关心你们这些留守儿童的情况，各级政府、各个部门，制定了很多关爱你们、帮助你们的政策。对待每一个留守儿童和留守老人，我们不光要在物质上帮助你们，更要在精神和思想上关爱你们。下个月我们会到你们山村去看望你们，并给你们带一些学习用具和生活用品。希望你们能给远方的父母写一封信，告诉他们你们的情况。有什么愿望可以告诉他们，也可以写信告诉我们。我们还知道，桃花今年14岁了，还辍学在家务农，等到了明年春天，桃花也可以背上书包去上学了。你们不用担心家里的农活儿没人干，奶奶没人照顾，因为我们会和乡村的干部一起努力为你们快乐成长减轻负担的。最后，祝你们幸福、快乐！"

　　　　［听丽丽念完信，孩子们高兴地喊叫着："太好了，有人帮助我们了。"丽丽和桃根还高喊着："太好了，姐姐可以上学了。"正喊着，壮壮突然看到树枝上发出了一点嫩芽，高兴地大喊。

壮　壮　快看，快看，树枝上发新芽了。

丽　丽　是吗？（和大家一起围着看）树枝发芽了，那春天就快来了，爸爸妈妈就快回家了。

　　　　［孩子们都欢呼雀跃着，高喊着："春天要来了，爸爸妈妈要回家了！"

丽　丽　桃花姐，这信上说让咱们给远方的爸爸妈妈写封信，还问咱们有什么愿望，他们可以帮咱们，你们准备怎么写呢？

壮　壮　我的愿望是，将来我长大了，在山下开一个现代化的商业农场，爸爸妈妈不用再外出打工，天天能陪着我，我养他们。

奶　奶　好孩子，有志气。

丽　丽　那你呢，桃根？

桃　根　我将来要考大学，在城里工作。爸爸说为了我，他什么苦都能吃，只要我好好念书，将来能有出息，他多累都高兴。

丽　丽　桃花姐，那信你们怎么写呢？

桃　花　丽丽，我们不会写，你能帮我们吗？

壮　壮　是啊，我也不太会写，丽丽你也帮帮我。

丽　丽　这样吧，我们大家一起写，说说心里话，然后分别寄给自己的爸妈。

　　[大家齐声说"好"。在优美抒情的音乐声中，孩子们一人一句地开始写信。

桃　花　亲爱的爸爸妈妈，你们好吗？你们在外地打工，辛辛苦苦地挣钱养家。

丽　丽　我想爸爸，想妈妈，做梦都想和你们说说话。

桃　根　很久没吃到妈妈煮的饭，很久没有把爸爸的大手拉。

壮　壮　你们几年才回一次家。

桃　花　天黑的时候我也会孤单害怕。

丽　丽　只有天上的星星在陪我说说话。

桃　根　你们舍不得回来一次的车票钱，已经两年没有回来了。

壮　壮　上个月你们来电话，说明年春天一定会回来好好陪我，不能忘了啊。

桃　花　我常常梦见妈妈牵着我的手。

丽　丽　我常常梦见爸爸的胡子把我脸来扎。

桃　根　生病是最想你们的时候。

壮　壮　真的很想很想你们能早点回到家。

桃　花　爸爸妈妈要注意身体，我会很听话。

丽　丽　挣钱多少没关系，你们不要太累啦。

桃　根　你们说话要算话。

壮　壮　明年春天要回家。

〔孩子们都跑到山边，对着群山一起呼喊着。

孩子们　爸爸妈妈，我想你们！树枝发新芽了，春天要来了，希望你们平平安安，早点回家！爸爸妈妈，我想你们！春天要来了，快回家吧！

〔孩子们的呼喊声在群山中久久回荡着，天边泛起一丝红霞，好像春天就要来了。

〔剧终。

（该剧于2010年获得第十四届中国人口文化奖·舞台艺术类曲艺类优秀作品奖）